CONTOS UNIVERSAIS

1. CONTOS E FÁBULAS DE LA FONTAINE - Jean de La Fontaine
2. CONTOS DE PERRAULT - Charles Perrault
3. CONTOS DE GRIMM - Jacob e Wilhelm Grimm
4. CONTOS DE FADAS - Hans Christian Andersen
5. CONTOS DE LEWIS CARROLL - Lewis Carrol
6. CONTOS NOVOS DE GRIMM - Jacob e Wilhelm Grimm

CONTOS E FÁBULAS DE LA FONTAINE

CONTOS UNIVERSAIS

Diretor editorial
Henrique Teles

Produção editorial
Eliana Nogueira

Arte gráfica
Ludmila Duarte

Revisão
Mariângela Belo da Paixão

Tradução
Milton Amado
Eugênio Amado

Ilustrações
Gustave Doré

EDITORA GARNIER
Belo Horizonte
Rua São Geraldo, 67 - Floresta - Cep.: 30150-070 - Tel.: (31) 3212-4600
e-mail: vilaricaeditora@uol.com.br

JEAN DE LA FONTAINE

CONTOS E FÁBULAS DE LA FONTAINE

PRIMEIRO VOLUME

GARNIER
desde 1844

Dados Internacionais de Catalogação na Publicação (CIP) de acordo com ISBD

L111f   La Fontaine, Jean de, 1621-1695

Contos e fábulas de La Fontaine / Jean de La Fontaine; ilustrações de Gustave Doré. 6. ed. — Belo Horizonte - MG : Garnier, 2019.
584 p. : il. ; 16cm x 23 cm.

Inclui índice:
ISBN: 978-85-7175-148-4

1. Literatura infantil. 2. Fábulas. I. Doré, Gustave. II. Título.

CDD 028.5
CDU 82-93

2019-1867

Elaborado por Vagner Rodolfo da Silva - CRB-8/9410

Índice para catálogo sistemático

1. Literatura infantil 028.5
2. Literatura infantil 82-93

Copyright © 2019 Editora Garnier.

Todos os direitos reservados pela Editora Garnier.
Nenhuma parte desta publicação poderá ser reproduzida
sem a autorização prévia da Editora.

SUMÁRIO

1º VOLUME

La Fontaine: Vida e Obra — Lucílio Mariano Júnior 13
À Guisa de Prefácio — Eugênio Amado 19
A Sua Alteza o Delfim (dedicatória) .. 21
Prefácio 23
A Vida de Esopo, O Frígio 28
A Sua Alteza o Delfim (2ªdedicatória) 43

LIVRO PRIMEIRO

I — A Cigarra e a Formiga 45
II — O Corvo e a Raposa 47
III — A Rã Que Quis Tornar-se Tão Grande Quanto o Boi 48
IV — Os Dois Burros 49
V — O Lobo e o Cachorro 51
VI — A Novilha, a Cabra e a Ovelha em Sociedade com o Leão 53
VII — O Alforge 54
VIII — A Andorinha e os Outros Pássaros 56
IX — O Rato da Cidade e o Rato do Campo 59
X — O Lobo e o Cordeiro 61
XI — O Homem e Sua Imagem 63
XII — O Dragão de Cem Cabeças e o Dragão de Cem Caudas 65
XIII — Os Ladrões e o Asno 67
XIV — Simônides Preservado Pelos Deuses 69
XV — A Morte e o Infeliz 71
XVI — A Morte e o Lenhador 72
XVII — O Homem de Meia-idade e Suas Duas Pretendentes 74
XVIII — A Raposa e a Cegonha 76
XIX — O Menino e o Mestre-escola . 78
XX — O Galo e a Pérola 80
XXI — Os Zangões e as Abelhas 81
XXII — O Carvalho e o Caniço 83

LIVRO SEGUNDO

I — Contra as Pessoas Difíceis de Agradar 87
II — A Deliberação Tomada Pelos Ratos 89

III — O Lobo Que Processou o Raposo Perante o Macaco 92
IV — Os Dois Touros e a Rã 93
V — O Morcego e as Duas Doninhas 94
VI — O Pássaro Flechado 96
VII — A Cadela e sua Companheira .. 97
VIII — A Águia e o Escaravelho 98
IX — O Leão e o Mosquito 100
X — O Asno Carregado de Esponjas e o Asno Carregado de Sal 103
XI — O Leão e O Rato 105
XII — A Pomba e a Formiga 107
XIII — O Astrólogo Que se Deixou Cair Num Poço 108
XIV — A Lebre e as Rãs 110
XV — O Galo e a Raposa 113
XVI — O Corvo Que Quis Imitar a Águia 115
XVII — O Pavão Que se Queixou a Juno 116
XVIII— A Gata Metamorfoseada em Mulher 118
XIX— O Leão e o Jumento Que Caçavam Juntos 120
XX — Testamento Explicado Por Esopo 121

LIVRO TERCEIRO

I — O Moleiro, o Menino e o Burro .. 125
II — Os Membros e o Estômago 129
III — O Lobo Que se Passou Por Pastor 131
IV — As Rãs Que Quiseram Ter um Rei 134
V — A Raposa e o Bode 137
VI — A Águia, a Javalina e a Gata 139
VII — O Beberrão e sua Mulher 141
VIII — A Gota e a Aranha 142
IX — O Lobo e a Cegonha 144
X — O Leão Derrotado pelo Homem 145
XI — A Raposa e as Uvas 146
XII — O Cisne e o Cozinheiro 148
XIII — Os Lobos e as Ovelhas 149
XIV — O Leão Que Ficou Velho 151

XV — Filomela e Procne 152
XVI — A Mulher Afogada 154
XVII— A Doninha Que Entrou
num Celeiro 156
XVIII — O Gato e um Velho Rato 157

LIVRO QUARTO
I — O Leão Amoroso 161
II — O Pastor e o Mar 164
III — A Mosca e a Formiga 167
IV — O Jardineiro e o Senhor
da Aldeia 169
V — O Burro e o Cãozinho 171
VI — O Combate dos Ratos e
das Doninhas 172
VII — O Macaco e o Golfinho 174
VIII — O Homem e o Ídolo de
Madeira 177
IX — O Gaio Enfeitado com as
Penas do Pavão 178
X — O Camelo e o Feixe de Varas 179
XI —A Rã e o Rato 180
XII — Tributo Enviado Pelos
Animais a Alexandre 182
XIII — O Cavalo Que Quis Vingar-se
do Cervo 185
XIV — A Raposa e o Busto 187
XV — O Lobo, a Cabra e o
Cabrito 188
XVI — O Lobo, a Mulher e o Filho... 190
XVII — Palavras de Sócrates 193
XVIII — O Velho e seus Filhos 194
XIX — O Oráculo e o Ímpio.............. 196
XX — O Avarento Que Perdeu
Seu Tesouro 197
XXI — O Olho do Dono 200
XXII — A Cotovia, Seus Filhotes e o
Dono de um Trigal 203

LIVRO QUINTO
I — O Lenhador e Mercúrio.............. 207
II — A Panela de Barro e a Panela
de Ferro 210

III — O Peixinho e o Pescador 212
IV — As Orelhas da Lebre 214
V — A Raposa Que Perdeu a Cauda.. 215
VI — A Velha e as Duas Criadas 216
VII — O Sátiro e o Caminhante 219
VIII — O Cavalo e o Lobo 221
IX — O Lavrador e seus Filhos 224
X — O Parto da Montanha 225
XI — A Sorte e o Menino 226
XII — Os Médicos 228
XIII — A Galinha dos Ovos de Ouro. 230
XIV — O Burro Que Levava
Relíquias 232
XV — O Veado e a Videira 233
XVI — A Cobra e a Lima 235
XVII — A Lebre e a Perdiz 236
XVIII — A Águia e o Mocho 237
XIX — O Leão Preparando-se
Para a Guerra 240
XX — O Urso e os Dois
Companheiros 241
XXI — O Asno Vestido com a
Pele do Leão 244

LIVRO SEXTO
I — O Pastor e o Leão 246
II — O Leão e o Caçador 248
III — Febo e Bóreas 249
IV — Júpiter e o Meeiro 251
V — O Frango, o Gato e o
Camundongo 253
VI — A Raposa, o Macaco e os
Animais 255
VII — O Burro que se Gabava da
sua Genealogia 257
VIII — O Velho e o Asno 258
IX — O Cervo Que se Mirava
na Água 259
X — A Lebre e a Tartaruga 261
XI — O Asno e seus Donos 263
XII — O Sol e as Rãs 265
XIII — O Aldeão e a Serpente 266
XIV — O Leão Enfermo e a Raposa . 269

XV — O Passarinho, o Açor
e a Cotovia... 271
XVI — O Cavalo e o Asno 272
XVII — O Cão Que Trocou a Presa
Pelo Reflexo 273
XVIII — O Carroceiro Atolado 274
XIX — O Charlatão 277
XX — A Discórdia.............................. 279
XXI —A Viúva Jovem
Epílogo 281

2º VOLUME
Advertência 286
A Madame de Montespan.................... 287

LIVRO SÉTIMO
I — Os Animais Enfermos da Peste ... 290
II — O Malcasado................................ 293
III — O Rato Que se Retirou do
Mundo 295
IV — A Garça.. 297
V — A Moça 299
VI — Os Desejos 302
VII —A Corte do Leão....................... 304
VIII — Os Abutres e as Pombas 306
IX — O Coche e a Mosca 309
X — A Leiteira e o Pote de Leite 311
XI — O Cura e o Morto 314
XII — O Homem Que Perseguiu
a Fortuna e o Que Ficou
Deitado a Esperá-la 316
XIII — Os Dois Galos......................... 319
XIV — Ingratidão e Injustiça dos
Homens para com a Fortuna 321
XV — As Videntes.............................. 323
XVI — O Gato, a Doninha e o
Coelhinho 326
XVII —A cabeça e a Cauda da Serpente 328
XVIII — Um Animal na Lua 330

LIVRO OITAVO
I — A Morte e o Moribundo 334
II — O Sapateiro e o Ricaço 336

III — O Leão, o Lobo e a Raposa 339
IV — O Poder das Fábulas................. 342
V — O Homem e a Pulga 345
VI — As Mulheres e o Segredo 346
VII — O Cão Que Leva ao Pescoço
a Ceia do Dono..................................... 348
VIII — O Brincalhão e os Peixes....... 351
IX — O Rato e a Ostra...................... 353
X — O Urso e o Amante de Jardins... 355
XI — Os Dois Amigos 358
XII — O Porco, a Cabra e o Carneiro 360
XIII — Tircísio e Amaranta 362
XIV — Os Funerais da Leoa 365
XV — O Rato e o Elefante 367
XVI — O Horóscopo 370
XVII — O Burro e o Cão.................... 373
XVIII — O Paxá e o Mercador 375
XIX — A Vantagem da Ciência 378
XX — Júpiter e os Raios................... 380
XXI — O Falcão e o Capão 382
XXII — O Gato e o Rato 384
XXIII —A Torrente e o Rio 386
XXIV — A Educação......................... 389
XXV — Os Dois Cães e o Burro
Morto.. 390
XXVI — Demócrito e os
Abderitas 393
XXVII — O Lobo e o Caçador 395

LIVRO NONO
I — O Depositário Infiel 399
II — Os Dois Pombos 402
III — O Macaco e o Leopardo 406
IV — A Bolota e a Abóbora 408
V — O Estudante, o Pedante e o
Dono de um Vergel 410
VI — O Estatuário e a Estátua de Júpiter 412
VII — A Rata Metamorfoseada
em Mulher 414
VIII — O Louco Que Vende a
Sabedoria.. 417
IX — A Ostra e Os Demandistas........ 420

11

X — O Lobo e o Cão Magro.............. 422
XI — Nada Demais.......................... 424
XII — O Círio................................. 425
XIII — Júpiter e o Viajante.............. 426
XIV — O Gato e a Raposa................ 429
XV — O Marido, a mulher e o ladrão 432
XVI — O Tesouro e os Dois
Homens...................................... 434
XVII — O Macaco e o Gato.............. 436
XVIII — O Milhafre e o Rouxinol.... 439
XIX — O Pastor e seu Rebanho........ 440

LIVRO DÉCIMO
I — Os Dois Ratos, a Raposa e o Ovo 443
II — O Homem e a Cobra................. 451
III — A Tartaruga e os Dois Patos...... 454
IV — Os Peixes e o Alcatraz.............. 456
V — O Ocultador e seu Compadre.... 459
VI — O Lobo e os Pastores............... 461
VII — A Aranha e a Andorinha.......... 463
VIII — A Perdiz e os Galos............... 464
IX — O Cão a Que Cortaram
as Orelhas.................................... 465
X — O Pastor e o Rei....................... 466
XI — Os Peixes e o Pastor que
Tocava Flauta............................... 470
XII — Os Dois Papagaios, o Rei
e Seu Filho................................... 473
XIII —A Leoa e a Ursa..................... 476
XIV — Os Dois Aventureiros e
o Talismã..................................... 477
XV — Os Coelhos........................... 480
XVI — O Mercador, o Fidalgo, o
Pastor e o Filho do Rei..................... 484

LIVRO DÉCIMO PRIMEIRO
I — O Leão.................................... 487
II — Os Deuses Querem Instruir um
Filho de Júpiter.............................. 490
III — O Granjeiro, o Cão e a Raposa. 492
IV — O Sonho de um Habitante
da Mongólia................................. 495
V — O Leão, o Símio e os Dois

Burros.. 497
VI — O Lobo e a Raposa.................. 500
VII — O Camponês do Danúbio........ 502
VIII — O Velho e os Três Rapazes.... 506
IX — Os Ratos e a Coruja................. 509
Epílogo... 512
Ao Senhor Duque de Borgonha........ 514

LIVRO DÉCIMO SEGUNDO
I — Os Companheiros de Ulisses...... 517
II — O Gato e os Dois Pardais........... 522
III — O Entesourador e o Macaco..... 524
IV — As Duas Cabras...................... 526
V — O Gato Velho e o Ratinho.......... 530
VI — O Veado Doente...................... 531
VII — O Morcego, a Sarça e o Pato .. 533
VIII — A Querela dos Cães e dos
Gatos e a Dos Gatos e dos Ratos....... 535
IX — O Lobo e a Raposa.................. 537
X — O Camarão e seu Filho.............. 540
XI — A Águia e a Pega..................... 542
XII — O Milhafre, o Rei e
o Caçador..................................... 544
XIII — A Raposa, as Moscas e o
Ouriço.. 548
XIV — O Amor e a Loucura.............. 550
XV - O Corvo, a Gazela, a Tartaruga e o
Rato... 553
XVI — A Floresta e o Lenhador........ 557
XVII — A Raposa, o lobo e o Cavalo
XVIII —A Raposa e os Perus........... 560
XIX — O Macaco............................ 562
XX — O Filósofo Cita..................... 564
XXI — O Elefante e o Macaco
de Júpiter...................................... 567
XXII — Um Louco e um Sábio......... 569
XXIII — A Raposa Inglesa............... 570
XXIV — O Juiz Conciliador, o
Hospitalário e o Solitário................. 574
XXV — O Sol e as Rãs.................... 577
XXVI — A Liga dos Ratos............... 579
XXVII — A Raposa e o Esquilo........ 582

LA FONTAINE: VIDA E OBRA

Qual a importância de La Fontaine dentro da Literatura francesa? Maior do que se costuma acreditar. O fato de o conhecermos quase que tão somente como o autor daquelas historietas gostosas de recitar, e que tanto nos ajudaram, no curso secundário, a adquirir o razoável lastro de conhecimento de francês que os brasileiros de mais de 30 anos ainda guardamos, ao invés de valorizar o escritor, dá-nos a falsa ideia de estarmos diante de um poeta menor; habilidoso, sem dúvida, mas longe da grandeza e do talento de outros luminares das letras francesas. Pois nada disso é verdade — que o digam os próprios literatos de França, quase todos unânimes em aclamar Jean de La Fontaine como um dos mais excelentes e importantes escritores que seu país produziu até hoje.

Já era assim considerado no tempo de Luís XIV — o seu tempo; a Revolução Francesa não alterou seu conceito; o século XIX consagrou-o; atualmente continua sendo o mais conhecido, decorado, recitado, traduzido e estimado poeta francês de todos os tempos. Esta última afirmativa não é minha; é de Léon-Paul Fargue, um dos mais renomados críticos literários franceses.

Mas a frase que melhor define o conceito que se tem na França sobre La Fontaine, quem a cunhou foi Sainte-Beuve, que, do cume de sua erudição e esquecendo a tradicional severidade de seus conceitos críticos, não hesitou em asseverar exclamativamente: "C'est le poète national!"

Além das "Fábulas", sua obra mais popular, La Fontaine também escreveu os saborosíssimos "Contos e Novelas", algo licenciosos, lembrando o estilo de Boccaccio e temperados com verve rabelaisiana, além de numerosos poemas e peças de teatro de grande beleza. Mas é mesmo nas "Fábulas" que repousa sua celebridade. Escreveu-as em versos de métrica livre e sequência variada de rimas, ora sucessivas, ora alternadas, ora entremeadas. Neste particular, foi extremamente criativo e original. Não hesita Fargue em afirmar que ele teria sido o inventor dos versos livres. É necessário ressaltar, porém, que numa ou noutra fábula foram rigorosamente respeitados os preceitos métricos e a sequência alternada das rimas: certamente um cala-boca a possíveis críticos de sua ousadia poética, naquele tempo onde tantos havia, quase todos aferrados aos rígidos princípios acadêmicos da poesia clássica.

Por que quis escrever assim? Ele mesmo o explica, em carta dirigida a um amigo: queria dar agilidade à leitura, aproximando-a da arritmia da fala normal. Se assim queria, assim o conseguiu: como é agradável declamar, escutar ou ler La Fontaine! Suas fábulas têm musicalidade própria, subindo e descendo, correndo e rallentando, para por fim se despejarem em finais ora esfuziantes, ora tristonhos, poucas vezes em "happy end", mas sempre definitivos. Grande La Fontaine: um poetaço!

Se receava os críticos, virtualmente não teve em vida senão um único: Furetiàre, obscuro literato, inicialmente seu amigo, que provavelmente se deixou levar por picuinhas pessoais, ou pela inveja de ver a repercussão fantástica de sua obra. Parte dessa generalizada aceitação deve-se a sua sociabilidade: ele trafegava livremente pelos salões elegantes da corte, sendo de trato afável e conversa agradabilíssima, onde uma inesperada sinceridade lhe dava notoriedades de ilha, no mar de hipocrisia da corte de Luís XIV. Sabia cortejar sem bajular, e era particularmente hábil em escolher aqueles de quem seria proveitoso aproximar-se, Resultado: durante toda a sua vida, foi patrocinado por outros, não tendo de preocupar-se com a luta pela subsistência. Herdou do pai modesta sinecura, tornando-se Inspetor de Águas e Florestas do seu condado natal, na Champagne. Os proventos do cargo, por si sós, permitir-lhe-iam uma vida sem cuidados, embora sem luxos. A par disto, soube sempre usar de seu inegável charme pessoal para viver com esta ou aquela grande dama da corte, o que lhe propiciou condições de dedicar-se tranquilamente a suas leituras e seus afazeres literários.

Convenhamos: uma vida nada edificante para um moralista. E quem disse que La Fontaine era moralista? Nunca o foi. Suas fábulas advertem, mas não fantasiam desfechos felizes para os sonhadores e os puros. O lobo vence, a lei do cão prevalece. Tomemos ao acaso uma das mais famosas: a do corvo e a raposa. Lá está Maître Corbeau, filosoficamente perché numa arbre, tendo um fromage no bec. Chega o Renard astuto e excita sua vaidade, chamando-o de joli; elogia sua belle voix; sugere que ele chante, e no final vai-se embora fagueiro, com o queijo na bouche. Tem moral esta fábula? Qual o que: tem alerta. Cuidado com os espertalhões! Quem te bajula, está é atrás de teu queijo! Ou então, lembrando a Emília de Lobato: o bajulador não respeita nem queijo babado de corvo. . .

Não, ele não era um moralista, muito menos um modelo de virtudes. Sua vida até lembra o estilo de seus versos — afinal de contas, já não se repetiu ad nauseam que o estilo é o homem? Senão, vejamos: embora acadêmico por formação, seus versos fogem aos padrões clássicos do academicismo; isto porém no seu conjunto, porquanto cada verso, isoladamente, é clássico e perfeito na sua elaboração métrica e sua acentuação. Lembra muito o estilo de vida do poeta. Ele também discrepou do padrão moral de sua época, mas apenas no conjunto, não nas particularidades tomadas isoladamente. Como era de praxe, casou-se — mas viveu muito pouco com sua mulher.

Todavia, nunca a desamparou, sempre a elogiou e foi seu grande amigo até morrer. Acusaram-no de parasita, e ele o foi, é verdade — mas um parasita útil, estudioso, incansável. Sua alentada obra e seus profundos conhecimentos dos clássicos são o testemunho inegável de sua assaz laboriosa dolce vita. Infiel com relação à esposa, foi fidelíssimo às amigas que o protegeram: só com Madame de La Sablière, viveu durante vinte anos seguidos, até sua morte. Infiltrou-se espertamente no círculo de relações de Fouquet, o todo-poderoso Superintendente das Finanças de Luís XIV. Quando este caiu em desgraça, contudo, não o abandonou: ousou defendê-lo por escrito, desafiando a ira do Rei Sol, e autoexilou-se em Limousin, durante um ano. Por fim, conquanto licencioso e algo epicurista, especialmente nos seus "Contos", também escreveu poesias religiosas altamente edificantes, e, quando morreu, descobriu-se que trazia um cilício sob as vestes. No cômputo geral das notas, deve dar para ser aprovado — ainda que raspando.

De tudo isto, como situar La Fontaine como pessoa? Difícil dizer. Como analisar-se esse homem que viveu numa época e num ambiente tão diferentes dos nossos? Qualquer tentativa de interpretação de sua personalidade esbarraria na dificuldade de se entender a moral prevalecente em seu século, em seu meio. Mais prudente será apenas relatar cronologicamente os fatos principais de sua vida, deixando as conclusões a cargo de cada leitor.

E assim é que Jean de La Fontaine, filho legítimo do pequeno-burguês Charles de La Fontaine e de Françoise Pidoux, nasceu no ducado de Château-Thierry, aos 8 de julho de 1621. Seu pai exercia ali o cargo de Inspetor de Águas e Florestas.

Infância e adolescência foram passadas em sua terra natal e em Reims, tendo o jovem Jean demonstrado talento para os estudos, especialmente no que se referia aos clássicos e às Sagradas Escrituras.

Aos vinte anos, foi admitido como noviço no convento dos Padres Oratorianos, em Juilly, logo se destacando nos estudos, o que lhe valeu ser transferido para Paris, a fim de receber instrução mais aprimorada.

Após 18 meses, abandonou os estudos religiosos, trocando-os pelas Leis e tornando-se advogado, profissão que acabou não exercendo. Começou a frequentar os círculos literários, datando dessa época seus primeiros versos.

Aos 26 anos, vendo o velho Charles que o filho não tinha mesmo vocação religiosa, e receoso das consequências da vida boêmia que ele levava em Paris, acertou seu casamento com a jovem Marie Héricart, 11 anos mais nova do que ele.

15

Se bem que não faltassem à noiva dotes de espírito ou de beleza, a La Fontaine faltava o gosto pela vida em família. Referindo-se à esposa em cartas a amigos, não a designava por "Madame", mas sim por "Mademoiselle", dando a impressão de que seu casamento não se consumara, o que não era verdade, pois em 1653 nasceu e foi batizado seu único filho. "Aborrece-me a ideia de me prender às crianças", escreveu de certa feita à esposa; "por isto, faço votos de ignorar esse inocente". E sempre o ignorou, de fato.

Ao falecer o pai, herdou-lhe o cargo de Inspetor de Águas e Florestas. Tinha então 31 anos. Logo depois, mudou-se definitivamente, indo residir em Paris.

Em 1654, publicou seu primeiro trabalho, "O Eunuco", uma comédia adaptada de Terêncio, jamais levada à cena.

Aos 36 anos, consegue aproximar-se de Fouquet, a quem dedicou seu poema "Adônis", tornando-se seu protegido. O encontro desse mecenas foi fundamental para La Fontaine, que então, sentindo-se seguramente instalado à sombra do homem mais forte do Reino, perdeu os últimos resquícios de sua timidez provinciana, integrando-se de uma vez por todas à fauna da corte, e assumindo definitivamente sua condição de homem de letras.

O que não passava pela cabeça de La Fontaine é que a morte de Mazarino e subsequente ascensão de Luís XIV à condição de monarca absolutíssimo acabaria redundando na perda de prestígio de Fouquet, cuja prisão foi ordenada em 1661. O poeta demonstrou então não ser um vira-casaca, escrevendo o poema "Elegia às Ninfas de Vaux", no qual, com insuspeitada ousadia, condena a atitude do Rei. Em 1663, receoso de possíveis perseguições em decorrência da posição que assumira, decidiu autoexilar-se em Limousin, onde permaneceu durante um ano.

Aos 43 anos, obteve a proteção da duquesa de Bouillon, sobrinha de Mazarino, que lhe conseguiu o diploma de gentil-homem, indo servir a viúva do Duque de Orléans, no Palácio de Luxemburgo. Aliviado das tensões por que passara, empenhou-se fervorosamente em seus escritos, elaborando, provavelmente sem pensar em publicá-las um dia, suas primeiras fábulas. Incentivado por Molière, Racine e Boileau, de quem se. tornou grande amigo, publicou as "Novelas em Versos, Extraídas de Boccaccio e Ariosto", muito bem recebidas. No ano seguinte, ampliou este livro — sua segunda obra mais famosa —, dando-lhe o nome de "Contos e Novelas em Versos", e adquirindo então grande celebridade.

Impelido pelo êxito alcançado, publicou um ano depois a "Segunda Parte dos Contos e Novelas" e retornou ao projeto das fábulas, agora com o propósito de editá-las, o que só conseguiu fazer em 1668. Tinha então 47 anos.

16

Se os contos haviam trazido para La Fontaine a perseguida notoriedade, as "Fábulas Escolhidas Postas em Versos" acarretaram-lhe um sucesso que não poderia ser adjetivado senão como triunfal, abrindo-lhe a derradeira porta que ainda não conseguira transpor: a do Palácio Real de Versalhes. A amizade com Fouquet, entrave para seu acesso ao Rei, foi esquecida, e Luís XIV, ao lhe ser apresentado oficialmente, externou sua admiração pelo poeta, oferecendo-lhe uma bolsa de mil pistolas.

Os anos seguintes foram de farta produção literária. Saem a lume os poemas "Amores de Psiquê e Cupido" e "Adônis", em 1669; pouco depois, as "Poesias Cristãs", a "Terceira Parte dos Contos e Novelas" e a comédia "Climene". Em 1671, publica as "Novas Fábulas e Outras Poesias".

Morreu em 1672 sua protetora, a duquesa de Orléans. Pouco depois, com 52, transferiu-se La Fontaine com armas e bagagens para a casa de Madame de La Sablière, com quem viveu durante 20 anos. Mulher de grande cultura e amplo círculo de amizades, La Sablière era dona de forte personalidade, abrandada por um temperamento extremamente doce, o que lhe valeu o apelido de "Pombinha", dado por Mme. de Sévigné. Tinha 30 anos nessa ocasião.

Se com a duquesa de Orléans vivera La Fontaine numa "residência austera", como a definiu numa de suas poesias, sua nova morada era o inverso: festas e reuniões sucediam-se umas após as outras, o que fazia daquela mansão importante ponto de encontro de intelectuais, que a presença do poeta só fez aumentar em número e frequência. Após a morte do marido, porém, Mme. de La Sablière mudou-se para domicílio mais modesto, levando consigo apenas, seus três animais de estimação: "mon chien, mon chat et La Fontaine"...

Já cinquentão, mais tranquilo, podendo colher os frutos dourados da glória, La Fontaine reduziu sua produção literária, passando a revisar e republicar seus antigos trabalhos, e só de quando em quando apresentando alguma nova obra.

Em 1683, foi eleito para a Academia Francesa, mas teve o nome vetado pelo Rei — resquícios da antiga animosidade. No ano seguinte o veto foi suspenso, e o poeta pôde por fim ser admitido entre os imortais, Depois disto, nada de excepcional aconteceu a La Fontaine até chegar aos 70 anos. Por esta ocasião, sentindo o peso dos anos e a saúde abalada, decidiu reaproximar-se da Igreja, que o não via com bons olhos desde a publicação dos "Contos". Retomou a leitura das Escrituras e, instado pelo Pe. Pouget, jovem sacerdote que tomara a si a empresa de recuperar aquela ovelha tresmalhada, passou a compor poemas religiosos e a praticar penitências, renunciando publicamente aos seus contos pouco antes de morrer.

O ano de 1693 é assinalado pelo falecimento de sua protetora e pela edição do 12º livro — o último — de suas "Fábulas". Novos protetores acolheram-no sob seu teto: agora foi o casal d'Henvart. O receio da morte passou a fazer parte de suas preocupações habituais, conforme se pode verificar na sua última carta escrita a Maucroix, na qual ele diz: "Como hei de comparecer perante Deus, tendo vivido como vivi?" Pouco tempo depois, faleceu, aos 13 de abril de 1695, faltando três meses para completar 74 anos. E, como não podia deixar de ser, cercado de respeito, carinho e admiração.

Melhor homenagem não lhe poderia prestar a Editora Itatiaia do que esta que ora se lhe presta: dar a público, na íntegra, a tradução brasileira das "Fábulas", ilustrada pela pena vigorosa do genial Gustave Doré e assinada pela competência tradutória dos Amados, pai e filho, que empreenderam o verdadeiro malabarismo poético de manter a métrica, a acentuação, o ritmo e o espírito do original. De parabéns, por fim, os leitores, que assim terão a oportunidade de lê-las da maneira recomendada por Leslie Sykes, um dos maiores estudiosos da obra de La Fontaine: "Não com o riso do divertimento, mas antes com o sorriso da cumplicidade, participando de sua compreensão da comédia humana e desfrutando do intenso prazer que sua arte consegue provocar."

Lucílio Mariano Jr.

À GUISA DE PREFÁCIO

Tentando escrever à maneira
empregada por La Fontaine,
peço ao leitor não me condene:
a culpa é do editor Pedro Paulo Moreira,
que imaginou assim a introdução,
o prefácio, no qual o tradutor
mostrasse ao público leitor
quais as dificuldades desta tradução.
Sim: era deste modo, sem tirar nem pôr,
que ele escrevia.
Sua poesia
até podia
ser reduzida a prosa, sem ninguém notar,
pois ele usava a ordem direta
e métrica diversa, sem nunca apelar
 para rimas esdrúxulas: um bom poeta.
Para que se constate como são diversos
os números de sílabas dos versos,
recordarei o início dos dois mais lembrados;

porém, não vão dizer que têm os pés quebrados,
pois isso constitui ultraje:
"Maître corbeau, sur un arbre perché,
Tenait en son bec un fromage"
Então, vê?
Dez sílabas no início, e oito depois.
Se acha pouco, cito mais dois:
"La cigale, ayant chanté
Tout l'été"...

Já nestes, a sequência é sete e três.
E eu poderia, assim, citar para vocês
vários exemplos diferentes,
de tetra e de hexassílabos, não muito usados,
ou de alexandrinos, frequentes;
mas, pra quê? Na memória, ao certo, estão guardados,
desde os tempos dos bancos escolares,
dezenas, centenas, milhares
de versos, entre os quais muitos de La Fontaine.
Para lembrar é só dar a partida. Engrene
as marchas, assuma o comando:
mil lembranças virão — estou exagerando?
Pois bem: o que fizemos, Milton Amado e eu,
foi procurar seguir, sem mudar, esse esquema,
usando a mesma métrica que ele escolheu,
respeitando as estrofes de cada poema,
rimando onde ele rima, acentuando igual,
et cetera e tal.
O resultado aí está, para o seu julgamento.
Pena que não tenhamos, os dois tradutores,
trabalhado em dupla. Quanto o lamento!...
Assim, do Livro Oitavo em diante, haja louvores:
é de Milton Amado a tradução!
Mas até que se chegue lá,
há que se suportar minha pobre versão.
Como nas bodas de Caná:
quem prossegue até o fim, bom vinho beberá.

Eugênio Amado

A SUA ALTEZA O DELFIM

Alteza:
Se algo de engenhoso existe na república das Letras, pode-se dizer que é a maneira pela qual Esopo nos apresenta sua moral. Seria verdadeiramente de se desejar que outras mãos — não as minhas — tivessem complementado esta empresa com os ornamentos da Poesia, os quais aqui não seriam inúteis, conforme assim o considerou o mais sábio dos Antigos.[1] Ouso, Alteza, apresentar-vos algumas tentativas nesse sentido. Trata-se de um passatempo adequado à vossa tenra idade. [2] Estais numa época em que as diversões e brincadeiras são permitidas aos príncipes; não obstante, deveis também destinar alguns de vossos pensamentos a reflexões mais sérias. Tudo isto pode ser encontrado nas fábulas que devemos a Esopo. Elas são infantis à primeira vista, forçado-me é confessá-lo; sua infantilidade, porém, encobre verdades importantes. Não duvido de modo algum, Alteza, que não vejais senão com olhos favoráveis tais invenções que tanta utilidade apresentam e que, ao mesmo tempo, são tão agradáveis: que mais se poderia desejar senão essas duas coisas? São elas que introduziram as Ciências entre os homens. Esopo descobriu a arte singular de entrelaçá-las. A leitura de suas obras espalha na alma, sem que se sinta, as sementes da Virtude, ensinando-nos a nos conhecer sem que disto nos apercebamos, crendo até que estejamos fazendo outra coisa inteiramente diversa. Trata-se de uma habilidade da qual tem lançado mão com grande felicidade aquele que Sua Majestade escolheu para vos ministrar instrução. Ele age de maneira que aprendais sem esforço, ou, melhor dizendo, com

---

[1] *La Fontaine refere-se a Sócrates, que pôs em versos várias fábulas atribuídas a Esopo. (N. do T.)*

[2] *Contava então Delfim 6 anos (Nota do T.)*

21

prazer, tudo o que um príncipe necessita saber. Esperamos muito desse modo de agir. Para dizer a verdade, no entanto, há coisas das quais esperamos infinitamente mais. Estou-me referindo às qualidades que nosso invencível Monarca vos transmitiu pelo nascimento; ao exemplo que ele todo dia vos dá. Quando o contemplais formulando tão grandiosos desígnios; quando o observais enfrentando impávido a agitação da Europa e as maquinações que se inventam para dissuadi-lo de sua empresa; quando ele, já na primeira tentativa, penetra até o coração de uma província na qual a cada passo se depara com barreiras intransponíveis, e quando subjuga outra em apenas oito dias, e isso durante a estação mais hostil à guerra, enquanto o repouso e os prazeres reinam nas cortes dos outros príncipes; quando, não contente de domar os homens, quis também triunfar sobre os elementos, e quando, de volta desta expedição, na qual venceu como um Alexandre, eis que o vedes governando seus súditos como um Augusto: confessai a verdade, Alteza, vós suspirais pela glória tanto quanto ele, malgrado a incipiência de vossa idade; e é com impaciência que estais aguardando a ocasião em que vos podereis declarar seu rival no amor a essa divina dama. Aguardando, não: estais, na realidade, correndo a seu encontro. Não me desagrada asseverar que essas nobres inquietações, essa vivacidade, esse ardor, essas manifestações de espírito, coragem e grandeza d'alma que possuís assomam a todo o momento. Isto por certo constitui alegria que muito sensibiliza nosso Monarca, bem como não deixa de ser espetáculo de enorme e geral agrado o ver assim crescer uma plantinha que um dia deitará sua sombra sobre tantos povos e nações. Deveria eu estender-me sobre esse tema; contudo, como o intento que tenho de vos divertir é mais compatível com minhas forças que o de vos louvar, apresso-me a passar às fábulas, sem acrescentar às verdades que vos disse senão esta última: é, Alteza, que sou, com respeitosa solicitude,

vosso mui humilde, obediente e fiel servidor,

De La Fontaine.

PREFÁCIO

A indulgência dispensada a algumas de minhas fábulas dá-me motivo de esperar a mesma graça para esta coletânea. Dos mestres de nossa eloquência, apenas um desaprovou o propósito de pô-las em verso. Segundo ele, o principal ornamento das fábulas consiste em não ter nenhum; que, além disso, os grilhões da Poesia, juntamente com a severidade de nossa língua, me embaraçariam em diversas ocasiões, banindo da maior parte dessas histórias a brevidade, que bem se poderia chamar a alma do conto, já que este perde toda a força quando dela carece. Tal opinião não teria partido senão de pessoa de gosto refinadíssimo, a quem eu apenas pediria que fosse menos rígido e acreditasse que as graças lacedemônias não sejam de tal modo contrárias às musas francesas que não se possa às vezes fazê-las caminhar lado a lado.

Afinal de contas, só me atrevi a tal empresa seguindo o exemplo, não quero dizer dos antigos, pois isto de pouco me serviria, mas dos modernos. Em todos os tempos e em todos os povos que professam a Poesia, o Parnaso julgou que tal coisa fosse um privilégio seu. Mal vieram a lume as fábulas atribuídas a Esopo, houve por bem Sócrates vesti-las com as librés das musas. O que Platão relata é tão agradável que não posso evitar aproveitá-lo como um dos ornamentos deste prefácio. Diz ele que tendo sido Sócrates condenado à pena capital, foi adiada a execução da sentença em virtude de certas comemorações. Tendo Cebes ido visitá-lo no dia de sua morte, disse-lhe Sócrates que os deuses o haviam advertido diversas vezes durante o sono, recomendando-lhe que se dedicasse à Música antes de morrer. A princípio, ele não havia compreendido o significado daquele sonho, porquanto, já que a Música não torna o homem melhor, que se

23

ganharia com isso? Havia em tudo aquilo um mistério, tanto mais que os deuses não paravam de lhe enviar aquela mesma inspiração. Ainda estava para vir uma das tais comemorações. Pensando nas coisas que o Céu dele poderia exigir, lembrou-se Sócrates por fim do relacionamento que existe entre a Música e a Poesia: era possível que os deuses se estivessem referindo a esta última. Não existe boa poesia sem harmonia, mas também não existe poesia alguma sem ficção, e Sócrates somente sabia dizer a verdade. Por fim, ele encontrou uma saída: escolher fábulas que contivessem algo de verdadeiro, como o são as de Esopo. O filósofo então dedicou os derradeiros momentos de sua vida a pô-las em verso.

Não foi Sócrates o único a considerar como irmãs a Poesia e as fábulas. Fedro também não deixou dúvidas a este respeito, e pela excelência de sua obra podemos avaliar a do príncipe dos filósofos. Depois de Fedro, Avieno tratou do mesmo assunto. Por fim, seguiram-nos os modernos: temos exemplos não só entre os estrangeiros, como também entre nós. É verdade que quando os nossos trabalharam nisto, a língua era tão diferente da atual que não nos resta senão considerá-los como estrangeiros. Isto não me desviou absolutamente de meu objetivo; ao contrário, animou-me a esperança de que, mesmo não me saindo bem desta empresa, pelo menos me seria concedida a glória de tê-la iniciado.

É bem possível que meu trabalho faça nascer em outros o desejo de levá-lo ainda mais longe. Com efeito, o tema está longe de se esgotar, restando a versificar maior número de fábulas do que o das que trabalhei. Na realidade, escolhi as melhores, ou pelo menos aquelas que assim me pareceram; porém, a par da possibilidade de que me tenha enganado na escolha, não será difícil um retorno às que escolhi; ainda que se trate de um caminho mais curto, por certo terá maior aceitação. Seja como for, a mim sempre se há de dever alguma obrigação, seja porque tenha sido feliz minha temeridade, e eu não me tenha afastado demais do caminho a ser seguido, seja apenas porque eu tenha incitado os outros a fazer melhor.

Penso ter justificado suficientemente meu propósito; quanto a sua execução, o público será o juiz. Aqui não se poderá encontrar nem a elegância, nem a extrema brevidade que tanto recomenda Fedro: são qualidades além de minha competência. Como me fora impossível imitá-lo quanto a isto, julguei que era necessário, à guisa de compensação, inserir na obra um toque de alegria maior que o existente no original. Não que eu censure Fedro por se ter mantido dentro de determinados limites: a língua latina mais do que isto não lhe teria exigido; e se prestarmos atenção haveremos de reconhecer nesse autor o verdadeiro caráter e o verdadeiro gênio de Terêncio. A simplicidade é magnífica nesses grandes homens; quanto a mim, que não possuo como eles as perfeições da língua, jamais poderia elevá-la a tais alturas. Há que se tentar uma compensação qualquer, e foi o que fiz, com ousadia tanto maior quanto mais nos lembrarmos do que disse Quintiliano: não devemos exagerar no caráter alegre de nossas narrações. Não é necessário justificar a recomendação; basta que a tenha dito Quintiliano. Entretanto, considerei que, sendo essas fábulas conhecidas de todo o mundo, eu não teria feito coisa alguma se as não tivesse tornado novas quanto a certos detalhes que lhes melhorassem o gosto. É o que se pede hoje em dia: quer-se a novidade e a alegria. Não chamo de alegria aquilo que excita o riso, mas um certo encanto, uma certa graça que se pode dar a toda sorte de assuntos, mesmo os mais sérios.

Mas não será tanto pela forma que dei a esta obra que se irá apreciar seu valor, e sim por sua utilidade e pelos temas que aborda. Que há de recomendável nas produções do espírito que não o encontremos no apólogo? Trata-se de algo tão divino, que várias personalidades da Antiguidade atribuíram a maior parte dessas fábulas a Sócrates, escolhendo para lhes servir de pai aquele dentre os mortais que maior comunicação manteve com os deuses. Não sei como não houveram por bem fazer descer do céu essas mesmas fábulas, nem destinaram algum deus para protegê-las, assim como o fizeram para com a Poesia e a Eloquência. O que digo não é absolutamente despido de fundamento, porquanto, se me for permitido intrometer o que temos de mais sagrado entre os erros do paganismo, vemos que a Verdade falou aos homens por meio de parábolas — e acaso seria a parábola senão um tipo de apólogo, isto é, um exemplo fabuloso, que se insinua com muito mais facilidade e eficácia, visto ser mais comum e mais familiar? Serviria de desculpa propor-nos a imitar apenas os mestres da sabedoria, mas tal desculpa desapareceria quando se constata que as abelhas e formigas são capazes de fazer tudo aquilo que se nos é solicitado.

Foi por essas razões que Platão, tendo banido Homero de sua República, nela deu a Esopo lugar de destaque. Deseja ele que as crianças recebam essas fábulas juntamente com o leite materno, e recomenda às amas que lhas ensinem, pois não haveria melhor hora que esta para se aprender a sabedoria e a virtude. Antes de sermos obrigados a corrigir nossos maus hábitos, é necessário que nos esforcemos para torná-los bons, enquanto eles ainda se acham indiferentes ao bem ou ao mal. Ora, que método poderia contribuir mais eficientemente para isto senão o das fábulas? Dizei a uma criança que tendo Crasso avançado contra os partas entrou por sua terra a dentro sem planejar a maneira de se retirar dali, o que o levou a perecer, juntamente com todo o seu exército, apesar dos esforços feitos para se proceder à retirada. Dizei à mesma criança que a raposa e o bode desceram ao fundo de um poço para matar a sede; na hora de sair, ela serviu-se das costas e dos chifres de seu camarada como se fossem uma escada, enquanto que ele, ao contrário, lá no fundo teve de permanecer, devido a sua imprevidência. Portanto, em todos os casos é sempre necessário levar em conta o que poderá acontecer no final. Pergunto qual destes dois exemplos causará maior impressão sobre a criança: há de ser por certo o último, mais conforme e menos desproporcionado que o outro à pequenez do seu espírito. Não me venham alegar que os pensamentos infantis são naturalmente pueris, sendo dispensável que se lhes ajuntem novas criancices. Pois essas criancices não seriam senão aparentes, tendo no fundo um sentido muito sólido. E como, pela definição do ponto, da linha, da superfície e de outros princípios que nos parecem tão familiares acabamos por alcançar os conhecimentos que nos permitem medir céus e terras, de modo semelhante, pelas deduções e ilações que se podem tirar dessas fábulas, formam-se o juízo e os costumes, torna-se a criança capaz de grandes coisas.

Mas elas não são apenas morais: servem também para ensinar outras coisas. As particularidades dos animais e seus diversos caracteres nelas se exprimem, e consequentemente os nossos também, uma vez que somos a síntese do que há de bom e de mau nas criaturas irracionais. Quando Prometeu quis formar o homem, tomou a qualidade dominante de cada animal, e com essas peças tão diferentes montou nossa espécie, terminando assim esta obra que se chama "o pequeno mundo". As fábulas, portanto, são um quadro onde cada um de nós se acha descrito. O que elas nos apresentam confirma os conhecimentos hauridos em virtude da experiência pelas pessoas idosas e ensina às crianças o que convém que elas saibam. E como estas são recém-chegadas neste mundo, não conhecem ainda os outros habitantes, nem se conhecem a si próprias. Não devemos deixá-las nessa ignorância senão durante o menor tempo possível. Elas têm de saber o que é um leão, o que é uma raposa, e assim por diante, porquanto às vezes se compara o homem a um desses animais. Para isto servem as fábulas, pois é delas que provêm as primeiras noções desses fatos.

Já ultrapassei a extensão comum dos prefácios, e todavia não dei ainda os motivos da estrutura desta obra. O apólogo é composto de duas partes: o corpo e a alma, conforme se poderia chamá-las. O corpo é a fábula; a alma, a moral. Aristóteles não admite na fábula outros seres que não os animais, excluindo os homens e as plantas. Esta regra decorre menos da necessidade que da conveniência, porquanto nem Esopo, nem Fedro, nem nenhum dos fabulistas a respeitou, caso inteiramente ao contrário do da moralidade, da qual ninguém se dispensa. Quando me acontece de não mencioná-la, só o faço nos casos em que ela não pode ser dita com graça, ou onde com facilidade pode o próprio leitor supri-la. Só se aprecia em França aquilo que causa agrado, esta é. a regra máxima, e por assim dizer a única. Por isto não julguei que fosse um crime passar por cima dos costumes antigos, já que não poderia pô-los em uso sem fazê-lo de maneira errada. Nos tempos de Esopo, a fábula era simplesmente contada, seguindo-se-lhe sempre a moral, separada da história. Veio então Fedro que não se sujeitou a esta ordem: ele embelezou a narrativa, por vezes transferindo a moral do fim para o começo. E sempre que surge a ocasião de empregá-lo, não fujo a este preceito, salvo se for para observar outro que não é menos importante. É Horácio que no-lo dá. Este autor não quer que um escritor enfrente obstinadamente a incapacidade de seu espírito, ou a do tema que escolheu. Segundo ele afirma, jamais um homem que deseja lograr êxito age desse modo; ao contrário, ele abandona tudo aquilo que ele bem sabe não ser capaz de fazer bem feito:

Et quae

Desperat tractata nitescere posse, relinquit.[1]

Foi o que fiz com respeito a certas moralidades nas quais não acredito muito.

Resta-me apenas contar a vida de Esopo. Não encontro senão pessoas que consideram como fabulosa aquela que Planudes nos deixou. Este autor, segundo se presume, quis dar a seu herói um caráter e aventuras que correspondessem a suas fábulas. Inicialmente, isto me pareceu especioso; com o tempo, entretanto, acabei por não encontrar muita base nessa crítica. Ela é em parte fundada sobre o que se passa entre Xantos e Esopo; além disto, está repleta de minúcias irrelevantes: a qual sábio não teriam ocorrido fatos similares? A seriedade não marcou toda a vida de Sócrates. O que me confirma em minha opinião é que o caráter atribuído por Planudes a Esopo é semelhante ao que Plutarco também lhe atribuiu no "Banquete dos Sete Sábios": o de um homem sutil, ao qual nada escapa. Hão de me dizer que também o "Banquete dos Sete Sábios" é ficção. É fácil duvidar de tudo; quanto a mim, não vejo bem por que Plutarco teria querido enganar a posteridade nesse tratado, logo ele que se gaba de ser verdadeiro em tudo o mais, e de preservar o caráter de cada um. E mesmo que assim fosse, eu não teria feito senão mentir respaldado pelo testemunho alheio: seria menos de se crer se eu me baseasse no meu próprio? O que posso fazer é compor um tecido de minhas conjecturas, ao qual darei o título de "Vida de Esopo". Se será ou não verossímil, ninguém o poderá garantir, e, fábula por fábula, o leitor sempre há de preferir a de Planudes à minha.

De La Fontaine.

---

[1] *"E o que não espera poder tratar com brilho, ele o deixa."*

A VIDA DE ESOPO, O FRÍGIO

No que se refere ao nascimento de Homero e de Esopo, nada temos de seguro. Sabemos apenas acerca dos fatos mais notáveis que lhes ocorreram. Trata-se de um fato espantoso, visto que a História costuma guardar coisas menos agradáveis e menos necessárias que estas. Tantos destruidores de nações, tantos príncipes desprovidos de méritos encontraram alguém que nos deixou até as particularidades mais ínfimas de suas vidas; todavia ignoramos as mais importantes das vidas de Esopo e de Homero, dois personagens cujo mérito mais aumentou com o passar dos séculos. Porque Homero não é somente o pai dos deuses, é também o pai dos bons poetas. Quanto a Esopo, parece-me que se deveria colocá-lo no número dos sábios dos quais a Grécia tanto se vangloria, ele que ensinou a verdadeira sabedoria, e que a ensinava com arte bem maior que a daqueles que a ensinam através de definições e de regras. Já foram verdadeiramente compiladas as vidas destes dois grandes homens, mas a maioria dos eruditos as têm por fabulosas, particularmente a que foi escrita por Planudes. Quanto a mim, preferi não compartilhar com esta ideia. Como Planudes viveu num século onde a memória das coisas relativas a Esopo ainda não devia estar extinta, acredito que ele soubesse por tradição aquilo que nos deixou. É esta a crença que adoto, sem contudo admitir aqueles fatos a respeito de Esopo que me parecerem muito pueris, ou que de algum modo se afastassem do bom senso.

Esopo nasceu na Frígia, numa povoação chamada Amorium, por volta da quinquagésima sétima Olimpíada, uns duzentos anos depois da fundação de Roma. Não se saberia dizer se, em relação à natureza, seus sentimentos deveriam ser de gratidão ou de mágoa, pois esta, apesar de lhe ter dado um belíssimo espírito, fê-lo nascer disforme e horroroso, tendo de humano apenas o aspecto, O próprio dom da fala lhe foi quase inteiramente recusado por ela. Com tais defeitos, mesmo que ele não tivesse nascido na condição de escravo, não pôde evitar de sê-lo um dia. Sem embargo disto, sua alma se manteve sempre livre e independente da fortuna.

Seu primeiro amo o enviou aos campos para trabalhar a terra, seja porque o julgasse incapaz de qualquer outra coisa, seja para não ter ante os olhos aquela figura tão desagradável. Aconteceu que, tendo esse amo ido ver sua casa de campo, foi presenteado por um morador do lugar com alguns figos, que ele achou belos, mandando que fossem guardados com cuidado. Em seguida, ordenou a seu despenseiro, chamado Agatopus, que lhos levasse ao sair do banho. Quis o azar que Esopo tivesse ido fazer alguma coisa na casa. Logo que ele entrou, Agatopus serviu-se da ocasião para comer os figos, juntamente com alguns camaradas, e então acusaram Esopo daquela falta, não acreditando que ele conseguisse de algum modo se justificar, de tão gago que era e tão idiota que parecia. Os castigos que os antigos usavam para punir seus escravos eram muito cruéis, e aquela falta era merecedora de severa punição. O pobre Esopo atirou-se aos pés do amo e, tentando fazer-se entender o melhor que pôde, pediu que lhe fosse concedida a suma graça de adiar por alguns momentos sua punição. Tendo-lhe sido concedida a graça, buscou água morna, bebendo-a na presença do amo. Em seguida, enfiando os dedos na garganta, fê-la sair, vendo todos que não continha restos de figos ou de outra fruta qualquer. Depois de assim se justificar, sugeriu, por meio de sinais, que se obrigassem os outros a repetir a mesma operação. Todos ficaram surpresos: ninguém poderia crer que tal ideia pudesse ser concebida por Esopo. Agatopus e seus camaradas não pareceram ficar espantados. Do mesmo modo que o frígio, beberam a água e enfiaram o dedo na garganta, só que evitando colocá-lo muito fundo. Apesar disto, a água não deixou de ser regurgitada, juntamente com pedaços de figo ainda não digeridos e vermelhos. Através deste expediente, livrou-se Esopo do castigo, que seus acusadores receberam dobrado, por sua gula e por sua malvadez.

No dia seguinte, após a partida do amo, estando o frígio trabalhando como de ordinário, rogaram-lhe alguns viajantes extraviados (dizem alguns que se tratava de sacerdotes de Diana), em nome de Júpiter Hospitaleiro, que ele lhes ensinasse o caminho que levava à cidade. Esopo, antes de tudo, fê-los repousar à sombra; depois, deu-lhes uma refeição ligeira, e só depois disso acompanhou os sacerdotes, até que os colocou em caminho seguro. Os bons homens levantaram as mãos para o céu e rogaram a Júpiter que não deixasse esta boa ação sem recompensa. Mal Esopo os havia deixado, o calor e o cansaço fizeram-no dormir. Durante o sono, imaginou que a

29

Fortuna estava de pé defronte dele, que lhe destravava a língua e lhe conferia o dom dessa arte da qual se poderia dizer ser ele o autor. Encantado com esta aventura, acordou sobressaltado, levantou-se e disse: "Que é isto? Minha fala está solta! Posso pronunciar bem qualquer palavra, mesmo aquelas mais difíceis!"

Por causa desse prodígio, Esopo mudou de dono. Acontece que um certo Zenas, que ali desempenhava a função de ecônomo, e que por isto vivia a vigiar os escravos, certa ocasião puniu severamente um dos servos por uma falta que ele na realidade não havia cometido. Vendo-o, não se conteve Esopo e repreendeu Zenas, ameaçando-o de contar ao patrão sobre os maus tratos que dispensava aos escravos. Querendo antecipar-se a Esopo e se vingar dele, Zenas contou ao patrão sobre o prodígio que havia acontecido em sua casa: o frígio recuperara a palavra, porém passara a usá-la apenas para blasfemar e maldizer o amo. Este acreditou e fez ainda mais do que se poderia esperar: deu Esopo de presente a Zenas, concedendo-lhe a liberdade de fazer com aquele servo o que ele quisesse. Tendo voltado para o campo, Zenas foi procurado por um mercador, que lhe propôs comprar-lhe uma besta de carga. "Isto não posso fazer" — respondeu-lhe Zenas mas posso vender-te um escravo nosso." E mandou chamar Esopo. Ao vê-lo, disse o mercador: "É por zombaria que me propões a compra deste personagem? Eu o tomei por um odre". Dito isto, despediu-se o mercador, entre zangado e divertido com tudo aquilo. Esopo, então, chamou-o, dizendo: "Podes comprar-me sem medo, que não te serei inútil. Se tens filhos barulhentos e levados, meu simples aspecto os fará calar: vão pensar que sou o bicho -papão". Esta brincadeira agradou ao mercador, que comprou nosso frígio por três óbolos, dizendo, entre risos: "Os deuses sejam louvados! Não fiz uma grande aquisição, é verdade; em compensação, gastei bem pouco..." Esse mercador, entre outras coisas, traficava escravos. Assim, indo a Éfeso para vender os que possuía, começou a distribuir entre eles a carga a ser levada, segundo a ocupação e as forças de cada um. Esopo pediu que, em respeito à sua estatura e ao fato de ser novato ali, fosse tratado de maneira mais branda. "Se não quiseres, nada carregarás", disseram-lhe os camaradas. Metendo-se em brios, porém, voltou atrás e pediu que lhe fosse designada uma carga, como os outros. Deixaram-no que a escolhesse, e ele indicou o cesto de pães, que era a carga mais pesada. Julgaram todos que aquilo fosse uma idiotice; porém, depois do jantar, o cesto começou a ser esvaziado, reduzindo-se um tanto o seu peso; nas refeições seguintes, continuou a diminuir, de maneira que, ao fim de dois dias de marcha, estava inteiramente vazio. O bom senso e a esperteza do frígio deixaram todos espantados.

30

Quanto ao mercador, vendeu todos os seus escravos, exceção feita a um gramático, um cantor e Esopo, que ele foi expor à venda em Samos. Antes de levá-los ao mercado, vestiu os dois primeiros da melhor maneira que pôde, como um comerciante que melhora o aspecto de seus artigos. A Esopo, porém, vestiu apenas com um saco, colocando-o entre os outros dois, que assim teriam realçado seu belo aspecto. Entre os compradores que se apresentaram, estava um filósofo chamado Xantos. Este perguntou ao gramático e ao cantor o que sabiam fazer. "Tudo", responderam, fazendo Esopo contorcer-se de tanto rir, e de maneira tão grotesca e pavorosa, que quase lhe deram ali mesmo a liberdade, segundo nos relata Planudes. O mercador conseguiu, pelo cantor, mil óbolos, e pelo gramático, três mil. Qualquer um dos dois que vendesse, estava disposto a dar Esopo de quebra ao comprador. Ora, Xantos ali tinha ido adquirir um escravo, mas o alto preço dos outros o desanimara. Para não voltar a casa de mãos abanando, porém, foi aconselhado por seus discípulos a comprar o anão disforme que havia dado tantas risadas. Na pior das hipóteses, ele poderia servir como espantalho, e sua cara divertiria todo o mundo. Xantos deixou-se persuadir e comprou Esopo por sessenta óbolos. Antes de comprá-lo, porém, fez-lhe a mesma pergunta que fizera aos outros dois — para que servia ele? "Para nada" — respondeu ele — ; "já que nada sobrou para mim depois da resposta dos meus dois camaradas". Os empregados da alfândega foram generosos com Xantos, perdoando-lhe a taxa que deveria pagar e liberando-o de todas as formalidades de praxe.

A mulher de Xantos era cheia de melindres, e além disto não gostava de qualquer pessoa, sendo muito exigente a esse respeito. Assim, para não deixá-la encolerizada, nem permitir que ela zombasse dele, Xantos não quis apresentar-lhe seu novo escravo como coisa séria, preferindo fingir tratar-se de uma brincadeira. Chegando a casa, anunciou que acabara de adquirir um escravo jovem, belíssimo e bem apessoado. Sabedoras da novidade, as criadas de sua mulher quase brigaram para saber quem ficaria com ele, mas ficaram horrorizadas quando avistaram a figura. Uma tapou os olhos com as mãos, outra saiu correndo e outra começou a berrar. A mulher entendeu que o filósofo, enfastiado dela, comprara aquele monstro para afugentá-la de casa. Fala daqui, replica dali, a discussão se foi tornando extremamente acalorada, e a mulher por fim ameaçou pegar suas coisas e ir para a casa dos pais. Em virtude da paciência de Xantos e da sabedoria de Esopo, porém, as coisas por fim se acomodaram. Ninguém falou mais em ir embora, e parece que o convívio acabou por eliminar em parte a feiúra do novo escravo.

Deixarei de lado diversos episódios que atestam a vivacidade do espírito de Esopo, pois, embora sirvam para revelar seu caráter, pouco valor possuem para serem dados à posteridade. Eis apenas uma amostra do seu bom senso e da ignorância de seu amo.

31

Este, de certa feita, foi a um hortelão a fim de comprar verduras para uma salada. Encerrado o negócio, pediu-lhe o hortelão que lhe satisfizesse o espírito acerca de um problema que tanto concernia à Filosofia quanto à Jardinagem: por que as ervas que ele plantava e cultivava com grande cuidado não medravam tão bem como aquelas que a própria terra produzia, sem cultivo nem adubação? Xantos atribuiu tudo à Providência, como soem fazer os tacanhos. Esopo riu a valer e, chamando o amo à parte, aconselhou -o a dizer ao hortelão que aquela resposta vaga decorria do fato de que tal questão não era digna dele; para respondê-la, seu próprio servo seria capaz. Xantos seguiu o conselho e se pôs a andar numa outra parte da plantação. Enquanto isto, Esopo, conversando com o hortelão, comparou a terra a uma mulher que, viúva com filhos, se casara em segundas núpcias com um homem também viúvo e também com filhos do primeiro casamento. A madrasta não conseguiu refrear uma certa aversão que sentia pelos filhos da primeira esposa, negando a eles o alimento, a fim de que só os seus o aproveitassem. O mesmo ocorria com a terra, que contra sua vontade aceitava como filhos os cultivos impostos pelo homem, reservando seu carinho e seus favores para seus próprios filhos. Portanto, de uns ela era madrasta; de outros, mãe extremosa. A explicação satisfez tanto o hortelão, que ele ofereceu a Esopo tudo o que havia em seus canteiros.

Algum tempo depois aconteceu uma grande altercação entre o filósofo e sua mulher. Estando Xantos num banquete, separou algumas guloseimas e ordenou a Esopo: "Leve isto para minha querida amiga". Esopo então levou as guloseimas para uma cadelinha que era a menina dos olhos do amo. Retornando ao lar, Xantos perguntou à mulher se ela havia apreciado os petiscos, e esta nada entendeu. Para esclarecer o caso, chamaram Esopo. Procurando um pretexto para punir seu escravo, perguntou-lhe Xantos se não havia ordenado expressamente que levasse aquelas guloseimas para sua querida amiga. Esopo disse que sim, mas que a "querida amiga" não poderia ser sua mulher, que por qualquer desavença ameaçava pedir o divórcio, e sim sua cadelinha, que tudo tolerava e que vinha fazer-lhe carícias mesmo depois de haver apanhado. O filósofo ficou sem saber o que dizer, mas sua mulher ficou tão encolerizada que resolveu ir-se embora daquela casa. Não houve parente nem amigo, enviado como emissário por Xantos, que conseguisse demovê-la de seu intento e fazê-la ouvir suas razões e súplicas. Esopo, então, concebeu um estratagema. Comprou grande quantidade de viandas, como se para uma formidável festa de casamento, e deu um jeito de ser encontrado por uma das criadas da patroa. Perguntando-lhe esta para que tantos preparativos, respondeu-lhe que o amo decidira contrair novas núpcias, uma vez que a antiga esposa já se decidira mesmo a não voltar para casa. Tão logo soube da novidade, a mulher retornou para a companhia

32

do filósofo, fosse por ciúmes, fosse por espírito de contradição. Mas nem por isto cessaram os ressentimentos contra Esopo, que todo dia pregava novas peças ao amo, e todo dia se esquivava aos castigos, utilizando-se de algum ato de sutileza. O filósofo de maneira alguma conseguia confundi-lo.

De certa feita, querendo servir um jantar a alguns amigos, ordenou Xantos a Esopo que fosse ao mercado e comprasse ali apenas o que havia de melhor, e mais nenhuma outra coisa. "Vou ensinar-te a especificar o que desejas" — disse o frígio de si para si —, "sem te entregares à discrição de um escravo". Assim, comprou apenas línguas, mandando que as preparassem de todas as maneiras possíveis. Entrada, pratos de resistência e sobremesa, tudo constou somente de línguas. No início, os convidados elogiaram a escolha das iguarias, mas no final não conseguiam esconder seu aborrecimento. "Não te recomendei que comprasses apenas o que havia de melhor?" — indagou Xantos. Esopo respondeu: "E pode alguma coisa ser melhor do que a língua? É ela o liame da Civilização, a chave da Ciência, o órgão da Verdade e da Razão. É em virtude dela que se erguem as cidades e se lhes mantêm a ordem; que se instrui, se convence o próximo, se dominam as reuniões e se cumpre o primeiro de todos os deveres, que é o de louvar os deuses' "Está muito bem!" — replicou Xantos, pretendendo apanhá-lo. "Amanhã, volta ao mercado e compra-me o que há de pior, pois quero recepcionar de novo estas mesmas pessoas, servindo-lhes algo inteiramente diferente do que hoje tivemos". No dia seguinte, idêntico jantar foi servido. Chamado a se explicar, disse Esopo que a língua era a pior coisa do mundo. "Ela é a mãe de todas as discussões, a sustentadora de todas as pendências, a fonte de todas as divisões, a causa de todas as guerras. A par de ser o órgão da Verdade, também o é do erro, e pior ainda: o da calúnia. Devido a ela, destroem-se cidades, induz-se o próximo ao mal. Se de um lado serve para louvar os deuses, de outro serve para proferir blasfêmias contra seu poder". Vendo tudo isso, um dos convivas comentou com Xantos que devia ser efetivamente útil possuir-se um lacaio daqueles, que melhor do que ninguém sabia como exercitar a paciência de um filósofo.

De outra feita, perguntou Esopo a Xantos: "Que coisa mais vos apoquenta?" Ao que este respondeu: "Acha-me um homem que não se apoquente por coisa alguma". No dia seguinte, passando pela ágora, Esopo avistou um camponês simplório que olhava desdenhosamente para todos os lados, aparentando encarar tudo com a indiferença de uma estátua. Dirigindo-lhe a palavra, Esopo convenceu-o a seguir com ele até a casa de Xantos. Chegando lá, apresentou-o ao amo: "Eis o homem tranquilo que queríeis conhecer". Xantos então pediu à mulher que esquentasse água numa bacia, a fim de lavar os pés do hóspede, o que ela fez em seguida. O simplório nada disse, mesmo sabendo muito bem não ser merecedor de tal honra, mas imaginando consigo mesmo que deveria tratar-se de algum costume local.

33

A seguir, Xantos indicou-lhe, para sentar-se, a cabeceira da mesa, onde ele sem a menor cerimônia logo se refestelou. Durante o almoço, Xantos não fez senão censurar seu cozinheiro: nada lhe agradava; o que devia ser doce, lhe parecia salgado, e vice-versa. O homem sem apoquentações apenas escutava, comendo com toda a vontade. À sobremesa, serviu-se um bolo que a própria mulher do filósofo havia preparado. Embora estivesse delicioso, Xantos disse que estava péssimo, acrescentando: "É a pior sobremesa que jamais provei! Só mesmo queimando a cozinheira que o preparou, pois ela nunca há de fazer nada que preste. Podem trazer a lenha para a fogueira!" Ouvindo aquilo, voltou-se para ele o homem tranquilo e lhe disse: "Fazei o favor de esperar que eu busque a minha mulher, pois assim a mesma fogueira há de servir para duas más cozinheiras". Esta última tirada desarmou de vez o filósofo, sepultando sua esperança de conseguir um dia surpreender o frígio.

Mas não era apenas com o amo que Esopo encontrava ocasião de rir e de dizer frases de espírito. Certa vez, tendo ido a uma certa localidade a mando de Xantos, encontrou-se ele com um magistrado que lhe perguntou aonde se dirigia. Por distração, ou por qualquer outra razão, respondeu-lhe Esopo que não sabia. Tomando aquela resposta como prova de desrespeito e desconsideração, ordenou o magistrado que o prendessem. Enquanto os guardas o levavam, voltou-se Esopo para o magistrado e lhe disse: "Vede como eu tinha razão? Porventura me seria possível saber que seria levado para onde me estais mandando?" O magistrado ordenou então que o soltassem, dizendo a Xantos que este era feliz por possuir um escravo assim, tão inteligente.

Com efeito, Xantos bem via a importância de conservar consigo tal escravo, dada a honra que isto lhe podia acarretar, e assim sequer cogitava de lhe conceder a liberdade. Num dia em que o filósofo se excedeu nas bebidas com seus discípulos, Esopo, que os servia, vendo que os vapores do álcool já lhes subiam à cabeça, admoestou-os dizendo: "A ação do vinho passa por três fases: primeiro, satisfaz; depois, inebria; por fim, enfurece". Todos só fizeram zombar do conselho, continuando a esvaziar suas taças. Xantos passou tanto dos limites, que já não mais atentava no que dizia, chegando a se jactanciar de que seria capaz de beber o mar. Ouvindo-o, todos caíram na gargalhada, o que o deixou deveras enfurecido, dizendo que apostava sua casa como seria capaz de beber todo o mar. Como garantia, tirou o anel que trazia no dedo. No dia seguinte, quando os vapores de Baco se dissiparam, o filósofo ficou extremamente surpreso de não encontrar o anel de que tanto gostava. Esopo contou-lhe tudo. Alarmado, rogou-lhe Xantos que lhe ensinasse um modo de sair daquela enrascada. Eis o que foi que Esopo planejou:

34

Chegando o dia marcado para a execução da aposta, toda a população de Samos acorreu à praia para testemunhar a humilhação do filósofo. O discípulo que aceitara a aposta já cantava vitória antecipadamente. Ao chegar ao local, porém, voltou-se Xantos para o povo e disse: "Senhores, eu de fato apostei que beberia todo o mar, mas não que beberia todos os rios que nele caem. Assim, peço ao meu desafiante que interrompa todos os cursos de água, para que eu possa cumprir o que efetivamente prometi". Todos se admiraram daquele seu expediente. O discípulo reconheceu sua derrota e pediu perdão ao mestre, que foi reconduzido à casa entre vivas e elogios.

Como recompensa, Esopo pediu para ser libertado, com o que não concordou Xantos, dizendo não haver chegado a hora, salvo se os deuses lhe ordenassem o contrário. Ficasse Esopo atento aos presságios. Se acontecesse, por exemplo, de avistar duas gralhas, isto seria um sinal de que a liberdade lhe seria concedida. Mas se avistasse só uma, nada feito. Daí a pouco, teve Esopo de sair com seu amo. Num determinado momento, este se afastou, indo para um local rodeado de altas árvores, enquanto Esopo ficava no descampado. Foi então que, olhando para cima, ele avistou duas gralhas pousadas na mais alta daquelas árvores. Correu para contar ao amo, que quis testemunhar pessoalmente o fato. Enquanto os dois se dirigiam ao descampado, eis que uma das gralhas alçou voo. "Estás querendo lograr-me?" — perguntou Xantos. E voltando-se para seus servos, ordenou: "Tragam-me o chicote" — no que foi logo atendido. Enquanto Esopo era castigado, chegou alguém convidando Xantos para uma festa, tendo ele aceitado o convite. "Ai de mim!" — queixou-se Esopo, e prosseguiu: "São bem mentirosos esses presságios. . . Quem vê duas gralhas recebe castigo; quem só vê uma recebe convite!" A frase agradou tanto a Xantos, que ele ordenou que cessassem de açoitar Esopo; quanto à liberdade, porém, não lhe poderia conceder, apesar de suas diversas promessas anteriores nesse sentido.

Um dia, passeavam os dois por entre antigos monumentos, observando com vivo prazer as inscrições ali contidas. Xantos não compreendeu uma delas, ficando algum tempo a cismar acerca de seu significado. Era composta das iniciais de certas palavras. O filósofo ingenuamente revelou que aquilo o estava intrigando. "Se vos fizer achar um tesouro por via destas letras" — perguntou Esopo — que recompensa terei?" Xantos lhe prometeu a liberdade e metade do tesouro. Disse-lhe então Esopo: "Elas significam que a quatro passos desta coluna vamos encontrar um tesouro". E, com efeito, foi isto o que aconteceu, após haverem cavado um pouco a terra. Instado a cumprir o prometido, mesmo assim o filósofo preferiu adiar a libertação, argumentando: "Os deuses me guardem de te libertar, pois não me revelaste o inteiro significado das letras, e isto representaria

35

para mim um tesouro ainda mais precioso do que este que acabamos de encontrar". Ao que Esopo respondeu: "O que se acha aqui escrito são apenas as iniciais das palavras *Apothas Bémata,* etc., que querem dizer: se recuardes quatro passos e escavardes a terra, um tesouro achareis". Xantos redarguiu: "Já que és tão sabido, seria tolice desfazer-me de ti; por isto, não esperes que te liberte". Ao que replicou Esopo: "De minha parte, terei que denunciar-vos ao rei Dionísios, pois é a ele que pertence o tesouro. De fato, estas letras são também iniciais de outras palavras que revelam tal fato". Atemorizado, disse o filósofo ao frígio que lhe permitia pegar a parte que lhe cabia, mas que cuidasse de nada contar a quem quer que fosse. Esopo então declarou que não necessitava de tal permissão, pois aquelas letras também poderiam ser interpretadas de uma terceira maneira: *Quando fordes embora, dividireis o tesouro que houverdes encontrado.* Quando chegaram em casa, porém, ordenou Xantos que encerrassem o frígio e lhe pusessem cadeias nos pés, com receio de que ele desse com a língua nos dentes. "Ai de mim!" — lamentou-se mais uma vez Esopo. — "É deste modo que os filósofos cumprem suas promessas? Mas deixa estar: haveis de dar-me a liberdade, mesmo que o não queirais fazer".

A previsão concretizou-se um dia. Foi quando ocorreu um prodígio que causou verdadeiro pânico entre os sâmios: uma águia arrebatou o "anel público" (tratava-se provavelmente de um selo que se apunha às deliberações do Conselho) e o deixou cair em cima de um escravo. Diante disto, consultaram Xantos, tanto pelo fato de ser ele um filósofo, como por ser um dos primeiros daquela república. Xantos pediu algum tempo para responder, e nesse ínterim foi recorrer ao seu oráculo habitual: Esopo. Este sugeriu que o amo levasse a ele, Esopo, para falar ao público, porque, se se saísse bem, méritos para o amo; caso contrário, condenação para o escravo. Xantos aprovou o alvitre e levou-o até a tribuna dos discursos. Logo que o avistaram, puseram-se todos a rir, pois ninguém imaginava que pudesse sair algo de razoável de uma figura daquelas. Falou-lhes Esopo, então, que não se devia considerar a forma da garrafa, mas sim a qualidade do licor que dentro dela havia. Incitaram-no os sâmios a lhes dizer sem receio o que achava daquele prodígio. Esopo excusou-se, alegando que não poderia ousar dizer tal coisa. "A Fortuna arranjou as coisas de modo a haver uma disputa pela glória entre o amo e o escravo" — explicou. — "Se o escravo errar, será punido; se acertar mais do que o amo, também o será". Imediatamente, todos instaram com Xantos para que o libertasse, mas este resistiu por longo tempo. Por fim, o preboste da ilha o ameaçou de usar seu poder contra Xantos, de maneira que o filósofo foi obrigado a aquiescer. Isto feito, disse Esopo que os sâmios, em vista do prodígio que haviam testemunhado, estavam ameaçados de servidão, pois toda aquela visão nada mais significava que um rei poderoso a pretender subjugar os habitantes daquela ilha.

36

Pouco tempo depois, Creso, rei dos lídios, mandou avisar aos de Samos que lhe pagassem tributos, pois do contrário iria obtê-los pelas armas. A maioria da população foi de opinião que se deveria obedecer à ordem. Consultado, disse-lhes Esopo que a Fortuna apresentava dois caminhos aos homens: um, o da liberdade, escabroso e cheio de espinhos a princípio, mas aprazível no final; outro o da escravidão, de início fácil, mas que aos poucos se ia tornando cada vez mais dificultoso. Todos entenderam sua sugestão de que deveriam defender a liberdade. Assim, despediram o emissário de Creso. Este, insatisfeito com o resultado da missão, preparou-se para atacar a ilha. Disse-lhe o emissário que a presença ali de Esopo só lhe poderia causar prejuízos, dada a confiança que a população depositava em seu bom senso. Propôs Creso, então, que os sâmios teriam a liberdade, desde que lhe enviassem Esopo em troca. Os principais da cidade acharam vantajosa aquela condição, achando razoável o preço de sua tranquilidade, já que iriam debitá-lo à conta do frígio. Este, porém, fez mudar os rumos de suas intenções, contando-lhes a seguinte fábula: Lobos e cordeiros fizeram um tratado de paz. Como penhor, exigiram aqueles que estes lhes entregassem seus cães de guarda. Tão logo perderam seus defensores, foram os cordeiros estrangulados pelos lobos sem dó nem piedade. O apólogo produziu o efeito: os sâmios acabaram por reformular inteiramente a deliberação que a princípio haviam tomado.

Mesmo assim, houve por bem Esopo visitar Creso, argumentando que sua utilidade seria maior estando ao lado do rei, e não permanecendo em Samos. Creso, tão logo o viu, admirou-se de que uma criatura daquelas, tão insignificante, constituísse obstáculo tão considerável à sua pretensão: "Quê?! É isto aí que se opõe às minhas aspirações?" — bradou. Esopo prosternou-se a seus pés, dizendo: "Empenhava-se um homem em extirpar os gafanhotos de uma plantação, quando uma cigarra lhe caiu nas mãos. *Que vos fiz? — perguntou ela. — Não estrago vosso trigo, não vos causo prejuízos. Não encontrareis em mim senão a voz, da qual me sirvo de maneira inteiramente inocente.* — Pois bem, Majestade, sou como esta cigarra: nada tenho, a não ser a voz, da qual não pretendo servir-me para vos ofender". Tomado de admiração e piedade, Creso não só o perdoou, como desistiu de conquistar Samos, em consideração a Esopo.

Foi nesta ocasião que o frígio compôs suas fábulas, dedicando-as ao rei da Lídia. Este deixou-o voltar para Samos, onde lhe foram prestadas grandes honras. Esopo tomou então a decisão de sair pelo mundo, a fim de trocar ideias com os chamados filósofos. Por fim, instalou-se junto a

Licério, rei da Babilônia, onde alcançou grande reputação. Era costume entre os reis dessa época se desafiarem a resolver questões concernentes a toda sorte de assuntos, sob a condição de pagarem uma multa, caso não conseguissem responder a contento a questão proposta, Licério, assistido por Esopo, passou a destacar-se nessas disputas, ganhando renome geral, tanto pelas respostas que dava, como pelas perguntas que propunha.

Entrementes, nosso frígio já se casara e, não podendo ter filhos, adotara um jovem de origem nobre, chamado Enos. O que recebeu em troca foi a ingratidão. Foi tamanha a falta de caráter de Enos, que ousou profanar o leito de seu benfeitor. Ao tomar conhecimento disto, Esopo o expulsou de casa. Planejando vingar-se, o rapaz falsificou umas cartas, segundo as quais dava-se a entender que Esopo estava conspirando com alguns reis rivais de Licério. Persuadido de que isso fosse verdade, iludido pelo sinete e pela assinatura, Licério ordenou a Hermipos, um de seus oficiais, que matasse imediatamente o traidor, sem necessidade de outras provas para incriminá-lo. Amigo do frígio, Hermipos preferiu salvar-lhe a vida. Assim, sem dizer nada a ninguém, escondeu-o num sepulcro, onde lhe levava alimentos. Algum tempo depois, tendo ouvido falar da morte de Esopo, Nectanábis, rei do Egito, acreditou poder tornar Licério seu tributário. Deste modo, desafiou-o a enviar ao Egito arquitetos capazes de construir uma torre no ar, e um emissário capaz de responder a toda sorte de questões que lhe propusessem. Lidas as cartas e revelado seu conteúdo aos maiores sábios do Estado, estes não souberam o que dizer, deixando o rei saudoso dos tempos em que dispunha de Esopo para ajudá-lo em tais questões. Foi então que Hermipos lhe contou a verdade e trouxe Esopo de volta à sua presença. O frígio foi bem recebido. Explicou tudo o que acontecera e disse que perdoava Enos pelo que lhe fizera. Quanto à carta do rei do Egito, essa só lhe causou riso. Consultado por Licério, sugeriu-lhe responder que, chegando a primavera, enviaria ao Egito os arquitetos e o emissário que Nectanábis solicitara.

O rei restituiu a Esopo a posse de todos os seus bens, entregando-lhe também Enos, para que fosse castigado como ele bem entendesse. Esopo recebeu-o em casa como um filho e, à guisa de punição, fez-lhe as seguintes recomendações: honra teus deuses e teu príncipe; sê implacável com teus inimigos, mas terno e afável com todos os demais; trata bem tua mulher, sem contudo lhe confiar teu segredo; fala pouco e evita o quanto puderes aqueles que falam demais; não te deixes abater pelos infortúnios, mas cuida do futuro, pois mais vale enriquecer os inimigos com tua morte, que ser importuno para os amigos quando em vida; e, acima de tudo, não invejes a felicidade ou a virtude do próximo, porquanto isto só poderia resultar em mal para ti próprio. A bondade de Esopo e os conselhos que este lhe acabava de dar penetraram como um dardo no coração de Enos, que pouco tempo depois veio a falecer.

Voltando ao desafio de Nectanábis, Esopo escolheu alguns filhotes de águia e ordenou que fossem ensinados (coisa difícil de se crer), de maneira que cada qual conseguisse voar carregando um cesto com uma criança em seu interior. Chegada a primavera, lá se foi ele para o Egito, juntamente com grande comitiva. Por onde passava, deixava curiosos e perplexos todos que o viam quanto aos resultados de sua missão. Nectanábis, que só ousara desafiar Licério após o boato da morte de Esopo, ficou bastante surpreso com a chegada do frígio. Se tivesse sabido da verdade, jamais teria lançado aquele desafio ao rei rival. Mesmo assim, dirigindo-se a Esopo, perguntou-lhe se havia trazido os arquitetos e o respondedor de questões. Esopo apresentou-se como sendo o emissário; quanto aos arquitetos, esses lhe seriam apresentados quando chegasse a hora e no local onde se realizaria o desafio. Saindo dali todos para o descampado, eis que as águias alçaram voo, carregando os cestos dentro dos quais estavam as crianças, que se puseram a gritar, pedindo que lhes dessem argamassa, pedras e madeira. "Como vedes" — disse Esopo a Nectanábis — eu vos trouxe os pedreiros; basta agora que lhes fornecei o material". O rei do Egito reconheceu que Licério saíra vencedor daquele desafio. Mas faltavam as respostas às questões, e ele próprio propôs uma a Esopo: "Aqui no Egito há éguas que concebem só de ouvirem o relincho dos cavalos que se encontram perto de Babilônia — que me respondes a isto?" O frígio pediu para responder no dia seguinte. Depois de voltar para o local onde estava alojado, ordenou que um dos meninos apanhasse um gato e saísse com ele à rua, fustigando-o com um açoite. Os egípcios, que adoram esse animal, ficaram extremamente escandalizados com aquilo, tomando o chicote das mãos do menino e indo ao rei para se queixarem. Nectanábis ordenou que o frígio viesse à sua presença e lhe disse: "Não sabes então que este animal é um dos nossos deuses? Por que mandaste tratá-lo desse modo? " — "Por causa da ofensa que ele fez a Licério" — respondeu-lhe Esopo.

— "Pois não é que esse gato, à noite passada, cortou o pescoço de um de seus galos, justamente um dos mais corajosos e que cantava a toda hora?" — "Ora" — retorquiu o rei — não passas de um grande mentiroso! Como seria possível que este gato, em tão pouco tempo, fizesse uma viagem assim tão longa?" Ao que Esopo respondeu: "Como? É fácil: do mesmo modo que vossas éguas ouvem nossos cavalos relinchando e ficam prenhes só de escutá-los. . .

Depois disto, o rei mandou buscar em Heliópolis certos personagens dotados de grande sutileza de espírito, peritos em enigmas e charadas, ordenando que se lhes preparasse um grande banquete, para o qual convidou Esopo. Durante o festim, submeteram o frígio a diversas provas, entre as quais a seguinte: existe um grande templo sustentado por uma coluna e rodeado por doze cidades, cada uma das quais com trinta arcobotantes, em torno de cada qual caminham duas mulheres, uma branca e outra negra — que pode ser? "Em nossa terra" — respondeu Esopo — "essa questão é proposta às crianças, O templo é o tempo; a coluna, o ano; as cidades, os meses, e os arcobotantes são os dias, em torno dos quais se alternam ora o dia, ora a noite".

No dia seguinte, Nectanábis reuniu todos os seus amigos e lhes disse: "Haveis de permitir que essa metade de homem, esse aborto da natureza faça com que Licério receba o prêmio da vitória, deixando-me com a vergonha da derrota?" Um deles lembrou-se então de pedir a Esopo que lhes questionasse acerca de algo do qual eles jamais tivessem ouvido falar. Esopo aceitou o desafio e redigiu uma nota de caução em nome de Nectanábis, segundo a qual o rei confessava dever a Licério dois mil talentos. A nota, lacrada, foi entregue em mãos ao próprio Nectanábis. Antes que este a abrisse, seus amigos garantiram que o que quer que ali estivesse escrito, era coisa da qual tinham pleno conhecimento. Rompido o lacre, exclamou o rei: "Convoco todos os presentes a testemunharem que eis aqui a maior falsidade do mundo!" Lendo o que ali estava escrito, concordaram todos: "De fato! Quem jamais ouviu falar de tal dívida?" — "Pronto" — rematou Esopo —, "acabo de realizar o que me pedistes". Nectanábis não teve outro jeito senão deixá-lo voltar carregado de presentes, tanto para ele como para seu rei.

Talvez por causa de sua estada no Egito, houve quem escrevesse que ele teria sido escravo juntamente com Rodopéa, aquela que, em virtude das liberalidades de seus amantes, mandara erguer uma das três pirâmides que ainda hoje existem, e que não se pode deixar de contemplar sem admiração: embora seja a menor de todas, foi a que demandou mais arte na sua construção.

Ao regressar à Babilônia, Esopo foi recebido por Licério com grandes demonstrações de júbilo e afeto. O rei mandou erigir-lhe uma estátua, mas

40

o desejo de ver e aprender fê-lo renunciar a todas essas honras e deixar a corte de Licério, onde tinha todas as vantagens e regalias que se poderiam desejar, e pedir permissão ao príncipe para visitar a Grécia mais uma vez, Licério não o deixou partir sem lhe dar grandes abraços e derramar muitas lágrimas, e não antes de fazê-lo prometer sobre os altares que voltaria ali para terminar seus dias junto dele.

Entre as cidades por onde passou, Delfos foi uma das principais. Os délficos escutaram-no de muito boa vontade, mas não lhe prestaram quaisquer honras. Magoado com esta desconsideração, Esopo comparou-os às varas que ficam flutuando no mar: vistas de longe, pensa-se que sejam algo de considerável valor; de perto, porém, verifica-se que nada valem. Custou-lhe caro a comparação. Os délficos conceberam contra ele um tal ódio e um tão violento desejo de vingança (além do receio que passaram a ter de que ele os desmoralizasse tão logo saísse dali), que resolveram dar cabo dele. Para alcançar esse desejo, ocultaram entre sua bagagem um de seus vasos sagrados, tentando assim incriminá-lo de roubo e sacrilégio, o que certamente haveria de condená-lo à morte. Logo que ele saiu de Delfos e tomou o caminho da Fócida, os moradores de Delfos acorreram em grande balbúrdia, acusando-o de haver roubado o tal vaso. Esopo jurou inocência, mas eles, revistando seus pertences, acabaram por achá-lo. Apesar de todos os protestos de Esopo, trataram-no como um criminoso infame, reconduzindo-o a Delfos acorrentado. Na cidade, ele foi encarcerado e depois condenado a ser precipitado do alto de um abismo. De nada lhe serviram seus argumentos de defesa e os apólogos dos quais lançou mão: os délficos só fizeram zombar dele. "A rã" — disse-lhes — "convidou o rato para visitá-la. Para atravessar o charco, amarrou-o entre seus pés. Entrando na água, procurou puxá-lo para o fundo, pois havia planejado afogá-lo para depois usá-lo como refeição. O infeliz rato ficou a debater-se durante algum tempo, o que fez com que fosse avistado por uma ave de rapina. Esta, percebendo aquilo, atirou-se sobre o rato e, erguendo-o aos ares, trouxe junto a rã, que não teve tempo de soltar-se. Resultado: a rapinante comeu os dois. Pois há de ser assim, abomináveis moradores de Delfos, que um mais poderoso que todos nós me vingará. Que vou morrer, bem o sei; mas vós também havereis de morrer". Quando o conduziam ao local do sacrifício, ele achou um modo de escapar e se refugiou numa capela dedicada a Apolo, de cujo interior os délficos não recearam arrancá-lo à força. "Estais violando este asilo que não passa de uma pequena capela" — ameaçou Esopo — "mas há de chegar o dia em que vossa maldade não encontrará refúgio seguro

41

nem mesmo nos templos: vai acontecer convosco o mesmo que se deu com a águia que, apesar das súplicas do escaravelho, em cujo esconderijo se refugiara uma lebre, arrebatou-a consigo, levando-a pelos ares. A geração da águia foi punida até mesmo no regaço de Júpiter". [1] Os délficos, indiferentes a todos esses exemplos, precipitaram-no no fundo do abismo.

Pouco tempo depois de sua morte, grassou uma peste violentíssima em Delfos, vitimando muita gente. O povo logo acorreu ao oráculo, perguntando o que deveriam fazer para apaziguar a cólera dos deuses. O oráculo respondeu que não havia outra coisa a fazer senão expiar seu crime e satisfazer os manes de Esopo. Mas não foram apenas os deuses que testemunharam o horror que causara aquele crime: também os homens vingaram a morte de seu sábio. A Grécia enviou comissários para investigar o caso, e se procedeu a uma rigorosa punição dos culpados.

---

[1] *Alusão à Fábula VIII do Livro II, segundo a qual o escaravelho assustara Júpiter, fazendo com que este deixasse cair ao chão os ovos que a águia depositara em seu regaço, a fim de que ficassem sob a proteção do deus. (N. do T.)*

A SUA ALTEZA
O DELFIM

Aqui canto os heróis por Esopo criados,
aqueles cujos contos, embora inventados,
contêm verdades tais que servem de lições.
No livro todos falam: peixes, grous, leões,
e o que dizem se aplica a nós, a cada qual
— para instruir o homem, uso o animal.

GENTIL FILHO DE UM PRÍNCIPE, dos Céus
[amado,
sobre quem todo o mundo o olhar mantém pousado,
e que por triunfos há de seus dias contar:
qualquer um poderá narrar-te as colossais
façanhas e virtudes de teus ancestrais;
quanto a mim, só pretendo, em ligeiras pinturas,
entreter-te, narrando ingênuas aventuras.
Se te derem prazer, por bem pago estarei;
se não, resta-me ao menos saber que tentei. . .

PRIMEIRA
E
SEGUNDA
PARTES

LIVRO
PRIMEIRO

I

A CIGARRA E A FORMIGA

A cigarra, sem pensar
em guardar,
a cantar passou o verão.
Eis que chega o inverno, e então,
sem provisão na despensa,
como saída, ela pensa
em recorrer a uma amiga:
sua vizinha, a formiga,
pedindo a ela, emprestado,
algum grão, qualquer bocado,
até o bom tempo voltar.
— "Antes de agosto chegar,
pode estar certa a Senhora:
pago com juros, sem mora."
Obsequiosa, certamente,
a formiga não seria.
— "Que fizeste até outro dia?"
perguntou à imprevidente.
— "Eu cantava, sim, Senhora,
noite e dia, sem tristeza."
— "Tu cantavas? Que beleza!
Muito bem: pois dança, agora..."

A cigarra e a formiga.

II

O CORVO E A RAPOSA

Mestre Corvão, num carvalho pousado,
um queijo em seu bico trazia.
Dom Raposão, com seu faro atilado,
chegou-se e lhe disse: — "Bom dia!
Que bom ver-te aqui, meu amigo,
tão bonito e elegante! É bem certo o que digo:
se teu gorjeio se equipara
à plumagem que ostentas, rara,
a fênix hás de ser dentre as aves daqui."
Ouvindo isso, de alegre não cabia em si
o corvo, e quis logo exibir
a voz: o bico abriu, e assim deixou cair
a presa, que a raposa apanha e diz: — "Meu caro,
o bajulador, não raro,
vive às custas de quem lhe dá atenção.
Acho que vale bem um queijo esta lição..."
Dom Corvão, confuso e vexado,
jurou — mas era tarde — não mais ser logrado.

III

A RÃ QUE QUIS TORNAR-SE
TÃO GRANDE QUANTO O BOI

Uma rãzinha viu um boi
e impressionou-se com seu porte.
Ela, pouco maior que um ovo, logo foi
tomada do desejo de também ser forte
como ele. Assim, enchendo-se de vento,
disse à irmã: — "Vê bem se eu aumento
até igualar-me àquele boi. Já basta?" "Não."
— "E agora, já? — "Nem longe está." — "E
                        [agora, então?"
— "Ainda não." E a pobre idiota mais tentou,
inchou, inchou que até estourou!
    Tantos no mundo, assim como a rã, agem:
todo burguês quer ter mansões de grãos-senhores,
todo marquês quer ter seu pajem,
e todo principelho tem embaixadores...

IV

OS DOIS BURROS

Com cargas bem diversas, dois burros marchavam;
um só trazia aveia; o outro, dinheiro
da cobrança de impostos. O último, altaneiro,
fingia que os alforjes nem sequer pesavam,
marchando com passo ligeiro,
soando a sineta. Mas eis
que surgem bandidos: são seis,
todos interessados no burro do fisco.
Caem-lhe em cima de porretadas
e logo fazem o confisco
de suas sacolas recheadas,
deixando-o quase morto e moído de pancadas.
Geme e suspira o burro, sem saber por que
seu companheiro fora poupado do ataque.
O outro lhe diz: "Veja você
que minha carga humilde não atrai o saque,
nem desperta a cobiça alheia.
Você jamais teria sofrido tal baque,
se, em vez de carga rica, a sua fosse aveia."

Os dois burros.

V

O LOBO E O CACHORRO

Um lobo, que era magro de dar dó,
pois boa vida não lhe davam
os cães de guarda, encontra um deles gordo e só,
que se perdera enquanto os donos passeavam.
Atacar o cão, dar-lhe fim
queria o lobo, mas temia que o mastim
fosse um osso bem duro de roer,
conforme o seu aspecto lhe dava a entender.
O lobo, então, de astúcia usou:
chegando junto ao cão, cumprimentou
e, humilde, a robustez do outro elogiou.
— "Depende só de vós, Senhor,
de robustez igual dispor.
Deixai estas florestas sem comida
e vinde comigo para uma nova vida.
Vossos irmãos daqui são miseráveis,
sovinas, tacanhos, detestáveis,
a quem só restará morrer de fome.
Por que será? É que eles nada têm.
A sorte só lhes foge e some.
Vinde comigo agora, é o que mais vos convém.'
—"E em troca, que devo fazer?"
— ''É mesmo pouca coisa: basta afugentar
os que portam cacetes, ou vêm mendigar;

a todos os da casa, defender,
e ao dono, com agrados receber.
Em troca, carnes — quem sabe, até lombo,
ossos de frango, ossos de pombo,
sem falar de muitas carícias."
O lobo já sorria, satisfeito,
sonhando com tantas delícias,
quando viu algo que lhe pareceu suspeito.
— "Que é isso em teu pescoço, amigo?" — "Nada. . ."
— "Mas como nada? E essa pelada?"
— "Ah, isto aqui? É a marca da coleira
que põem em meu pescoço quando fico preso."
— "Coleira? Preso?"— indaga o lobo algo
                               [surpreso. —
"Não se pode sair quando se queira?"
— "Nem sempre, e importa?" — "Claro! Eu nunca
                                         [trocaria,
por qualquer iguaria ou a joia mais linda,
a liberdade. Adeus! " — e está fugindo ainda.

VI

A NOVILHA, A CABRA E A OVELHA, EM SOCIEDADE COM O LEÃO

Há muito tempo, dizem, a ovelha, a novilha
e a cabra resolveram fazer aliança
e formar sociedade de ganho e partilha
com o medonho leão, terror da vizinhança.
A cabra conseguiu, numa sua armadilha,
apanhar um veado, e em seguida tratou
de chamar os consócios. Os quatro vieram.
Contando-os um por um nas garras, lhes falou
o leão: "Quatro sócios esta presa esperam;
por isto, vou parti-la em quatro" — disse e fez.
— "O primeiro pedaço é meu, e eis a razão:
sou rei e me chamo Leão."
Ficaram calados os três.
— "Por direito, o segundo também a mim cabe:
direito do mais forte, todo o mundo sabe.
Por ser o mais valente, eu fico com o terceiro.
Quanto ao quarto, se algum aventureiro
tocá-lo, morrerá ligeiro!"

VII

O ALFORJE

Júpiter disse um dia: — "Todo ser vivente
pode vir reclamar de seus próprios defeitos,
do que quer que em seu corpo o faça descontente.
Hei de achar maneiras e jeitos
de atender às reclamações.
Olhai vossos irmãos, fazei comparações:
que sobra ou falta em vossas constituições?
Tu, macaco, responde a mim:
teu aspecto te agrada?" — "Mas claro que sim!
Cabeça, tronco e membros, eu tenho perfeitos.
Em mim, praticamente, não acho defeitos.
É pena que nem todo o mundo seja assim ...
Os ursos, por exemplo: que deselegantes..."
O urso veio em seguida, mas não se queixou
de seu aspecto físico, até se gabou
de seu porte. Fez críticas aos elefantes:

— "Orelhas, demais; caudas, insignificantes;
animais grandalhões, sem graça e sem beleza."
Já o elefante pensa o oposto
e se acha encantador; porém, a natureza
exagerou, para o seu gosto,
quanto à gordura da baleia.
A formiga, ao falar dos ouções, franze o rosto:
— "Que pequenez mais triste e feia!"
Dispensa-os Jove, quase todos, salvo os poucos
feridos e aleijados. Mas, entre os mais loucos,
sobressai nossa espécie, pois somos toupeiras
no que concerne aos nossos erros e às asneiras
que sempre cometemos, e, por outro lado,
linces, quando se trata de erro cujo autor
é o nosso irmão. . . O Criador
pôs em todos os homens, de hoje e do passado,
um alforje que leva os defeitos da gente.
Os nossos vão atrás, num bornal bem fechado,
e os do próximo, à vista, no bornal da frente.

55

VIII

A ANDORINHA E OS OUTROS PÁSSAROS

Uma andorinha bem viajada
muito aprendeu por onde andou: quem muito viu,
muita lembrança tem guardada.
Essa andorinha muitas vezes preveniu
tempestades quase iminentes
a marinheiros experientes!
Na época em que o cânhamo é lançado ao chão,
viu ela um camponês semeando aquela planta,
e disse às outras aves: — "Não me agrada, não,
ver esta ameaça atroz que até daqui me espanta.
É por vós que receio, pois eu posso bem
esconder-me ou fugir, mas outra é vossa sorte.
Vede aquela mão em vaivém
pelos ares? Pois ela espalha a vossa morte.
Daquela planta, um dia, hão de nascer baraços
dos quais se farão redes, laços,
capazes de prender até o mais forte
de vós. Por isto, aquele grão
deveis comer, pois é a prisão
de uma gaiola que ele representa,
ou a morte violenta
dentro de um caldeirão.
Ouvi o conselho de um amigo,
porque é verdade o que vos digo."

As aves riram-se a valer,
pois nos campos havia muito o que comer.
Quando brotou a plantação,
a andorinha lhes disse: — "Arrancai cada talo
nascido do maldito grão,
pois é necessário extirpá-lo,
ou perecereis!" — "Ó profetiza do azar"
— disseram — "ó língua sem traves!
Bela empresa essa: nem mil aves
poderiam limpar este lugar!"
Estando o cânhamo maduro,
a andorinha falou: — "Não gosto nada disto.
Cresceu depressa o grão impuro,
a erva daninha... É como eu havia previsto,
mas não me quisestes ouvir:
estando os homens aguardando
que os grãos acabem de se abrir,
virão contra vós a comando,
fazendo guerra sem quartel,
nos prendendo ou matando de modo cruel.
Não fiqueis confusas, às tontas:
recolhei-vos aos ninhos, ou mudai de clima.
Fazei como as cegonhas: no final das contas,
fugi pelo alto, por cima.
Mas se não conseguirdes transpor os desertos
e mares, suportando a sede,
não tenteis caminhos incertos:
escondei-vos nalguma brecha da parede."
As aves, já fartas de ouvi-la,
puseram-se a piar, em confusão total,
tal e qual os troianos, ouvindo a sibila
a prever seu triste final.
Dito e feito: um número enorme
de aves, o homem encarcerou.
Só se escuta o que se acha mais conforme,
e só se crê no mal quando ele já chegou.

A andorinha e os outros pássaros.

IX

O RATO DA CIDADE E O RATO DO CAMPO

Um ratinho citadino
fez questão de convidar
seu compadre campesino
para opíparo jantar.
Num magnífico tapete
estavam postos os pratos.
Que fartura! Que banquete!
Que festa para os dois ratos!
Súbito, cessa o alarido,
e o rato urbano se cala:
é que escutara um ruído
vindo da porta da sala.
 Pressentindo algum perigo,
põe-se a correr o hospedeiro.
Vendo aquilo, o seu amigo
também o segue ligeiro.
Por fim o barulho cessa,
some o medo e a incerteza.
— "Rebate falso, ora essa!
Voltemos à sobremesa."
Mas o rural diz que basta,
agradece a lauta ceia,
e fala, enquanto se afasta:
— "Vem amanhã, seis e meia,
jantar na roça comigo:
comida simples, caseira;
sem requintes, meu amigo,
mas sem medo e sem carreira..."

O rato da cidade e o rato do campo

X
O LOBO E O CORDEIRO

A razão do mais forte é a que vence ao final
(nem sempre o Bem derrota o Mal).
Um cordeiro a sede matava
nas águas limpas de um regato.
Eis que se avista um lobo que por lá passava
em forçado jejum, aventureiro inato,
e lhe diz irritado: "Que ousadia
a tua, de. turvar, em pleno dia,
a água que bebo! Hei de castigar-te!"
— "Majestade, permiti-me um aparte"
— diz o cordeiro. — "Vede
que estou matando a sede
água a jusante,
bem uns vinte passos adiante
de onde vos encontrais. Assim, por conseguinte,
para mim seria impossível
cometer tão grosseiro acinte."
— "Mas turvas, e ainda mais horrível
foi que falaste mal de mim no ano passado."
— "Mas como poderia" — pergunta assustado
o cordeiro — se eu não era nascido?"
— "Ah, não? Então deve ter sido
teu irmão." "Peço-vos perdão
mais uma vez, mas deve ser engano,
pois eu não tenho mano."
— "Então, algum parente: teus tios, teus pais . . .
Cordeiros, cães, pastores, vós não me poupais;
por isso, hei de vingar-me" — e o leva até o recesso
da mata, onde o esquarteja e come sem processo.

O lobo e o cordeiro.

XI

O HOMEM E SUA IMAGEM

*Para o Senhor Duque de La Rochefoucauld
autor do livro das "Máximas"*

Pensava um homem ser o mais belo do mundo,
sem ter um só rival que aos pés se lhe chegasse.
Vivia assim feliz, nesse engano profundo,
pois chamava de falso o espelho que encontrasse.
Com o fito de curá-lo, a Sorte, diariamente,
lhe apresentava sempre, à frente,
os conselheiros mudos das belas senhoras:
espelhos, espalhados por todos os lados,
pendurados, presos, mostrados
em todo lugar, em todas as horas.
Que fez nosso Narciso? Foi-se refugiar
no mais distante, escuro e remoto lugar

jamais imaginado, onde não existia
um indiscreto espelho. Ali, porém, havia
certo regato de água clara,
no qual, indo beber, eis que depara,
com sua própria imagem. "Deve ser miragem,
quimera vã!" — e tenta não olhar
para as águas, que seguem a rolar;
tenta fugir dali — fascinante paragem!
Consegue-o com dificuldade...

Sabeis perfeitamente o que quero dizer:
esta doença aflige toda a Humanidade.
O vaidoso é nossa alma, que não quer saber
de ver nossos defeitos; e os espelhos são
as tolices alheias, o reflexo exato
das nossas; e quanto ao regato,
são as "Máximas", obra-prima da Razão.

XII

O DRAGÃO DE CEM CABEÇAS E
O DRAGÃO DE CEM CAUDAS

Um enviado do Sultão,
comissionado junto ao Governo alemão,
diz a História que estava no palácio um dia,
elogiando as forças da Turquia,
quando um cortesão contestou:
— "Todo nobre alemão" — falou —
"poderia manter, se fosse necessário,
um exército, certo estou."
Homem sensato, o emissário
respondeu: "É verdade sabida e notória
tal fato, e trouxe-me à memória
uma aventura estranha, mas real, que um dia
me aconteceu: fugindo de um dragão eu vi
este a enfiar as cem cabeças que possuía

65

por uma cerca! Até senti
meu sangue gelar, todavia,
perigo não havia, pois o animal
não conseguiria, afinal,
passar seu corpanzil pelo cercado.
Respirei fundo, aliviado,
mas eis que sai de trás de uma touceira espessa
outro dragão distinto do primeiro:
dotado de uma só cabeça,
mas com cem caudas no traseiro!
O pânico tomou-me: a cabeça passou,
e logo atrás as caudas todas: um horror!
Vosso império, o primeiro dragão me lembrou;
e o outro, o nosso Imperador."

XIII

OS LADRÕES E O ASNO

Por um asno roubado, dois ladrões brigavam.
 Um queria guardá-lo; outro achava mais certo
vendê-lo, e por isso trocavam
socos e pontapés. Nem viram, ali perto,
 terceiro ladrão, escapando com o burro,
sem dar ou levar um só murro...

O asno seria certa província distante,
pela qual lutam, neste instante,
o príncipe da Hungria, o Turco e o Transilvano,
Em vez de dois são três: é muito pano
pra pouca roupa. Assim, a nenhum desses três
caberá a tal província, até que chegue a vez
de surgir de algum lugar um quarto elemento,
e então: adeus, jumento!

Os ladrões e o asno

XIV

SIMÔNIDES PRESERVADO PELOS DEUSES

Nunca é demais louvar três tipos de pessoas:
os deuses, sua amada e seu rei.
Malherbe foi que o disse, e eu sempre concordei
com suas máximas tão boas.
Os louvores despertam a boa vontade,
senão mesmo os favores da esquiva beldade.
Quanto aos deuses, vejamos qual sua reação.

Simônides, poeta lírico,
com certo atleta fez uma combinação:
iria preparar um belo panegírico,
recebendo um talento em remuneração.
Porém, por se tratar de pessoa simplória,
sem tradição e sem história,
havia pouca coisa para encarecer.
Assim, nosso poeta disse o que podia,
e, ao encerrar o assunto, pôs-se a descrever
os exemplos de audácia, força e galhardia
de Castor e de Pólux, modelos de todo
lutador que procede com brio e denodo.
Mencionou os locais em que os deuses irmãos
ganharam fama e primazia.
Simônides não mediu mãos
em louvá-los; assim, dois terços da poesia

foram gastos nesses louvores.
Quando, por fim, Simônides leu para o atleta
seus versos, nosso herói falou para o poeta:
— "Por certo, os deuses gêmeos são merecedores
de versos feitos com tal arte;
quanto a mim, pagarei apenas minha parte:
um terço do que foi tratado.
O resto deve ser cobrado
dos dois. Mas quero convidar-te
a um banquete, hoje à noite, em minha residência."
Embora insatisfeito com seu pagamento,
já que combinara um talento,
o poeta deu sua aquiescência.
À noite, em plena ceia, alguém chamou lá fora.
Um serviçal foi ver. Eram dois forasteiros
desempenados, altaneiros,
querendo falar, sem demora,
com Simônides. Ele atendeu. Quem seria?
Eram Castor e Pólux que, pessoalmente,
agradeceram a poesia,
e, em paga, aconselharam que, imediatamente,
ele saísse do lugar,
pois logo iria acontecer
um acidente. E, sem tardar,
o teto desabou, fazendo perecer
vários convivas. Nosso atleta
teve as pernas quebradas. Ninguém escapou
ileso, a não ser o poeta.
Sua fama cresceu, seu salário dobrou;
o fato ficou conhecido,
e Simônides tido e havido
como alguém a quem nunca os deuses deixariam
de proteger. Por isto, todos acorriam
a seu lar, e pediam-lhe para compor
poemas de tipos diversos.
Nunca mais quis alguém se opor
à forma e ao estilo dos versos,
mormente se no meio daqueles poemas
os deuses se imiscuíssem, intrusos, nos temas.
O fato é que ninguém considerava as musas,
que lhe inspiravam versos, como sendo intrusas.
Como se sabe, os homens, nos tempos antigos,
tinham como um divino dom a inspiração;
o Parnaso e o Olimpo, então,
eram irmãos e bons amigos...

70

XV

A MORTE E O INFELIZ

Todo dia, um desvalido da sorte
clamava pela Morte.
— "Ó Morte" — ele dizia —, "vinde logo a mim,
vinde dar aos meus ais um bem rápido fim."
De tanto assim pedir, a Morte um dia veio.
Bateu à porta e entrou, mostrando-se ao queixoso,
— "Que é isto?" — brada o homem, cheio de receio.
— "Que ser medonho e horroroso!
Jamais pensei fosse tão feio, juro!
Sai já daqui, ó Morte, eu te esconjuro!"
Mecenas, que era homem garboso,
falou assim de certa feita: "Antes prefiro
ser maneta, perneta, estropiado, gotoso,
do que ter de exalar meu último suspiro."
Tanto horror tenho à Morte, quanto a Vida admiro.

71

XVI

A MORTE E O LENHADOR

Um pobre lenhador, vergado pelo peso
dos anos e da lenha, que às costas trazia,
caminhava gemendo, no calor do dia,
sentindo por si próprio o mais cruel desprezo.
A dor, por fim, foi tanta que ele até parou
e, pondo ao chão seu fardo, pôs-se a refletir:
que alegrias tivera em seu pobre existir?
Depois de tanta vida, algum prazer restou?
Faltara, às vezes, pão; descanso, nunca houvera,
os filhos, a mulher e o cobrador, à espera;
o imposto e a cara feia do soldado...
ele era um infeliz, completo e acabado!

Pensando nessa falta de alegria e sorte,
chamou em seu auxílio a Morte.
— "Vosmecê me chamou, e eu vim. Agora venha."
— "Só te chamei pra me ajudar com a lenha ..."
A morte tudo conserta,
mas pressa não deve haver,
pois a sentença é bem certa:
antes sofrer que morrer.

A morte e o lenhador

XVII

O HOMEM DE MEIA-IDADE
E SUAS DUAS PRETENDENTES

Um senhor de meia-idade,
cabelos embranquecendo,
um dia sentiu vontade
de se casar, e sabendo
que ele possuía heranças
e poupanças,
surgiram numerosas pretendentes.
Sem pressa, dentre tantas que quebravam lanças
por seu amor, tentava achar uma. Entrementes,
duas viúvas tinham sua preferência:
uma, novinha; a outra, mais madura,
Ambas, com grande paciência,
tiravam o que a Mãe Natura
pusera errado — elas achavam
— na cabeça do solteirão.

Por errado consideravam
os fios de coloração
diversa dos cabelos delas.
 Assim pensavam nossas duas belas,
que entre risos alegres iam arrancando
seus cabelos: a nova, todo cabelo alvo;
a velha, os fios pretos que estavam sobrando.
 Tira este, tira aquele, e ele, ao fim. . . ficou calvo!
"Já assumira comigo mesmo o compromisso
de me casar com aquela
que uma aparência mais bela
me fizesse ter, mas isso
não me destes; de fato, estou de meter medo.
Assim, me resta agradecer,
pois posso alegre prometer
com nenhuma das duas me casar tão cedo..."

XVIII

A RAPOSA E A CEGONHA

A Comadre Raposa, apesar de mesquinha,
tinha lá seus momentos de delicadeza.
Num dos tais, convidou a cegonha, vizinha,
a partilhar da sua mesa.
Constava a refeição de um caldo muito ralo,
servido em prato raso. Não pôde prová-lo
a cegonha, por causa do bico comprido.
A raposa, em segundos, havia lambido
todo o caldo. Querendo desforrar-se
da raposa, a comadre um dia a convidou
para um jantar. Ela aceitou
com deleite do qual não fez disfarce.
Na hora marcada, chegou
à casa da anfitriã.

Esta, com caprichoso afã,
pedindo desculpas pelo transtorno,
solicitou ajuda pra tirar do forno
a carne, cujo cheiro enchia o ar.
A raposa, gulosa, espiou o cozido:
era carne moída e a fome a apertar!
Eis que a cegonha vira, num vaso comprido
e de gargalo fino à beça,
todo o conteúdo da travessa!
O bico de uma entrava facilmente,
mas o focinho da outra era bem diferente;
assim, rabo entre as pernas, a correr,
foi-se a raposa. Espertalhão, atente:
quem hoje planta, amanhã vai colher!

XIX

O MENINO E O MESTRE-ESCOLA

Neste relato eu pretendo mostrar
que os tolos ralham no momento errado.

Um meninote, que estava a brincar
junto do Sena, sem tomar cuidado,
caiu nas águas, mas, para sua sorte,
escapuliu da inexorável morte,
ao agarrar-se aos ramos de um salgueiro.
Apavorado, ele aprontou um berreiro
que um mestre-escola ali perto escutou.
O professor, num instante, o encontrou
e, ao avistá-lo, com severidade
repreendeu-o: — "És levado demais!
Sei que não tens responsabilidade,
mas não tens pena de teus pobres pais?
Em vez de orgulho e de satisfação,
só lhes dás mágoas e desilusão.
 Mal-educado! Travesso! Vadio!"
 Só depois disso é que o tirou do rio.

Não faço críticas aos professores,
mas aos pedantes, tolos e censores,
todos os três, caterva numerosa,
que a cada dia mais se multiplica.
Qualquer pretexto é bom para que, em prosa,
altissonante, rabugenta e rica,
lá venha o pito, a esfrega, a tosa.
Faz teus sermões depois, meu bom amigo,
mas tira-me antes do perigo!

XX

O GALO E A PÉROLA

Um galo, escavando o chão,
acha uma pérola, e então
vai até a joalheria.
"É rara, eu sei: vê que brilho!
Mas juro que um grão de milho,
pra mim, tem maior valia!"

Herdou um tolo, de um sábio,
belo e precioso alfarrábio,
e o levou à livraria.

"Vê que tesouro, que achado!
Mas juro que um só ducado,
pra mim, tem maior valia!"

80

XXI

OS ZANGÃOS E AS ABELHAS

A obra revela o artesão.
Alguém encontrou favos de mel na floresta.
"É nosso", diz um zangão,
ao que uma abelha contesta;
assim, formada a questão,
pedem que a vespa arbitre e dê uma decisão.
Testemunhas declaram ter visto, por perto
dos favos de mel, certos insetos alados
zumbidores, compridos, pardos: quase certo
serem abelhas — qual! todos os dados
podem também ser aplicados
aos zangãos. Viu-se a vespa em mar aberto,
sem rota ou direção. Então, houve por bem
ouvir de novo mais alguém.

Por mais que muita gente fale,
nada se aclara. — "De que vale
tanta perda de tempo? Eu penso" —
diz uma abelha de bom senso —
"que, passados seis meses, tudo permanece
no mesmo pé. Neste intervalo,
o mel vai-se perdendo. Que o juiz se apresse;
se não, ninguém irá prová-lo.
O julgamento já se arrasta,
são só declarações, palavras vãs — pois basta!
Trabalho e ação: é o que cabe
fazer agora. Vamos ver quem sabe
construir belos favos, fazer mel doce."
O grupo dos zangãos negou-se,
e ante isto, sem delonga ou pausa,
deu a vespa às abelhas o ganho de causa.

Prouvera a Deus que desse modo procedesse
todo juiz, seguindo o exemplo da Turquia.
O bom senso comum nos guiaria,
sem que em custas se dispendesse.
Hoje em dia, o pobre infeliz,
numa demanda, perde tempo e gasta horrores,
de modo tal, que a ostra fica para o juiz,
e as conchas para os contendores...

XXII

O CARVALHO E O CANIÇO

Um carvalho disse ao caniço:
— "Tens motivos de sobra para te queixares
da natureza: és tão sem forças, quebradiço;
já começas a te dobrares
no instante em que, vinda dos ares,
uma avezinha pousa em ti!
A própria brisa faz com que vergues a fronte.
Quanto a mim, posso ver o Cáucaso daqui,
a dominar todo o horizonte;
vedo os raios do sol, enfrento os temporais.
Quanto a ti, mesmo aragens lembram vendavais!
Se acaso tivesses nascido
à sombra da minha ramagem,
estarias bem protegido;
mas, onde estás, nessa paragem,
a todo instante sopra ao menos uma aragem...
Sem dúvida, o Destino foi, para ti, injusto."

— "A tua compaixão" — replica então o arbusto —
"vem de um bom coração, mas não tenhas cuidado,
pois sei como enfrentar o vento forte,
e aos vendavais estou acostumado:
me inclino, e é só. Tiveste muita sorte
de não ter enfrentado algum tufão
que lhe jogasse um dia o tronco ao chão."
Nem bem falara assim, e ao fundo do horizonte
forma-se horrendo vendaval,
que chega com furor descomunal.
Enquanto o fraco inclina a fronte,
o forte enfrenta o vento norte,
mas não resiste, e cai. Desaba em escarcéu,
o que se erguera quase até o reino do céu,
e cujos pés tocavam o império da morte...

O cavalo e o caniço

LIVRO
SEGUNDO

I

CONTRA AS PESSOAS DIFÍCEIS DE AGRADAR

Se, ao nascer, eu tivesse recebido os dons
que Calíope reserva a tão poucos mortais,
poderia engendrar mil relatos, tão bons
como os que fez Esopo: criações geniais.
Porém, como não fui do Parnaso escolhido,
tomo dessas ficções e lhes ponho ornamento.
Se melhores não ficam, que fazer? Lamento,
mas deixo tal mister para alguém mais sabido.
Tentando dar um toque mais atual ao conto,
fiz o lobo falar, e o cordeiro, de pronto,
responder. Também dei às plantas, mudas antes,
o dom de se tornarem seres bem falantes.
Não é maravilhoso ter-se um tal poder?
"Por certo, são palavras belas"
(ouço os críticos a dizer).
"Será que as hão de merecer
histórias infantis, ridículas balelas?"

Ah, censores, quereis temas mais elevados?
Lá vai: Resistiu Troia, dentro das muralhas,
a dez anos de guerra. Os gregos, já cansados,
depois de mais de cem batalhas,
pensavam desistir de tomar a cidade,
quando inventou Minerva, com sagacidade,
um estratagema fantástico,
que iria permitir tomar, de modo drástico,
a cidade sitiada: um enorme cavalo,
posto onde podia avistá-lo
a sentinela alerta; em seu ventre, porém,
escondiam-se os gregos, chefiados — por quem?
— por Ulisses, o sábio, por Ajax, o audaz,
por Diomedes, sem medo. E assim
caiu Troia num dia. "As frases não são más,"
diz um censor qualquer, "mas custam a ter fim:
haja fôlego! De outro lado,
é mais fácil acreditar
numa raposa a bajular,
que num cavalo desses, tão exagerado!
De mais, esse elevado estilo não te assenta.
Um tom abaixo, então. Amarílis, ciumenta,
sonhava com Alcipes, sem quaisquer receios
de que as testemunhas desses devaneios
fossem outras que o cão e os carneiros. Contudo,
a espreitar, num salgueiro, Tarciso ouviu tudo.
— "Zéfiro" — ela diz, suplicante —,
"faz escutar-me o meu amante".
Eis que o censor reaparece
e me interrompe neste instante.
"Esse final não obedece
às regras da boa Poesia.
Os dois últimos versos têm de ser refeitos.
Esse censor bem que podia
parar de procurar defeitos.
Como ele, tantos descontentes
a tudo fazem restrição!
Infelizes dos exigentes
que em nada acham satisfação.

II

A DELIBERAÇÃO TOMADA PELOS RATOS

Rodilardo, gato voraz,
aprontou entre os ratos tal matança,
que deu cabo de sua paz,
de tantos que matava e guardava na pança.
Os poucos que sobraram não se aventuravam
a sair dos buracos: mal se alimentavam.
Para eles, Rodilardo era mais que um gato:
era o próprio Satã, de fato.
Um dia em o que, pelos telhados,
foi o galante namorar,
aproveitando a trégua, os ratos, assustados,
resolveram confabular
e discutir um modo de solucionar
esse grave problema. O decano, prudente,
definiu a questão: simples falta de aviso,
já que o gato chegava, solerte. Era urgente
amarrar-lhe ao pescoço um guizo,
concluiu o decano, rato de juízo.

Acharam a ideia excelente,
e aplaudiram seu autor. Restava, todavia,
um pequeno detalhe a ser solucionado:
quem prenderia o guizo — e qual se atreveria?
Um se esquivou, dizendo estar muito ocupado;
outro alegou que andava um tanto destreinado
em dar laços e nós. E a bela ideia
teve triste final. Muita assembleia,
ao fim, nada decide — mesmo sendo de frades,
ou de veneráveis abades...

Deliberar, deliberar...
conselheiros, existem vários;
mas quando é para executar,
onde estarão os voluntários?

A deliberação tomada pelos ratos

III

O LOBO QUE PROCESSOU O RAPOSO PERANTE O MACACO

Certo lobo, dizendo-se roubado,
queixou-se ao tribunal, acusando o raposo.
Com maus antecedentes, este foi intimado
pelo macaco, juiz togado.
O debate entre as partes foi algo espantoso.
Têmis jamais tinha escutado
libelo tão veemente. O próprio magistrado,
durante o julgamento, se manteve em pé!
Depois de haverem perorado,
vociferado e esbravejado,
revelando sua má-fé,
ouviram do juiz: — "Conheço os litigantes;
por isto, imponho a multa aos dois:
o lobo foi roubado do que roubou antes;
e o réu, se não o roubou, há de o roubar depois."

Se o mau foi condenado, no final das contas,
o juiz agiu certo, embora um pouco às tontas...

IV

OS DOIS TOUROS E A RÃ

Combatiam dois touros por uma novilha
e pelo domínio do prado.
Suspirava uma rã, vendo isso de uma ilha.
— "Que tem você?" — pergunta, ao lado,
um membro do povo coaxante.
— "Não está vendo" — responde ela —
"que, no final dessa querela,
teremos um vencedor triunfante
e um derrotado expulso dos campos floridos?
Banido destes prados tão queridos,
não há de lhe restar outra atitude
senão buscar refúgio aqui neste palude,
onde há de nos pisar e esmigalhar. Assim,
por culpa da novilha, eis aí nosso fim . . ."
Esse receio era sensato,
pois um dos dois touros, de fato,
foi para o brejo, e ali esmagava,
sob seus cascos, vinte rãs por hora.

É o que já há tempos se falava:
o grande faz a asneira, e o pequeno é quem chora.

V

O MORCEGO E AS DUAS DONINHAS

Extraviou-se um morcego e, quando deu por si,
viu-se dentro da toca de feroz doninha.
Achando esta que um rato havia entrado ali,
logo se irrita e se abespinha,
fechando-lhe a saída. "Como ousais entrar
neste lar? Como pode um rato se enganar
e penetrar aqui? Ratos me causam ira!
Noto, porém, que sois um rato diferente!"
— "Dos ratos não sou nem parente!
Podeis ver se falo mentira:
ratos sabem voar? Pois olhai para mim:
deu-me asas o autor do universo.
Eu sou passarinho, isto sim!
Que rato o quê! Sou bem diverso!
" Após a verificação,
foi bem aceita a alegação,
e o suspeito foi libertado.
Contudo, dois dias após,
ei-lo de novo extraviado,
a entrar na toca de outra doninha feroz,
que tinha, pelas aves, ojeriza atroz.

A dona do lugar, com seu longo focinho,
correu para matar aquele passarinho,
quando este protestou, bradando com coragem:
— "Alto lá! Não sou ave! Podeis comprovar:
Não sou dotado de plumagem,
pois pertenço à raça dos ratos.
Meus inimigos são os gatos!
" Por responder com rapidez,
salvou-se o morcego outra vez!

Como ele, muitos mudam de lado e partido,
e, à vista dos perigos, zombam, fazem figa.
Conforme o lugar, o sabido
grita "Viva o Rei!" — "Viva a Liga!"

VI

O PÁSSARO FLECHADO

Ferida mortalmente por seta emplumada,
uma ave lamentava a sorte malfadada,
dizendo, ao pressentir a morte já bem perto:
"Ter de contribuir para a dor, será certo?
Homens cruéis, das asas nos tirais
plumas, para guiar as armas mortais.
Mas não zombeis de nós: vossa sina será
tão atroz como a nossa, ó humanos sem piedade!
A metade de vós, todo o tempo, estará
sempre agredindo a outra metade".

VII

A CADELA E SUA COMPANHEIRA

Uma cadela engravidou.
Na hora de dar a luz, não tendo onde ficar,
pediu a outra cadela para lhe emprestar
sua cabana. A amiga, condoída, emprestou.
Quinze dias depois, fazendo uma visita,
a dona pede a casa; a parturiente, então,
dizendo que os filhotes nem têm condição
de caminhar, lhe solicita
outra quinzena. A amiga acede e, ao fim do prazo,
reclama a casa, o quarto, o leito.
Mas a ocupante, agora, fala de outro jeito:
— "Estamos bem aqui. Será que, por acaso,
podes nos expulsar? Duvido!"
Seus filhos já haviam crescido...
Se ao mau cedes teus bens, arriscas-te a perdê-los.
Mas se pretendes reavê-los,
terás de enfrentá-lo sem medo,
nas liças ou nos tribunais.
Lembra que basta dar-lhe um dedo,
pra que ele tome a mão — ou mais!

VIII

A ÁGUIA E O ESCARAVELHO

Uma águia perseguia o Compadre Coelho,
que disparava à toda, rumo à sua toca.
Nisso, ele enxerga a toca de um escaravelho.
Fica pensando se essa toca
era segura. À falta de outra, ele se esconde.
A águia, sem respeitar seu direito de asilo,
cai-lhe em cima, e sequer responde
ao bom escaravelho, que condena aquilo:

— "Princesa das alturas, mesmo que eu me oponha,
podeis arrebatar o coelho facilmente;
mas rogo que o poupeis e que sejais clemente.
Não me deixeis passar pela vergonha
de não poder dar proteção
ao meu compadre e amigo." Um tabefe com a asa,
além de destruir-lhe a casa,
deixa-o prostrado pelo chão.
A águia arrebata o coelho. O compadre se indigna.

Planeja a represália. Um dia, estando ausente
a águia do ninho, zás! — ele, implacavelmente,
numa vingança assaz maligna,
destrói-lhe os ovos todos! Quando ela regressa,
tomada de furor, gritando igual possessa,
ameaça céus e terra, mas o seu lamento
reboa, ecoa, atroa e se perde no vento.
Sofrendo ela passou o resto daquele ano.
No ano seguinte, fez seu ninho bem mais alto.
De novo, o escaravelho faz o seu assalto.
Represália incessante: assim era o seu plano.
O desespero da águia, dessa vez, foi tal,
que o eco triste e sempre igual
dos seus ais, seis meses durou.
Ao monarca dos deuses, ela então narrou
sua aflição, e os ovos pôs em seu regaço.
Agora, sem receio de novo fracasso,
deixa a cargo de Júpiter sua defesa.
Pouco durou sua certeza:
o escaravelho, por querer,
deixa cair um excremento
bem no colo do deus, que, no mesmo momento,
sacode a veste e põe os ovos a perder.
A águia, sabendo do ocorrido,
queixa-se ao deus, de peito aberto;
ameaça abandoná-lo, ir viver no deserto.
Júpiter ouve, constrangido,
e convoca o inseto atrevido
para prestar declaração.
Este expõe todo o caso e explica a indignação
que, por causa da águia, sentia.
Assim, foi absolvido. Júpiter, porém,
vendo que não podia harmonizá-los bem,
alterou a estação na qual a águia procria,
fazendo-a coincidir, de caso bem pensado,
com a que os escaravelhos se escondem no frio,
ficando sob a terra por meses a fio
— e o caso foi solucionado.

IX

O LEÃO E O MOSQUITO

— "Vai-te, mísero inseto, excremento da terra!"
Com esse desdém inaudito,
falava o leão ao mosquito;
este, então, declarou-lhe guerra.
— "Pensas que esse teu título de rei" —
disse o mosquito — causa-me pavor?
Até o touro bravo enfrentei
e lhe demonstrei meu valor!"
Nem bem acabou de falar
e carregou de baioneta,
enquanto zumbia a trombeta.
O leão só fazia urrar,
tanto, que quase ficou rouco,
desesperado, aflito, louco.
Seus urros repercutem na floresta,
provocando um alarme universal.
Picado na orelha, na testa,
no pescoço; todo, em geral;
quem diria: um mosquito fazendo tal festa!

E tome mais picada no pobre infeliz:
tomou picada até no fundo do nariz!
O leão só pensava em matar, em dar cabo
do mosquito, mas viu que seria impossível,
pois de nada valiam garras, dentes, rabo,
contra aquele inimigo feroz e invisível.
Bate as patas nos flancos, no peito; na cara,
esperneia, dá botes, corre e leva um tombo;
mas, por fim, fatigado, cai, rende-se e para
com feridas e lanhos por todo o seu lombo.
Para complementar a lição tão amarga,
escutou a trombeta do toque de carga
alardeando a vitória. Porém — coisa estranha! —
tão deslumbrado estava o inseto,
que nem viu uma teia de aranha:
ficou preso e morreu. E como é que interpreto
a moral desta história? Vê qual a melhor:
"Inimigo pequeno, perigo maior",
ou então: "Muitas vezes, quem resiste ao mar,
pode no rio se afogar".

O leão e o mosquito

X

O ASNO CARREGADO DE ESPONJAS E O ASNO CARREGADO DE SAL

Vara na mão, um condutor
seguia, qual imperador,
tangendo dois burros na estrada:
um carregava esponjas, marchando triunfal;
já outro carregava sal,
carga difícil e pesada,
que o fazia seguir a passos vagarosos
pelos caminhos escabrosos.
Chegam, por fim, os três, ao vau de um ribeirão
de difícil transposição.
O condutor, julgando agir com sensatez,
monta, pela primeira vez,
no burro de carga mais leve.
O que leva o sal é que deve
ser o primeiro deles três
a atravessar, e o almocreve,
montado, há de segui-lo atrás.

103

No rio, o do sal se arremete,
e sua carga, então, derrete.
Ele transpõe o rio em paz.
O das esponjas, vendo essa facilidade,
entra na água a seguir, mas, por mais que ele nade,
não consegue manter-se à tona, respirando.
As esponjas vão-se encharcando,
ele também, e até o condutor quase morre,
se logo alguém não o socorre,
Quem o socorreu, não importa;
o fato é que ele se salvou,
e a carga, depois, resgatou;
mas a alimária estava morta,
e ele só por pouco escapou.

É sempre perigoso agir como um carneiro,
indo atrás do que alguém começou e deu certo.
Há que se ponderar, primeiro.
este é o modo de agir do esperto.

XI

O LEÃO E O RATO

Vale a pena espalhar razões de gratidão:
os pequenos também têm sua utilidade.
Duas fábulas mostrarão
que eu não estou falando senão a verdade,

    Ao sair do buraco, um rato,
entre as garras terríveis de um leão, se achou.
O rei dos animais, em mui magnânimo ato,
nada ao ratinho fez, e com vida o deixou.
A boa ação não foi em vão.
Quem pensaria que um leão
alguma vez precisaria
de um rato tão pequeno? Pois é, meu amigo,
leão também corre perigo,
e aquele ficou preso numa rede, um dia.
Tanto rugiu, que o rato ouviu e o acudiu,
roendo o laço que o prendia.

Mais vale a pertinaz labuta
que o desespero e a força bruta.

O leão e o rato

XII

A POMBA E A FORMIGA

Complementando o exemplo anterior, veremos
outra fábula. À beira de um regato, a pomba
contempla uma formiga que se inclina e tomba
nas águas. Que desastre! Em esforços extremos,
ela tenta escapar daquele mar revolto,
mas não consegue. A pomba, caridosa e amiga,
estica-lhe um raminho, que encontrara solto,
e deste modo salva da morte a formiga.
Esta agradece, satisfeita,
e, quando sai, encontra um camponês à espreita,
que, descalço, buscava um lugar mais aberto
para fazer mira perfeita
e assim flechar a pomba. Ele estava bem perto,
e sorria, pensando em seu almoço certo,
quando sente forte ferroada
 no calcanhar. Fosse ele esperto,
ficava sem mexer e de boca fechada;
em vez disso, gritou. A pomba, então, voou,
e ele sem almoço ficou.

107

XIII

O ASTRÓLOGO QUE SE DEIXOU CAIR NUM POÇO

Quase morre um astrólogo ao cair
num poço fundo. Alguém lhe diz: "Não desças!
Ao rumo de teus pés não deves ir,
mas, sim, subir ao rumo das cabeças!"

De fato, como pode pretender alguém,
que nem enxerga o chão, desvendar o segredo
que o firmamento oculta? Quantos sentem medo
dos que asseveram e mantêm
que, embora mortais, sabem ler,
no livro do destino, o que há de acontecer . . .
Homero e tantos outros, de fato, falaram
nesse livro; porém, jamais nos explicaram
em que consiste o acaso, a sorte,
o que quer que regule a vida e a morte:
o que chamamos Providência.
O próprio nome mostra: Acaso, e não Ciência.

Tudo o que ocorre neste mundo
não provém do saber profundo
Daquele que fez tudo e que tudo dispõe?
Seus desígnios à mostra, acaso Ele nos põe?
Na face das estrelas, teria Ele imprimido
o que a noite dos tempos mantém escondido?
Com que finalidade? A de servir de teste
aos que daqui contemplam a esfera celeste?
Ou de servir de alerta contra o inevitável,
dando-nos a saber que o destino, implacável,
há de trazer-nos sorte, ou provocar tristeza,
antecipando a dor e matando a surpresa?
É crime acreditar nessas vãs previsões.
Os astros não se atrasam, nem saem da trilha;
o sol, diariamente, brilha,
acarretando a vinda das quatro estações,
que se sucedem sempre nas épocas certas.
As sementes, fechadas, logo são abertas,
em razão do calor que dele recebemos.
Assim é que acontece — é tudo o que sabemos.
De mais, se é sempre igual à marcha do universo,
por que nosso destino é sempre tão diverso?
Horóscopos não fazem falta
à nossa culta Europa, e a esperta malta
desses pretensos sábios, que busque outro abrigo,
levando os alquimistas pra longe, consigo.
Excedi-me algum tanto; voltemos ao moço
que enxergava as estrelas, mas não via o poço.
Pior do que ele é quem o escuta e nele crê,
pois, além de não ver o chão, este infeliz
é tão beócio que não vê
um palmo adiante do nariz.

XIV

A LEBRE E AS RÃS

Uma lebre estava a cismar
(e quem vive na toca, que faz, senão isso?),
chegando à conclusão de que seu grande azar
era o de ser um bicho muito assustadiço.
"Quem é de natural medroso
há de estar sempre desgostoso
com seu viver, pois nem sequer sabe apreciar
um bom bocado; nunca tem um prazer puro;
vive assustado, assim como eu, sempre a espreitar,
tenso, de olhos abertos, mesmo estando escuro.
— Corrige-te! os sensatos me dirão.
E acaso tem o medo correção?
 Mesmo os homens, segundo creio,
como eu, também sentem receio."

Assim cismava a nossa lebre,
mas sem sair de seu alerta,
tremendo, como se com febre,
sempre pronta a correr, toda desperta,
receosa de uma sombra e até de um nada...
De súbito, escuta a infeliz
um ruído qualquer, e o instinto lhe diz
que fuja logo em disparada!
E ei-la a buscar plagas seguras,
mas quando bordejava um brejo, viu que as rãs,
com medo, se escondiam nas águas escuras
da lagoa. — "Ah, minhas irmãs,
sou eu que vos causo terror?
Não vedes que tais medos são miragens vãs?
Serei um monstro aterrador?
Ou, quem sabe, meu peito encerra
a força tenebrosa do trovão?
Nada! É que não existe poltrão, nesta terra,
que não encontre um outro ainda mais poltrão!"

A lebre e as rãs

XV

O GALO E A RAPOSA

Num galho, empoleirado, estava, atento e alerta,
um galo vivido e sagaz.
— "Irmão" — diz com voz meiga uma raposa esperta
—, "não sabes que estamos em paz?
É o fim daquela vida incerta
de lutas e de medo. Enfim: trégua geral!
Vem dar-me um beijo fraternal.
Vem logo, o tempo é curto. E quanto aos outros galos,
incumbo a ti de ir avisá-los.
Deixai de lado os medos vãos,
pois agora somos irmãos.
É tempo de festa e de dança!
Desce com toda a confiança,
quero dar-te um beijo na testa."
— "Minha amiga" — responde o galo — "eu não
[podia
imaginar notícia mais feliz que esta!

113

Que festa!
Que alegria!
E que satisfação por ver
que chegaste primeiro com esta boa nova.
Teremos em breve uma prova
da verdade, pois, a correr,
vejo daqui dois galgos, que por certo estão
trazendo a todos nós a comunicação
desta notícia alegre. Vamos esperá-los
para trocarmos beijos: cães, raposas, galos."
— "Outro dia, talvez. Eu já me vou."
E dizendo isto se esgueirou
para bem longe do caminho.
O velho galo riu sozinho,
pois o prazer é redobrado
quando se vê, ao fim, o embusteiro logrado.

XVI

O CORVO QUE QUIS IMITAR A ÁGUIA

Vendo uma águia a voar, carregando um carneiro,
  um corvo achou que poderia
imitá-la. Apesar de não ser tão ligeiro,
e nem de ter tanta energia,
tinha uma fome sem tamanho!
Escolheu o animal mais gordo do rebanho,
digno de ser sacrificado
e oferecido aos deuses mais escrupulosos.
Sussurra o corvo, pondo-lhe os olhos gulosos:
"Quem quer que o tenha amamentado,
soube fazê-lo bem! Magnífico exemplar!
Terei um repasto divino."
Sobre o carneiro, então, ei-lo a se arremessar,
mas o belo espécime ovino
pesava mais que o queijo daquela outra história,
e, além do mais, tinha um tosão
que, de tão basto e espesso, trazia à memória
as densas barbas de Tritão,
ou as de Polifemo. Ali, o pobre corvo
emaranhou as garras, sem poder sair.
Vendo aquilo, o pastor livrou-o desse estorvo,
prendendo-o na gaiola, para divertir
os seus filhos pequenos. Pode-se concluir,
desta história, que é bom cada qual conhecer
sua capacidade e peso;
quem é pequeno e imita os grandes há de ver
que, onde a vespa passou, o mosquito fica preso.

115

XVII

O PAVÃO QUE SE QUEIXOU A JUNO

Queixava-se a Juno o pavão:
— "Ó, deusa" — ele dizia — "não é sem razão
que vivo triste a soluçar,
pois sinto enorme humilhação
de não ter o dom de cantar,
Vede que o rouxinol, tão pequeno e vulgar,
glorifica a estação primaveril
com seu cantar doce e gentil."
Irritada, Juno responde:

— "Cala-te e escuta. É ciúme que se esconde
atrás dessas palavras: inveja, somente.
Mas logo tu, que trazes no colo, luzente,
um verdadeiro arco-íris de plumas sedosas,
e as inda mais maravilhosas
penas da cauda que abres, fazendo lembrar
fulgores de joias preciosas?
Antes que venhas reclamar,
lembra que a sábia natureza
distribuiu seus dons entre todas as aves.
A umas deu coragem; a outras, ligeireza,
e aos rouxinóis deu vozes ternas e suaves.
O falcão é veloz; as águias, muito fortes;
as gralhas pressagiam mortes;
assim, todas as aves têm seu próprio dom,
tanto as grandes como as pequenas.
Basta de inveja. Muda esse queixoso tom;
senão, hei de arrancar-te as penas!"

O pavão se queixou de juno

XVIII

A GATA METAMORFOSEADA EM MULHER

Uma gata mimosa, bela e delicada,
era, para seu dono, a coisa mais amada
que havia neste mundo. O louco,
a fim de aumentar mais um pouco
o amor que por ela nutria,
lançou mão de reza e magia,
e assim conseguiu que o destino
transformasse aquele felino
em maravilhosa mulher.
Tomado de deslumbramento,
agora como esposa a quer,
e seu antigo sentimento
muda-se em ardente paixão.
Sua vida, dantes pacata,
sofre total transformação.
Nem lembra que já fora gata
aquela que o acaricia
a todas as horas do dia,
e a quem, ele, em seu desvario,
dedica um amor doentio.
A vida do casal em carícias seguia,

quando um dia, no leito, escutaram um ruído:
algum camundongo atrevido
andava ali! No mesmo instante,
salta a mulher do leito e se arremessa, arfante,
sobre o rato, que escapa por um triz.
Uma noite após, confiante,
ei-lo que volta — ó, que infeliz:
não conhecendo o dom inato
da mulher, é apanhado o rato.

Depois de conservar por tempos um licor,
o vaso continua a guardar seu odor.
Não perde, o pano, a antiga dobra,
por mais que se tente esticá-lo:
passado um tempo, ele a recobra.
O natural não sofre abalo
quando escondido. Só descansa.
Subitamente, entra na dança,
e não há como refreá-lo,
nem a bastão, espada ou lança.
Fecha-se a porta com tramela,
e ei-lo que sai pela janela.

XIX

O LEÃO E O JUMENTO QUE CAÇAVAM JUNTOS

Quis um dia caçar, o rei dos animais,
que aniversariava. Mas não são pardais
que o leão caça, e sim gamos cevados,
porcos-do-mato fortes, velozes veados.
Para ajudá-lo em tal intento,
pediu o auxílio do jumento,
já que os animais dessa raça
zurram muito alto, qual trompa de caça.
Ordenou-lhe o leão que ficasse na espera;
cobriu-lhe o corpo todo de folhas e ramos,
e mandou que zurrasse, pois assim os gamos
e os outros animais, com medo de tal fera,
iriam procurar abrigo,
deixando seus covis. Pois dito e feito:
ao estentóreo som, prenúncio de perigo,
fugiam em tropel, sem entender direito
o que seria um tal trovão.
Só iam dar por si nas garras do leão.
— "Que tal meu desempenho?" — indaga com alegria
o jumento ao leão. — "Zurraste bem zurrado!
Não conhecesse a ti e aos teus, mesmo eu teria
ficado bem apavorado!"
Revoltado, o jumento bem que quis dizer
umas poucas e boas, com justa razão.
Mas quem tem medo desse pobre fanfarrão?
Logo o leão? Não há de ser...

120

XX

TESTAMENTO EXPLICADO POR ESOPO

Ao que consta, Esopo seria
o oráculo da Grécia antiga,
tendo maior sabedoria
que a de todo o Areópago. Isto até me obriga
a comprovar a afirmação,
contando esta história ao leitor:

Determinado cidadão
tinha três filhas, cujo humor,
de uma para outra diferia.
Uma era avara, outra bebia,
e a outra era namoradeira.
No testamento que o pai fez,
dividiu a fortuna igualmente entre as três;
mas, na cláusula derradeira,
ordenava que cada filha,
depois que seu quinhão não mais lhe pertencesse,
fizesse com a mãe a partilha,
dando-lhe a terça parte do que se vendesse.
Morrendo o pai, seu testamento
foi lido, mas todos ficaram
sem entender o documento.

121

Bem que os juízes o estudaram,
e vários advogados deram pareceres.
Se se esgotassem os haveres,
de que maneira pagariam?
Como é que se interpretariam
aqueles estranhos dizeres?
Se as filhas resolvessem os bens conservar,
nada teriam que pagar!
Foi decidido, finalmente,
que, não havendo como resolver o impasse,
cada filha, de boa mente,
depois que seu quinhão a suas mãos chegasse,
lhe estimasse o valor; destarte,
sabendo-se que à mãe cabia a terça parte,
seria estipulada, para cada qual,
uma renda proporcional
para ser dada à mãe. Tomada a decisão,
tratou-se então da divisão
dos bens do falecido. Fizeram três lotes:
num, as adegas e os barris,
garrafas, cântaros, cantis,
a baixela de prata, escravos de servir,
depósitos de malvasia;
enfim: o instrumental que é da gastronomia;
num outro, o que pode convir
a quem é dado às coisas da galanteria:
a casa da cidade, os móveis requintados,
bordadeiras, cabeleireiras
e camareiras,
eunucos, joias e brocados;
e no terceiro lote, o gado, a plantação,
pastos e animais de tração,
além da criadagem rural.
Divididos os lotes, cada irmã ficou
com o próprio do seu natural,
e toda a Atenas aprovou
aquela divisão que o tribunal fizera.
Todavia, que longa espera
a mãe teria de enfrentar,
até que cada irmã fizesse
o cálculo que lhe conviesse,

estipulando a renda que iria pagar!
Esopo, só, não reconhece
a sensatez da decisão,
que fora de encontro à intenção
do autor do testamento. — "Ah, se estivesse vivo,
o defunto criticaria
este povo que afirma, altivo,
ser o depositário da sabedoria!
Se o fosse, não teria dado, a cada filha,
o oposto do que tinha de ser dado.
Deixai-me fazer a partilha,
que hei de mostrar qual era a intenção do finado."
Após ser dada a permissão,
fez ele nova divisão:
à namoradeira entregou
o instrumental dos bebedores;
gado e pastagens destinou
à beberrona, e os toucadores
deu para a avara. A alegação
foi que, com tal destinação,
todas se iriam desfazer
dos bens que havia em seu quinhão.
Sendo ricas, iriam poder escolher
bons maridos. Quanto à pensão
da mãe, foi dada a solução,
conforme imaginada pelo falecido.
Sob geral estupefação,
mostrou Esopo que era muito mais sabido,
e de razão mais viva e prática,
que toda a população da Ática.

LIVRO
TERCEIRO

I

O MOLEIRO, O MENINO E O BURRO

A Monsieur de Maucroix

O apólogo seguinte, no que tange à idade,
na Grécia antiga tem sua paternidade,
mas a seara é rica e, depois da colheita,
a pessoa respiga, e ainda sai satisfeita.
Não foi toda explorada a terra da ficção:
ainda existe lugar para a boa invenção;
no momento, porém, prefiro recontar
o que disse Malherbe, o poeta invulgar,
a Racan, que também de Horácio a lira herdou.
Este último, um dia, o outro mestre encontrou,
passeando no campo, em tranquilo lazer,
como tinha o costume de sempre fazer.
Conversando, Racan disse assim: — "Meu amigo,
ajudai-me a fazer algo que não consigo,
pois me falta a experiência que tendes de sobra,
e que tão bem mostrais em vossa alentada obra:
como hei de decidir-me a respeito da vida?
Toda a minha existência é de vós conhecida:
o que fiz, o que valho. Pois então: como agir?
Fico aqui na província, ou me arrisco a sair?

125

Torno-me capitão, cortesão ou deão?
Alegria e tristeza, em qualquer decisão,
hão de ser naturais, pois se há riscos na guerra,
também o amor, tão bom, muita tristeza encerra."
Malherbe disse então: — "Contentar toda a gente. . .
Eis um conto que mostra se é coisa prudente:
Eu já li, não sei onde, que um velho moleiro
e seu filho, que já não fedia a cueiro,
mas que tinha os seus quinze, se estou bem lembrado,
foram vender seu burro, um dia, no mercado.
A fim de não cansá-lo e de alcançar bom preço,
resolveram levá-lo, já desde o começo,
com as patas amarradas, preso num varal,
levado pelos dois, qual lustre original,
O primeiro que os viu, quase morreu de rir.
— "Meu Deus, que palhaçada! A gente há de convir
que o mais burro dos três não é aquele do meio..."
O moleiro entendeu e tirou logo o esteio.
Forçado a caminhar à maneira dos burros,
o animal reclamou, com formidáveis zurros,
mas em vez de atendê-lo, o moleiro mandou
que o rapaz o montasse, e a marcha continuou.
Três feirantes, ao vê-los, acharam muito estranho
ir montado um menino daquele tamanho,
enquanto o velho segue a pé. Grita um dos três:
— "És lacaio dele, velho? Então não vês
que esse jovem robusto é que deve ir a pé?"
— "Estais certos, senhores; de fato, assim é.
Cede o lugar, meu filho. Eu vou montado agora."
Passam três moças. Diz uma: — "Nossa Senhora!
Que falta de vergonha! Ali vai um marmanjo
todo refestelado, e deixa que o pobre anjo
coma a poeira atrás. . . Oh, Deus, que covardia!"
— "Que tens com minha vida, moça? Desconfia!
Minha idade permite que eu siga montado."
Mas, reparando bem, achou que estava errado
e, apontando a garupa ao filho, disse... — "Vem."
Este foi. Trinta e poucos passos mais além,
encontram outro grupo, e uma pessoa diz:
— "Como deve sofrer esse burro infeliz! "
Outro comenta: — "Olá! Não é peso demais

para um pobre animal? Mas o que desejais:
vendê-lo?! Vai chegar puro osso lá na feira!"
— "Por Deus" — diz o moleiro — "sofre da moleira
quem procura agradar a gregos e troianos!
Mesmo assim, tentarei mudar todos os planos:
vamos seguir a pé." — E assim, em procissão,
seguiram pela estrada, sem complicação,
até que alguém os viu e logo fez chacota:
— "Dois burros a galope, enquanto o outro trota!
Que queiram ir a pé, vá lá, é natural;
mas, então, para que trazer um animal?
Quem tem cão não precisa ir à caça com gato;
quem tem burro não gasta a sola do sapato.
Já que os dois gostam tanto do burro, aconselho:
deixai que ele vos monte e que vos dê com o relho!"
Concordou o moleiro: — "Senhor, certamente,
como um burro eu agi, mas daqui para a frente
farei como achar bom, sem escutar ninguém."
Dito e feito: ele o fez. E eu vos digo: agiu bem.

Quanto a vós, quer sigais Marte, o Rei ou o Amor,
quer fiqueis na província ou sejais viajor,
quer vos torneis abade, ou prefirais casar:
todos hão de falar, de falar, de falar.

127

O moleiro, o menino e o burro

II

OS MEMBROS E O ESTÔMAGO

Pela realeza eu deveria
    começar esta narração,
e Mestre Gáster poderia
servir como comparação.
Se de algo ele carece, o corpo se ressente.
Cansados de viver em ação permanente,
os membros resolveram nada mais fazer,
já que Gáster vivia assim dessa maneira.
"Pra que cansar, suar, durante a vida inteira,
se, no final, é Gáster que vai receber
os frutos deste esforço? Ele vive no luxo,
enquanto nós penamos, em função... do bucho!
Sigamos seu exemplo: viva a ociosidade!"
Dito e feito: sem ter qualquer atividade,
elegeram, os membros, como sócio,
o estômago, e quedaram-se inertes, em ócio.
Nada de agir, correr, pegar, gesticular,
pois já se achavam, disso tudo... estomagados,
Mas que erro atroz! Em breve, estavam arruinados,
entorpecidos, lassos, sem sangue a pulsar,
e vendo o fim se aproximar.
Quem reputavam ser inútil e nocivo,
era fundamental para o bem coletivo.

129

Isto pode aplicar-se ao governo real:
ele recebe e dá, visando ao bem geral.
Para ele trabalhamos; reciprocamente,
outro não há que nos sustente.

Acaso pode o artista viver sem mecenas?
Quem protege o comércio e paga o magistrado?
sustenta a quem trabalha? mantém o soldado?
favores distribui? conforta as duras penas?
enfim: controla todo o Estado?

Menênio soube bem dizer,
quando a comuna quis romper com o Senado,
queixando-se de que este enfeixava o poder,
as finanças, as leis, todo o Império, afinal,
deixando para o povo, em paga desigual,
sofrimentos, impostos, fadigas de guerra:
em palavras candentes, fez-lhes ver o mal
que havia em procurar a sorte em outra terra.

Este apólogo foi usado
à guisa de comparação,
e o povo, arrependido, ouvindo a exortação,
retornou ao dever, calado.

III

O LOBO QUE SE PASSOU POR PASTOR

Um lobo planejou, a fim de alimentar-se,
entrar num redil bem guardado;
para alcançar tal fim, lançou mão de um disfarce
que há tempos tinha idealizado:
vestiu-se de pastor — um saio remendado,
uma vara em vez de cajado,
e aos mínimos detalhes desce,
pois nem a cornamusa esquece!
No chapéu rabiscou este recado estranho:
"Eu é que sou Guigui, pastor deste rebanho".
Dessa maneira disfarçado,
empunhando com as patas da frente o cajado,
o Guigui de mentira chega, devagar;
enquanto isto, o Guigui de verdade, deitado
na relva, estava a ressonar;
o cão também dormia; a cornamusa, ao lado,
como os carneiros, só fazia descansar.
Sem problemas, o lobo entrou

no aprisco, e ali avistando as ovelhas tranquilas,
quis, para o seu abrigo, logo conduzi-las.
A voz do pastor imitou:
foi nisto que ele fracassou,
pois sua imitação foi de fato funesta,
já que acordou até os animais da floresta!
Seu disfarce se revelou.
Ante o alarido, todo o mundo
saiu de seu sono profundo.
Quis escapar o lobo insano,
porém o pastor, furibundo,
deu cabo dele e de seu plano.

O velhaco acarreta sempre o próprio dano,
Lobo que quer sobreviver,
como lobo há de proceder.

O lobo que se passou por pastor

IV

AS RÃS QUE QUISERAM TER UM REI

Sentindo-se as rãs cansadas
da vida em democracia,
fizeram tais assuadas,
que Júpiter lhes deu direito à monarquia,
mandando-lhes do céu, naquele mesmo dia,
um rei, que ao despencar nas margens encharcadas,
provocou tal rebuliço
entre o povo assustadiço,
que todos foram buscar
refúgio em outro lugar.
Uns se escondiam nas locas,
outros se refugiaram atrás das tabocas,
sem ousarem sequer erguer o seu olhar
para aquele monstro mau.
Nenhuma rã podia imaginar
que não passasse aquilo de um toco de pau.

Porém, a curiosidade
fez uma delas se atrever
a contemplar de perto o ser.
Seguiram-na diversas, uma infinidade.
Em pouco, com total familiaridade,
já lhe saltavam no costado,
e ele lá, imóvel e calado.
Aquele imobilismo as irritou:
— "Um rei que não se mexe, falta não nos faz."
Júpiter decidiu dar-lhes por rei um grou,
ave bastante voraz
e apreciadora de rãs.
Queixam-se a Zeus novamente,
mas desta vez as queixas foram vãs.
— "Que nenhuma rã se lamente!
Errastes em querer mudar
vosso modo particular
de se autogovernar. Mas erro bem maior
foi o de não quererdes o primeiro rei.
Ficai com o novo que vos dei:
posso mandar outro pior!"

As rãs que quiseram ter um rei

V

A RAPOSA E O BODE

Uma raposa esperta e seu amigo bode
seguiam lado a lado, em amena palestra
Em matéria de astúcia, a raposa era mestra,
enquanto que o de chifres era o que se pode
chamar de toleirão. A sede os fez descer
ao fundo de um poço que acharam.
Depois que se fartaram de tanto beber,
como sair dali? ambos se perguntaram.
— "Já sei" — diz a raposa — "um modo bem seguro:
levanta os pés e apoia os chifres contra o muro,
de maneira que eu possa subir por teu lombo.
Tão logo eu consiga escapar,
um modo haverei de encontrar
pra que saias, sem levar tombo,
ou sem sofrer um arranhão."

O bode comentou então:
— "Pelas barbas de bode, que felicidade
ser amigo de alguém assim!
Que inteligência! Quanto a mim,
invejo tal sagacidade."
Foi assim que a raposa do poço saiu
e, quando lá fora se viu,
voltou-se e fez este sermão:
— "Se o Céu te houvesse dado juízo e razão,
em vez dessa barbicha que trazes no queixo,
terias sido mais prudente.
Aguenta as consequências desse teu desleixo,
e trata de encontrar um modo inteligente
de escapar. Agora te deixo,
pois tenho um compromisso a resolver, urgente."

Antes de dar início, pensa no desfecho.

VI

A ÁGUIA, A JAVALINA E A GATA

Três mães, numa mesma árvore, instalaram ninhos,
e as três ali criavam seus filhinhos:
uma águia, em cima; embaixo, a javalina, e ao meio,
uma gata num oco, e era o ninho mais cheio.
Em paz viviam todas, mas a gata, um dia,
resolveu acabar com toda essa harmonia.
Subiu ao ninho da águia e disse: — "Estão contadas
as horas de nossas ninhadas!
Todos vamos morrer! A voraz javalina
não para de roer a raiz que sustenta
o tronco em que vivemos, cavando uma mina
que, a cada hora que passa, mais afunda e aumenta.
Esta árvore está prestes a cair,
e os nossos filhos a servir
de pasto para os filhos dessa má vizinha.

"Alastra-se o terror, tal qual erva daninha,
no ninho da águia. A gata, então,
desce ao chão
com agilidade felina
e se dirige à javalina:

139

— "Amiga, tem cuidado! Não deixes, sozinhos,
sem tua proteção, teus tão lindos filhinhos,
pois a águia aguarda, sempre à espreita
de que saias, para agarrá-los."

Depois de provocar dois profundos abalos,
saiu a gata, satisfeita.

Quem nunca mais saiu foi a águia, apavorada,
deixando sem comer toda a ninhada.

Também a javalina ficou enfurnada,
sem providenciar o que é fundamental:
o alimento dos filhos. Assim, cada qual,
à espera do pior, não saiu do lugar.

Queda-se alerta a ave real,
fica a javalina a vigiar.

Por fim, a fome vence, e a todos elimina:
morrem os javalis e a família aquilina;
como os gatos sobreviveram,
seus restos sequer se perderam...

Acaso existirá mais pérfida inimiga
que a língua capaz de uma intriga?

Creio que a pior desgraça
que, da caixa de Pandora,
saiu e se espalhou por este mundo afora,
é, sem dúvida, a trapaça.

140

VII
O BEBERRÃO E SUA MULHER

Defeito, cada qual temos o nosso,
que medo ou vergonha não curam.
Acerca disso, até que posso
narrar exemplos que asseguram
a verdade do fato. Um seguidor
de Baco, que arruinava a sua vida,
afundando-se na bebida,
deixando atrás de si fama de devedor,
num dia em que já estava bem tocado,
chegando em casa, nem notou, já preparado
pela mulher, seu leito num caixão.
Deitou-se ali, tranquilo, o beberrão
e logo adormeceu. Ao despertar, que viu?
Apetrechos de enterro naquele lugar:
flores, mortalha, círios a queimar.
"Morri, já fui velado, e o povo até saiu!"
Eis que chega sua esposa, vestida de Morte,
de máscara no rosto e com voz rouca e forte,
trazendo-lhe um mingau de cheiro repugnante,
que nem o próprio Lúcifer suportaria.
O beberrão, vendo essa cena horripilante,
achou que no Inferno estaria.
— "Quem és?" — pergunta, àquele ser horrendo.
— "Eu sou a despenseira, e estou trazendo,
por ordem de Satã, vosso alimento,
neste lugar de horror eterno."
— "Mas não tem, pra acompanhamento,
nenhum traguinho neste Inferno?"

141

VIII

A GOTA E A ARANHA

Quando o demo gerou o mal da gota e a aranha,
assim lhes disse: — "Filhas, podeis ter certeza
de que causais uma tamanha
apreensão entre a realeza,
igual à que causais também entre a pobreza.
Assim, para vós, tanto faz
morar numa choupana ou num palácio. E então,
que dizes, Aranha? Farás
acordo com a Gota? Tenho aqui na mão
duas palhas: a que tirar
a menor, na choupana deverá morar,"
— "Quero ir para o palácio" — diz a Aranha. —
["Eu não!" —
exclama a Gota. — É perigoso
para mim, pois lá vivem aqueles sujeitos,
os Médicos!" — E, vendo um vilão andrajoso,
decidiu ir morar nos cômodos estreitos
de uma choupana pobre, sem lustres e espelhos;
assim, se instalou nos artelhos
do infeliz, satisfeita em pensar que teria
muito a fazer ali, sem temer os doutores.

Nesse ínterim, a Aranha fez a moradia
e teceu sua teia entre os ricos lavores
do teto de um palácio, bem refestelada.
Pega uma mosca, duas, três;
mas eis que, de repente, forte vassourada
seu trabalho destrói. Ela tenta, outra vez.
Reconstrói sua teia, e de novo a criada
faz novamente o que já fez.
Ela muda de canto, e a vassoura a persegue.
Vendo, por fim, que não consegue
estabelecer-se, desiste
e vai procurar sua irmã,
a Gota, lá no campo. Encontra-a muito triste,
cansada já desde a manhã.
Seu hospedeiro — diz — só pensa em trabalhar:
vê lenha, vai rachar; vê mato, vai cortar.
Não há gota que aguente um tratamento assim...
— "Irmã, troquemos de lugar!"
A Aranha logo disse sim.
Foi morar na choupana, que nunca é varrida,
enquanto a Gota deu nas juntas de um prelado,
que desde então se viu ao leito condenado.
Repouso e cataplasmas: ei-la bem fornida!
E agora, cada qual, tendo de lar trocado,
sorria satisfeita: isto sim, é que é vida!

IX

O LOBO E A CEGONHA

Nos lobos, a voracidade
é bem comum. Por causa dela,
um certo lobo, sem maldade,
se viu com um osso preso à goela.
Com medo de morrer, numa aflição medonha,
tentou gritar, não pôde. Então, uma cegonha,
por sorte dele, ali passou.
Sentindo grande compaixão,
resolveu ajudá-lo, e o osso retirou
com seu bico comprido. Finda a operação,
apresentou a conta ao lobo.
— "Pagar porque tiraste um osso ...
pensas acaso que sou bobo?
Tu, sim, me deves teu pescoço,
do qual, há pouco, quase fiz almoço.
Some, ingrata, vai, alça voo:
da próxima, não te perdoo!"

X

O LEÃO DERROTADO PELO HOMEM

Estava exposta uma pintura
na qual se achava figurado
um leão de enorme estatura
por um só homem subjugado.
Olhavam-na todos com glória,
quando um leão chegou ali subitamente.
Calou-se logo toda a gente.
— "No quadro, foi vossa a vitória.
Lembrai-vos, porém, que os artistas
pintam mentiras e ficção.
Teríeis diferente quadro sob as vistas,
se seu pintor fosse um leão..."

XI

A RAPOSA E AS UVAS

Certa raposa astuta, normanda ou gascã,
quase morta de fome, sem eira nem beira,
andando à caça, de manhã,
passou por uma alta parreira
carregada de cachos de uvas bem maduras.
Altas demais — não houve impasse:
"Estão verdes... já vi que são azedas, duras..."
Adiantaria se chorasse?

A raposa e as uvas

XII

O CISNE E O COZINHEIRO

No quintal de uma mansão
em que havia criação
de patos e de outras aves,
viviam um marreco e um cisne, destinados
cada qual a seu fim. Não lhes havendo entraves,
viviam lado a lado, sem medo ou cuidados,
mergulhando no tanque, explorando os recantos,
satisfeitos da vida e orgulhosos de si.
Um dia, o cozinheiro que morava ali,
e que tinha por hábito, nos dias santos
(e nos outros também), tomar um copo ou dois,
tomou uns três ou quatro, e achou que era adequado
fazer, para o jantar, um bom marreco assado.
Mesmo tonto, não quis deixar para depois.
Porém, por obra e graça do caneco,
pensou que o cisne era o marreco,
e por um triz o esgana. A sorte é que escutou
o lamento mavioso do cisne, e exclamou:
— "Quase estraguei essa garganta!"

Para certos perigos, grito não adianta:
então, fala macio e canta.

XIII

OS LOBOS E AS OVELHAS

Após mais de mil anos de guerra total,
os lobos e as ovelhas houveram por bem
selar a paz que aos dois partidos mais convém,
pois se comer ovelhas é fato normal
entre os lobos, pastores os caçam também,
e arrancam-lhes as peles. Chega de chacina,
e nada de carnificina!
Mas, para garantir a paz, deliberaram
trocar reféns; por isto, os lobos enviaram
seus filhotes; em troca, a comissão ovina
enviou-lhes seus cães, tudo dentro das formas
de praxe e obedecendo as normas.

Decorrido algum tempo, os filhotes de outrora
transformaram-se em lobos adultos malvados.
Certa noite em que estavam os pastores fora,
chegaram-se ao redil, calados,
e assim estrangularam, sem demora,
metade dos mais gordos animais,
levando seus despojos para a escuridão.
De modo semelhante agiram seus pais,
matando os cães à traição,
tudo isto precedido de combinação,
enquanto estavam todos a dormir.

Disto se pode concluir
que os maus merecem, não perdão, mas sim castigo.
É boa a paz? Por certo que é!
Mas que fazer se o inimigo
não for merecedor de fé?

149

Os lobos e as ovelhas

XIV

O LEÃO QUE FICOU VELHO

O leão, terror das florestas,
um dia ficou velho, sem forças, sem dentes,
e os súditos, que outrora lhe faziam festas,
tornaram-se muito insolentes.

O cavalo aplicou-lhe, certa vez, um coice;
o lobo, uma mordida; o boi, uma chifrada,
e o mísero leão, sem se queixar de nada,
aceitou seu destino e foi-se
refugiar num covil e desaparecer.

Mas eis que um burro passa ali e não se amedronta.
"Isto é demais!" — ele urra e chora. — "Antes
[morrer,
do que ter de sofrer tão vergonhosa afronta!"

151

XV

FILOMELA E PROCNE

Deixou Procne, a andorinha bela,
sua morada na cidade,
chegando, por casualidade,
num bosque onde cantava a pobre Filomela.
— "Querida irmã!" — saudou-a. — "Como estás
  [passando?
Há cerca de mil anos não te tenho visto,
desde os tempos da Trácia! Olha, eu não resisto
a uma pergunta: então, ficarás até quando
a viver longe das cidades,
neste ermo, sem prazeres e sem amizades?"
— "Aqui vivo feliz, em paz, sempre cantando."
— "Ora" — Procne replica — "e cantas para quem?
Não valorizam teu talento
os camponeses que aqui vêm,
tampouco os animais, que nem te prestam tento.
Na cidade, porém, todos hão de apreciar-te.
O bosque, além disto, não traz
a lembrança da afronta que, há tempos atrás,
te fez Tereu? Portanto, parte!
Vai à cidade ter teu reconhecimento."
— "A presença dos homens é que me angustia,
fazendo-me lembrar aquele atroz tormento.
Se eu apreciasse o sofrimento,
contigo, então, eu seguiria."

152

Filomena e Procne

XVI

A MULHER AFOGADA

Por gracejo se diz: "Não é nada importante,
é só uma mulher se afogando..."
Não uso essa expressão, assaz deselegante
em relação a quem sempre está nos causando
sentimentos felizes, ternura e alegria.
Toco nisto porque, a seguir,
falo de uma mulher que, um dia,
não sabendo nadar, teve o azar de cair
num rio, e morreu. Seu marido,
sabendo da infausta ocorrência,
quis enterrá-la com decência.
Como o corpo havia sumido,
foi procurá-lo pelo rio,
perguntando às pessoas que ali passeavam,
e que o acidente ignoravam,
se haviam visto a morta. Vendo o desvario
do infeliz, condoeram-se e o aconselharam
a procurar mais a jusante.

154

— "Para baixo, por certo, as águas a levaram."
Um deles, porém, gracejante,
sugeriu-lhe buscar a mulher rio acima:
— "O gênio da contradição,
que sempre esses seres anima,
há de inverter-lhe a flutuação
e levá-la a montante, contra a correnteza."
Não se graceja nessas horas,
e, ademais, não tenho certeza
de que o natural das senhoras
seja ir de encontro à natureza.
De qualquer modo, quem nascer
com tal tendência, há de viver
todo dia a contradizer,
contradizendo até morrer.

XVII

A DONINHA QUE ENTROU NUM CELEIRO

Senhorita Doninha, serpeando com jeito,
num celeiro foi dar, por um buraco estreito.
Como ela havia estado doente,
achava-se muito magrinha.
Vendo-se lá, ficou contente;
comeu esfomeadamente
toda iguaria fina que ali se continha.
Vivendo assim, ninguém definha,
e ela engordou rapidamente.
Ao fim de uma semana nessa vida boa,
eis que ela escuta um ruído: vinha uma pessoa!
É tempo de fugir! Corre ela até o buraco,
mas, agora, já lá não cabe.
"Meu raciocínio deve estar doente e fraco,
mas, se encontro o buraco, ainda há tempo, quem
                                            [sabe?"
Um rato então diz: — "Minha amiga,
o buraco é esse aí, mas a tua barriga
a mesma já não é de uma semana atrás.
Trata antes de perdê-la. E isto que te falo
se aplica a muita gente que faz e desfaz. . .
Cala-te boca! Então, me calo."

156

XVIII

O GATO E UM VELHO RATO

Li num famoso fabulista
que houve outro Rodilardo, Alexandre dos gatos,
Átila, flagelo dos ratos.
Tinha habilidade de artista,
sabendo, com seus braços longos,
exterminar os camundongos,
que sentiam por ele um verdadeiro horror.
No raio de uma légua, esse exterminador
espalhava mais medo do que as ratoeiras,
que, em face de sua eficiência,
não passavam de brincadeiras.
Em vista dessa truculência,
sair da toca era demência:
nenhum rato saía. Como então pegá-los?
O gato imaginou um plano pra agarrá-los:
fingindo-se de morto, ficou pendurado
de cabeça pra baixo, preso no telhado.
Os ratos logo acharam que era punição,
pelo furto de um queijo, ou algo semelhante.
A notícia espalhou-se veloz, num instante.
O gato estava morto! Era a libertação!

Numa exultante procissão,
todos os ratos, finda a longa reclusão,
foram comemorar a morte do inimigo
debaixo do seu corpo inerte,
quando este, de modo solerte,
vendo-os fora de seu abrigo,
como planejara consigo,
ressuscita, desprende-se e acaba com a festa,
espalhando terror e morte!
— "Fiquem de sobreaviso os que escaparem desta,
pois da próxima vez não hão de ter tal sorte!"
Esconderam-se todos os sobreviventes,
mas o feroz gato, entrementes,
maquinou outro plano dos mais contundentes:
uma arca vazia, pra fora ele trouxe;
depois, na farinha espojou-se,
e dentro da arca se aninhou.
Seu plano funcionou, pois logo um rato ousado
o estranho bolo farejou,
e à rataria o aviso, em seguida, foi dado.
Um dos ratos, porém, veterano e vivido,
antes que os outros ratos tivessem saído,
desconfiou do embuste e logo deu o alerta.
— "Deve haver qualquer máquina estranha encoberta"
— gritou de longe ao gato, estrategista esperto,
— "a ponto de mover-nos uma ação daninha.
Mesmo que, em vez de ser farinha,
fosses um saco, eu nunca chegaria perto."

O rato demonstrou ser ladino e experiente.
Sabia bem que a desconfiança
prolonga a vida do prudente,
pois ela é a mãe da segurança.

O gato e um velho rato

LIVRO
QUARTO

I

O LEÃO AMOROSO

A Mademoiselle de Sévigné

Sévigné, beleza invulgar
que serve de modelo às Graças:
desta fábula não desfaças,
por mais que possas estranhar
que um leão, animal terrível,
dome seu gênio irascível,
e se transforme, de repente,
num gatinho manso e inocente!
E tudo por causa do amor,
esse indecifrável senhor
de nossas ações! É feliz
quem escapa de seus ardis.
Se te causa aborrecimento
este assunto, que sirva então,
a fábula que te apresento,
como um preito de gratidão,
afeto e reconhecimento.

No tempo em que os bichos falavam,
quase todos ambicionavam
entrar para o convívio humano.
Não há por que julgar insano
tal anseio, pois cada qual
acalentava esse seu plano
com base em mérito real,
que o tornaria quase igual
a nós: força, astúcia, decência
e outros predicados que tais.
Mas vamos à história, sem mais.

Um leão de nobre ascendência,
num prado viu, entre os zagais,
uma pastora, e apaixonou-se.
Não esperou nem um momento:
pediu-a logo em casamento.
O pai da jovem assustou-se,
mas como negar tal pedido?
Ademais, o fruto proibido
sabe melhor ao paladar;
recusando um tal pretendente
cabeludo, airoso e valente,
podia o pai precipitar
um casamento clandestino.
Assim pensando, o pai, ladino,
lhe respondeu: — "Ter-te por genro
me agrada, mas como evitar
que tu abraces, sem machucar,
aquele corpinho tão tenro?
Corta as garras e as mantêm rentes
às patas, e lima teus dentes,
de modo que teus beijos sejam
mais delicados, e os abraços
não causem dores ou inchaços.
Isso é o que as donzelas desejam."
O leão tudo consentiu,
tão cego o deixara a paixão.
Sem garras ou dentes, se viu
como um desarmado bastião.
Um bando de cães cai-lhe em cima
sem que ele oponha resistência.
Ah, o amor! Quando se aproxima
a sua vez, adeus prudência!

O leão amoroso

II

O PASTOR E O MAR

Dos lucros de um rebanho de ovelhas viveu,
por anos, um pastor vizinho de Anfitrite.
Se não podia ser da elite,
tinha seguro o que era seu.
Porém, de tanto ver navios a trazer
tesouros de além-mar, vendeu todo o rebanho
e, arriscando no mar todo o seu ganho,
um naufrágio lhe pôs tudo a perder.
Voltou aos seus carneiros, o pobre pastor;
não mais proprietário — simples guardador.
Seus sonhos, que a princípio foram devaneios,
tornaram-se, com o tempo, desvarios.

Quando a razão perde seus freios,
o sonhador acaba a ver navios.
Nosso pastor, porém, aos poucos,
caindo em si, deixando os sonhos loucos,
foi economizando e pôde recomprar
o rebanho que um dia fora seu.
— "Queres dinheiro?" — disse, desafiando o mar. —
"Toma o alheio e deixa o meu!"

164

Não tomeis esta história por mera ficção.
Ao contrário, dai-lhe atenção,
porquanto a vida não se cansa
de mostrar a amarga lição:
que mais vale um simples tostão
concreto, do que cinco de esperança. A
os convites do mar e apelos da ambição,
façamos ouvidos de mercador,
pois, para um que sorri, mil chorarão,
ao perder seus bens, com horror,
nos vórtices do vento ou garras do ladrão.

O pastor e o mar

III

A MOSCA E A FORMIGA

— "Eu sou melhor que tu" — disse a formiga à
[mosca.
— "O quê?!" — a outra replica. — "É boa!
Como pode essa anã, essa figura tosca,
esse inseto vil, que nem voa,
um tão ridículo animal,
da rainha dos ares julgar-se uma igual?
Eu frequento os palácios: à mesa me sento,
das iguarias todas eu experimento;
enquanto isso, tu vives miserável, pobre,
a esperar a migalha que caia ou que sobre...

Como eu, tiveste o privilégio
de pousar em coroa, manto ou cetro régio?
Ou na própria testa do rei?
Porventura teus pés já tocaram o colo
de uma bela? Pois já beijei
lindos e níveos seios! Fica aí no solo,
arrastando sobejos e restos mortais,
a frequentar matos e escombros,
enquanto eu provo acepipes reais
e enfeito aveludados ombros
de formosas damas!" — "Ó, não!" —
retruca a formiga. — "Então pensas
que és bem-vinda na Corte? Tola presunção!
És tão maldita quanto as doenças
que trazes da nojenta origem
de onde provéns. Todos se afligem
ao perceber a tua incômoda presença.
E se de fato pousas nas testas reais,
com mais frequência pousas em vis animais.
Visitas cozinha e despensa?
Isto eu não vou negar; contudo, afianço e juro
que igual regalo encontras no imundo monturo.
Em tua presunção, há pouco até afirmaste
que, quando estás pousada num ombro formoso,
teu negrume, a formar na alva pele um contraste,
a embeleza ainda mais . . . Então, não é espantoso
que a dona desses ombros, com tapa bem forte,
tente espantar-te, ou até mesmo
causar-te ali imediata morte?
Para escapar dos tapas, tens de voar a esmo,
tens de sair pela janela
e enfrentar, sem querer, a noite, que te assusta,
senão o próprio inverno frio, que enregela,
e a fome, que a seguir não custa.
 Pois enquanto sofres assim,
eu, que soube cuidar de mim,
estarei abrigada confortavelmente,
bem alimentada e contente,
a usufruir daquilo que armazeno agora.
Adeus. Minha despensa não pode esperar.
Quem só faz rir, um dia chora,
mas quem trabalha há de lucrar."

IV

O JARDINEIRO E O SENHOR DA ALDEIA

Um amador da jardinagem,
meio burguês, meio hortelão,
além de alface, azeda e vagem,
que em horta bem cuidada tinha em profusão,
cultivava com grande capricho um jardim,
com muito amor-perfeito, serpão e jasmim.
Margot vai se casar, e o bom homem deseja
com as flores do jardim adornar toda a igreja.
Só uma lebre estorvava essa felicidade,
e ele se decidiu: foi ao senhor da aldeia
queixar-se. — "Esse animal transpõe cercado e grade,
e, na horta que plantei, almoça, janta e ceia!
Armadilha ou pauladas, ele não receia.
Parece feiticeiro!" — O senhor deu risada:
— "Nem que ele fosse o diabo, o Rex há de
[encontrá-lo.
Fica tranquilo, eu mesmo haverei de caçá-lo."
— "E quando é que vai ter lugar essa caçada?"
— "Amanhã, sem tardar, serei o teu conviva."
E na manhã seguinte, enorme comitiva
chega ao lugar. — "Olá! Prepara uns frangos tenros,
pois estamos com fome! E essa linda donzela?
É tua filha? E o casório? Não faltarão genros

169

querendo desposar uma moça tão bela!
Prepara a bolsa para a festa!”
Sem qualquer cerimônia, ele a beija na testa
e fá-la sentar-se a seu lado,
pega na mão, alisa o braço, faz agrado
no seu queixinho. Ela protesta,
porém sem faltar com o respeito.
O pai contempla aquilo, muito contrafeito.
Os frangos ficam prontos. Todos à cozinha!
Comem à tripa forra. — “Mas que sorte a minha!
Ando atrás de presuntos e encontrei, por fim!”
— “Quereis levá-los?” — “Quero, sim.”
Comem, até fartar-se, o senhor, a família,
valetes, cães, cavalos. Para completar,
pede-se vinho. Enquanto o pai vai ao lagar,
ele lhe acaricia a filha.
Termina a refeição e todos se preparam
para a caçada à lebre esquiva.
Segue à frente o senhor, atrás a comitiva.
Os cães são soltos e disparam.
Sons de corneta, gritos, relinchos, latidos;
o alarido é geral. Cavalos e cachorros
pisam chicórias, nabos, porros;
os canteiros são destruídos.
Com temor de que um salto resultasse em tombo,
o senhor ordenou que se fizesse um rombo
na cerca, pois assim poderia ir e vir,
sem correr riscos de cair.
Por esse rombo enorme, a lebre escapuliu.
Sem nada compreender, a filha ao pai pediu
alguma explicação. — “São nobres em folgança”,
e mais não quis dizer. Aquela gente fez,
numa hora, mais estragos, e de uma só vez,
que o teriam feito, num mês,
todas as lebres que há na França!

Chefes de principados, bem tolos sereis,
se em vossas discussões recorrerdes aos reis.
Evitai que eles tomem parte em vossas guerras
e penetrem em vossas terras!

V

O BURRO E O CÃOZINHO

Jamais dará certo forçar
o talento, quando o não temos.
Aos ridículos mais extremos
se expõe quem disto se olvidar.
São poucas as pessoas que o Céu obsequia
com a graça natural e o dom da simpatia.
Às que não forem destas poucas,
este conselho dou: não sejais como o burro
que teve umas ideias loucas
pra conquistar seu amo. "Enquanto eu aqui zurro
neste relento" — ele pensou,
ouvindo os ladridos de um cão —,
"esse animal de estimação
frequenta a casa, onde eu não vou;
recebe afagos do patrão;
vive no colo da patroa. . .
E o que ele faz? Estende a pata!
Se isso eu também fizer, troco esta sorte ingrata,
por uma vida mansa e boa!"
Com tal intento em sua mente,
tão logo viu que o dono estava bem disposto,
chegou-lhe o casco bem no rosto
e fez-lhe uma carícia, tão pesadamente,
que machucou seu queixo e lhe quebrou um dente!
— "Ah, maldito animal, que se passa contigo?
Pensava que eras manso, e vejo: és um perigo!
Mas, deixa, que te curo!" — e a bengala cantou.
Ao invés de carícias, tremendo castigo...
e foi assim que terminou.

VI

O COMBATE DOS RATOS E DAS DONINHAS

Como a nação das doninhas,
de modo igual à dos gatos,
nenhum bem deseja aos ratos,
são as portas estreitinhas
de suas habitações
que impedem que o animal
de longa espinha dorsal
lhes cause devastações.
Num ano em que não faltou
farinha de trigo e pão,
o grande rei Ratagão
um forte exército armou.
As doninhas se irritaram
e a guerra lhe declararam.
A vitória demorou
a pender para um dos lados,
sendo os campos adubados
pelo sangue que correu,
mas por fim prevaleceu
a tropa dos dorsos longos,
que infligiu aos camundongos
várias derrotas seguidas.

172

Bem quis Furtapão, o herói,
com Migalheiro e Rói-Rói,
resistir às investidas.
Ficaram de causar dó,
cobertos de sangue e pó,
mas seu esforço foi vão.
O outro exército os subjuga,
e o que se viu foi a fuga
de soldado e capitão.
Os príncipes pereceram;
os outros se escafederam,
numa geral debandada.
Salvaram-se os mequetrefes
facilmente, mas os chefes,
de cabeça coroada
por penachos e plumagens,
para ostentar hierarquia
e lhes dar ares selvagens,
por uma triste ironia,
depois de tal correria,
tiveram destino amargo,
pois nenhum buraco ou fenda
que lá existia era largo:
a matança foi tremenda
entre os ratos principais;
escapou a miuçalha.

Enfeite, quando demais,
não ajuda, só atrapalha.
Um grandioso equipamento,
se causa o retardamento,
torna-se carga nociva.
De todo grande embaraço,
o pequenino se esquiva,
mas o grande cai no laço.

VII

O MACACO E O GOLFINHO

Entre os gregos do tempo antigo
houve um costume singular:
gostavam de levar consigo,
quando em viagem pelo mar,
macacos e cães na equipagem,
para alegrar sua viagem.
Um navio, faltando apenas
um dia pra chegar a Atenas,
foi a pique, e não fosse a sorte
de haver golfinhos perto, a morte
seria o destino geral.
É, de fato, amigo da gente
(Plínio é quem diz, e ele não mente)
esse tão estranho animal.
Um deles, querendo salvar
os marujos a se afogar,
viu um, nadando com esforço,
e logo o instalou em seu dorso.

Deixou-se levar pelo aspecto,
pois o marujo não passava
de um macaco, que simulava
ser homem nobre e circunspecto.
— "Obrigado" — disse ao golfinho,
com esperteza e muita lábia. —
"Tua escolha foi muito sábia,
pois não sou nenhum homenzinho
vulgar e plebeu. Ao contrário,
tenho posses, sou milionário.
A cidade que vês ali
é minha terra. Lá nasci.
Leva-me até lá, meu valente.
Receberás, de recompensa,
joias, terras, fortuna imensa."
— "Nada desejo, realmente" —
disse o golfinho, desconfiado. —
"Mas tenho uma curiosidade:
já viste lá, nessa cidade,
o tal Pireu, que é tão falado?"
— "Pireu? Conheço, como não?
É meu amigo mais leal!"

Com esta, o golfinho, afinal,
reconheceu o seu engano,
jogou das tostas o animal
e foi salvar um ser humano.

175

O macaco o golfinho

VIII

O HOMEM E O ÍDOLO DE MADEIRA

De um ídolo de pau que guardava em seu lar,
um pagão esperava proteção; contudo,
seu ídolo era surdo, apesar de orelhudo,
e nada de recompensar
os sacrifícios colocados
aos pés do altar: carneiros e porcos assados,
e outras gostosas iguarias
que um outro deus jamais tivera.
Sem nada acontecer, sucediam-se os dias,
e o pagão a gastar, naquela longa espera
de encontrar um tesouro, receber herança,
mudar sua sorte, mas qual!
o ídolo impassível, sereno, descansa.
De tanta indiferença, cansou-se afinal
o inditoso pagão: tomando de um machado,
deu com ele sem dó no deus, e que surpresa:
de uma fortuna de ouro ele estava recheado!
— "Então tu me escondeste toda essa riqueza,
enquanto eu te tratava bem, e logo agora,
que te trato mal, sem demora
me dás o que estava a esperar?
Vejo que te pareces com certas pessoas
estúpidas, das quais, para algo se tirar,
só com umas pauladas boas!"

177

IX

O GAIO ENFEITADO
COM AS PENAS DO PAVÃO

Com as penas de um pavão que estava em muda,
um gaio tolo se adornou;
depois, entre os pavões, ele se apresentou,
e então foi um deus nos acuda!
Embora empavonado, foi reconhecido,
vituperado e escarnecido,
despojado das plumas e das próprias penas.
Retornando a seus pares, foi de lá banido,
e nunca mais quis fazer cenas,
Como o gaio, outros bípedes conheço bem
que se adornam com os restos do que foi de alguém:
o povo os chama de "plagiários"
Mas como mencionar tal tema não convém,
evitemos os comentários.

X

O CAMELO E O FEIXE DE VARAS

Apavorou-se com o camelo
a primeira pessoa a vê-lo.
A segunda chegou perto, e a terceira, então,
pôs-lhe arreio, sela e bridão.
O costume, portanto, torna familiar
o que nos parecia atroz e singular.
A visão contínua e constante
torna banal o horripilante.
Como exemplo, até posso relatar
um fato: Em certa aldeia à beira-mar,
os moradores viram algo a flutuar.
Um deles, assustado, berra:
— "Meu Deus, é um navio de guerra!"
Pouco depois, não era mais que um galeote,
depois esquife, e depois bote;
por fim, mero feixe de varas...

Sei de pessoas, não são raras,
a quem se aplica este refrão:
de longe, podem ser; de perto, nada são.

XI

A RÃ E O RATO

Tal como diz Merlim, a si próprio se engana
quem pensa o próximo enganar.
Trata-se de verdade antiga e mais que humana,
pois também se pode aplicar
aos animais, conforme mostro neste conto.
Um rato bem nutrido, muito gordo, a ponto
de estourar, pois jamais cuidara de jejuar,
saiu a espairecer. Foi a um brejo e, de pronto,
abordou-o uma rã, fazendo esta proposta:
— "Vem até minha casa e um banquete hás de ter."
O rato aceitou com prazer,
mas a rã prosseguiu, pois estava disposta
a falar: — "Que delícia de banho! E vais ver
panoramas fantásticos, coisas curiosas,
raridades sem fim, plantas maravilhosas.
Vais ter o que contar, um dia, a teus netinhos,
sobre as leis e os costumes desses teus vizinhos.
Certa estou de que irás regressar amiúde
ao palude."
Prestes a mergulhar, hesita o rato: impede-o
um pequeno detalhe: não nadava bem,
A rã, porém, inventa excelente remédio:

prende a pata do rato, e sua pata, também,
num talo de junco bem forte,
e assim sai a puxá-lo. Por falta de sorte
do rato, a rã queria era tirar-lhe a vida.
Sem consideração ao direito das gentes,
havia planejado trincá-lo entre os dentes
(carne de rato gordo: a sua preferida);
só bastava puxá-lo ao fundo da lagoa.
Clama aos céus o infeliz, enquanto a rã caçoa.
O rato se debate. A batalha é renhida.
Há rebuliço e guinchos. Um milhafre passa,
em sua aérea ronda, à procura de caça.
Enxerga a confusão e investe velozmente
contra o rato — e que presente:
agarra a rã, juntamente!
Não há de que se queixar.
Quanta sorte! Que surpresa!
Vai ter carne no jantar
e peixe de sobremesa!
Não há vantagem alguma
em agir como embusteiro,
pois o feitiço costuma
virar contra o feiticeiro.

XII

TRIBUTO ENVIADO PELOS ANIMAIS A ALEXANDRE

Certa fábula antiga, por qualquer razão,
no seu tempo, foi muito popular.
Tire o próprio leitor a sua conclusão
quanto à moral a se aplicar.

Tendo espalhado a Fama, em cem lugares,
que o célebre Alexandre, em virtude do fato
de ser filho de Júpiter e não ter pares,
tinha assim o direito inato
de merecer geral acato
de todos seres vivos, homens e animais;
deste modo, todos, sem mais,
deviam render-lhe homenagem.
Causou verdadeiro terror
o decreto baixado pelo imperador,
pois não era costume a vassalagem
entre o reino animal. Houve contestações,
muitas disputas, discussões;
por fim, prevaleceu a voz dos mais astutos:
melhor obedecer. Marcou-se a reunião
para escolher a comissão

182

que iria levar os tributos,
Indicou-se o macaco, por ser bem falante,
para ser o representante.
Mas, e o tributo? Que seria?
Onde conseguir algo bem valioso?
Por sorte, um príncipe obsequioso,
que minas de ouro possuía,
cedeu-lhes uma soma bem vultosa.
Como transportar carga tão dificultosa?
Voluntários se apresentaram:
um cavalo, um camelo, uma besta e um jumento.
Ao macaco eles se juntaram
e, não havendo mais impedimento,
seguiu a caravana, Eis que, numa passagem,
encontram o leão, que demonstra prazer:
— "Mas quem havia de dizer!
Seremos companheiros na longa viagem!
Levo um presente pessoal;
coisa leve, é evidente: pesos dão-me horror.
Por isto, vou pedir-vos um favor:
que tal repartir, por igual,
minha carga entre vós? Sois bons carregadores
e não tereis problemas em prestar-me ajuda;
se fordes atacados pelos salteadores,
tereis então quem vos acuda."
Dizer não a um leão é falta de prudência;
deste modo, a proposta não sofreu recusa.
Na sociedade humana, também assim se usa:
dos fortes, o direito; do povo, a incumbência.
Chegam a um aprazível prado
cortado por regatos, todo matizado
de flores. Carneiros pastavam
tranquilamente, e os zéfiros sopravam;
tudo era paz. O leão não quis seguir em frente.
— "Amigos, fico por aqui.
Vossa embaixada, prossegui.
Sinto um fogo por dentro: acho que estou doente.
Deve haver neste prado uma erva salutar.
Meu dinheiro, infelizmente,

tereis de devolver, pois posso precisar."
Os sacos são abertos para a retirada
da parte do leão, que grita:
— "As moedas deram cria! Que coisa bonita!
E as filhas são maiores que as mães! É engraçada
a natureza! Por direito,
pego tudo pra mim" — e levou toda a carga.
As bestas, sem ação, e o macaco, sem jeito,
sentiram uma dor amarga
bem no fundo do peito. Dizem que seguiram,
e que ao filho de Júpiter repetiram
toda a história. Ele os escutou
e aceitou as desculpas. Só que não tomou
nenhuma providência. O dito é centenário:
"Corsário esperto nunca ataca outro corsário."

XIII

O CAVALO QUE QUIS VINGAR-SE DO CERVO

O cavalo não era doméstico outrora.
 Quando eram só bolotas o nosso alimento,
viviam na floresta o cavalo e o jumento,
e não havia então, como temos agora,
tantas selas, tantos arneses,
tantas albardas, tantos jaezes;
tantos coches, tantas carruagens;
nem se tinha que ir tantas vezes
a casamentos e a homenagens.
Teve uma altercação, nessa época, um cavalo
com um cervo extremamente lépido,
e não havendo um modo de alcançá-lo,
pediu ajuda ao homem, tão sagaz e intrépido.
Este disse que sim, pôs-lhe um freio, montou-o
e sem descanso cavalgou-o
até encontrar o cervo, cercá-lo e matá-lo,

Cheio de gratidão, disse o cavalo:
— "Muito obrigado, e adeus. Agora vou voltar
à floresta, onde vivo." — O homem replica:
[— "Amigo,
não irás retornar, pois agora o teu lar
será este aqui, junto comigo!
Tu não padecerás de fome ou frio,
e me serás de utilidade."

De que serve o bom passadio,
quando não se tem liberdade?
Que tolice fizera! Ele reconhecia;
mas, recusar, agora já não poderia.
Lá se foi para a estrebaria,
de onde ele nunca mais pôde sair.
Teria sido sábio perdoar a ofensa.

O mesquinho prazer de vingar não compensa
pagar tal preço, se alguém o exigir:
a perda do direito de ir e vir.

XIV

A RAPOSA E O BUSTO

Os grandes são, não raro, máscaras teatrais,
fazendo crer, aos tolos, que não são triviais.
O burro julga apenas pelo que ele vê,
mas a raposa, astuta, faz um longo estudo
e, quando da aparente grandeza descrê,
vendo que é embuste aquilo tudo,
pela cabeça, então, a lembrança lhe passa
de um busto que viu numa praça,
um busto de herói, oco, maior que o modelo.
Disse a raposa assim, ao vê-lo:
"Bela cabeça! É pena: cérebro, não tem . . ."
— e quantos grãos-senhores são assim também!

XV

O LOBO, A CABRA E O CABRITO

Saiu a cabra, tetas cheias a arrastar,
e erva tenra foi pastar,
dizendo ao filho: — "Abre o olho!
Tranca a porta com o ferrolho.
Se alguém chegar e pedir
para que a venhas abrir,
põe a barbicha de molho:
MORRA O LOBO E SUA RAÇA!
eis a senha que te dou."
O lobo, que aí perto passa,
tais palavras escutou;
escondendo-se por perto,
espera o momento certo
de apanhar o cabritinho.

Depois que a cabra sai, ele vem de mansinho
e imita com perfeição
sua voz: "MORRA O LOBO E SUA RAÇA!" —
                              [diz,
e antegoza o instante feliz
de entrar. Mas o cabrito teve precaução:
— "Mostra a pata, primeiro. Se for branca, eu abro" —
gritou (pois pata branca é quase um descalabro
entre os lobos, um fato que é de geral ciência).
Ficou surpreso o lobo, ouvindo essa exigência,
e voltou como veio, isto é, de mãos vazias.
Imagina, cabrito, agora onde estarias
se abres a porta, qual louco,
por teres a senha ouvido. . .

Uma segurança é pouco;
um trunfo a mais, jamais será trunfo perdido.

XVI

O LOBO, A MULHER E O FILHO

Esse lobo traz-me à memória
o caso de outro lobo desafortunado,
que acabou morrendo. Eis a história:

Morava um camponês num lugar isolado.
Mestre Lobo, sabendo que lá dentro havia
todo tipo possível de fina iguaria,
pois sentira o cheiro de assado
e ouvira as vozes de aves e outros animais,
silencioso, aguardava uma chance de entrar,
mas nada! Súbito, a chorar,
prorrompe uma criança. Os pais
mandam que cale. A mãe ameaça
jogá-la para o lobo. Este ouve e não lhe passa
pela cabeça que era força de expressão,
e aguarda, enquanto a mãe, com pena da aflição
que a ameaça causou, diz então com carinho:
— "O lobo mau não vai pegar o meu filhinho.
Mamãe vai é matá-lo." — O lobo, então, se irrita:

— "Prometeu, tem que dar! E se não for por bem,
será por mal! E não convém
fazer-me esperar!" — ele grita.
Ouvindo aquela voz, arma-se o camponês
e, seguido dos cães, aprisiona o atrevido.
— "Que queres por aqui, bandido?"
— "Que o filho prometido, agora tu me dês."
— "Que estupidez! " — diz a mulher. —
"Para o filho, toda mãe quer
conforto e bem-estar. Pensas que ela se consome
pra que o filho te mate a fome?"
Sem esperar, deram-lhe cabo,
cortaram-lhe a cabeça, a pata destra e o rabo,
levando-os ao senhor da aldeia, que os pregou
na porta, e este conselho, num cartaz, gravou:
"Pobre do lobo que acredita
em mãe que ralha, ameaça e grita".

O lobo, a mulher o filho

XVII

PALAVRA DE SÓCRATES

Sócrates mandou construir
uma casa. Todos queriam
dar um palpite, mesmo sem ele o pedir.
Defeitos, todos eles viam
na fachada, nas portas, nos quartos, na altura.
Indigna residência para tal figura!
"Por certo ela é pequena, pequena demais;
mas, mesmo assim, será loucura
pensar que eu possa enchê-la de amigos leais!"

Palavras de sabedoria,
essas que proferiu, porquanto ele sabia
que se dizer amigo é fácil, mas são poucos
os que de fato o são, e loucos
os que acham que isso é fantasia.

XVIII

O VELHO E SEUS FILHOS

A união faz a força. Quem diz não sou eu,
mas sim o escravo frígio, que outrora escreveu
o que abaixo transcrevo, e se alguma inserção
acrescentei, não foi por querer tornar meu
o que é dele somente. Essa vã pretensão
teve Fedro, não eu, que só quis adaptar
nossos costumes de hoje ao texto original.
Vejamos o que fez um pai que quis mostrar,
aos filhos, que a união é um bem mesmo essencial.

Sentindo a morte próxima, um velho chamou
seus filhos: — "Meus queridos meninos" — falou —,
"vede o feixe de varas que tenho na mão?
Tentai quebrá-lo e haveis de ver que é esforço vão,"
O mais velho o tomou, tentou e desistiu.
— "Outro mais forte o tente." — O segundo sorriu,
tomou do feixe e fez muita força, mas nada.
O caçula, por fim, também vê fracassada

a sua tentativa. O feixe resistiu
e nenhuma das varas rachou ou partiu.
— "Vou mostrar-vos, agora" — diz o velho pai —
"como é fácil rachar estas varas. Olhai,"
Seria troça? Não, pois o pai os encara,
depois põe-se a rachar o feixe, vara a vara,
enquanto diz: — "Se fordes juntos como um feixe,
resistireis a tudo, depois que eu vos deixe."
Enquanto o mal durou, ele nada mais disse;
mas, faltando bem pouco para que partisse,
chamou-os e falou: — "Chegou, enfim, meu dia.
Meu pedido atendei: vivei em harmonia.
Dai-me a vossa palavra, é só o que me interessa."
A chorar, os três filhos fazem-lhe a promessa.
O pai os abençoa e morre nos seus braços.
A herança que lhes deixa é cheia de embaraços:
um credor os penhora, aparece um processo;
tudo isso os três irmãos enfrentam com sucesso.
Pena que durou pouco essa união tão rara.
O que o sangue juntou, o interesse separa.
Muita inveja e ambição os desunem de vez.
Recorre-se à partilha e, contra todos três,
se levantam protestos e contestações;
sucedem-se querelas e condenações;
as terras são perdidas para os confrontantes,
os bens para os credores, e a riqueza de antes
aos poucos se desfaz, até nada sobrar.
Unidos no infortúnio, os três põem-se a lembrar
da palavra que ao pai haviam dado outrora
e de um feixe de varas que jogaram fora...

XIX

O ORÁCULO E O ÍMPIO

Querer lograr o céu é loucura na terra.
O dédalo da mente em seus vãos não encerra
coisa alguma que os deuses não consigam ver,
por mais que os homens queiram na sombra esconder
seus atos e desejos. O céu vê e não erra
sequer nas previsões, como a seguir veremos.

Um pagão, cuja crença não ia aos extremos,
teve um dia uma ideia nova:
ver em Delfos o nume altivo
e o deus Apolo pôr à prova.
— "O que tenho na mão estará morto ou vivo?"
Era um pardal que ali, passivo,
aguardava ser solto ou ser morto,
conforme a resposta do deus.
Este antevendo o ardil, o intento torpe e torto,
responde: — "Sei que escondes, entre os dedos teus,
um pardal, quase dando adeus
à vida. Atenta bem: se vai longe a visão,
mais longe vai a punição!"

XX

O AVARENTO QUE PERDEU SEU TESOURO

Quem não usa, não tem a verdadeira posse.
Não há que se esperar que alguém sequer esboce
alguma explicação do móvel da avareza,
do guardar por guardar uma inútil riqueza.
A vida do avarento lembra a do indigente,
pois Diógenes vivia tal qual essa gente,
"O Tesouro Escondido», famoso relato
de Esopo há de ilustrar o fato.

Um avarento vivia
entesourando bens que nunca usufruía.
Não se sabia bem se do ouro ele era dono,
ou se ele ao ouro pertencia;
o fato é que ele até perdia o sono,
pensando, de noite e de dia,
naquele seu tesouro enterrado no chão.
A todo instante estava a ruminar o assunto,
sempre temendo a vinda de um sagaz ladrão,
não lhe passando uma outra ideia no bestunto.

197

Assim, de tanto ir ver se não fora roubada
a fortuna escondida, um dia alguém o viu,
e fez rica pilhagem quando ele saiu.
Tão logo ele retorna e não encontra nada,
desesperado chora e grita.
Um homem que passava, ouvindo um tal clamor,
aquela gritaria aflita,
perguntou qual a causa de tamanha dor.
— "Roubaram meu rico tesouro!"
— "Um tesouro guardado debaixo da terra?
Estamos por acaso em época de guerra,
para ter de esconder nosso ouro?
Melhor teríeis feito tendo-o em vossa casa,
para gastá-lo quando fosse necessário."
— "Gastá-lo? Eu não sou perdulário.
Dinheiro é pra guardar!" — "Que modo de pensar!
Não entendo por que sentis tanta aflição.
Já que o tesouro é só para a contemplação,
ponde esta pedra no lugar:
podeis só olhar, jamais gastar..."

O avarento que perdeu seu tesouro

XXI

O OLHO DO DONO

Num estábulo cheio, um veado buscou
refúgio. Um boi aconselhou:

— "Procura um asilo seguro!"
O veado implorou: — "Não me denuncieis!
Deixai-me estar aqui, pois em paga, vereis,
eu vos indicarei boas pastagens, juro!"
 Os bois, por pena ou interesse,
deixaram que ele ali na palha se escondesse.
Seu medo foi sumindo e voltou a coragem.
À tarde, os empregados trouxeram forragem,
entraram, saíram, voltaram,
olharam e de modo algum notaram
alguma diferença no rebanho,
nenhuma rês de outro tamanho
e dotada de chifres diferentes.

200

O próprio capataz também ali passou
sem coisa alguma ver. Estando eles ausentes,
o veado por fim se mexeu e falou:

— "Viram? Ninguém notou!" — Mas um dos bois
                                      [comenta:

— "Não fiques tão seguro, pois ainda não veio
o homem dos cem olhos! Receio
que ele hoje ainda apareça..." — e eis que ele se
                                      [apresenta
à porta do curral, fazendo a sua ronda.
Não há mesmo o que se lhe esconda:

— "Esta cama de palha está velha demais!
E estes cochos vazios? Os meus animais
quero ver bem tratados. Varram essas teias!
Consertem estas cangas! Vejam as correias!"
Olhando para os cantos, notou, afinal,
uma cabeça a mais, e não era de vaca!

Alerta! Cada qual com chuço, ancinho ou faca,
cai sobre o infeliz animal,
que nem pôde fugir. Coitado do veado!

Foi pelado, cortado, salgado e guisado,
depois servido no jantar.

Qual Fedro, ao encerrar este conto, eu comento:
"O olho do dono é que sabe enxergar."
E o olho de quem ama, aproveito e acrescento.

O olho do dono

XXII

A COTOVIA, SEUS FILHOTES
E O DONO DE UM TRIGAL

"Confia em ti somente" é provérbio sabido.
De Esopo, o aval vou exibir
a seguir:

Seu ninho foram construir,
num trigal ainda não colhido,
as cotovias, na estação
em que o amor domina toda a natureza,
espalhando cor e beleza
por todos os recantos, em cada rincão,
desde as profundezas do mar,
a mais inacessível e alta elevação.
Mas uma cotovia preferiu deixar
escoar-se a primavera, sem pensar no amor,
e só quando o verão estava quase a vir,
ela pensou melhor e resolveu agir
conforme a natureza. Tratou de dispor
as coisas de maneira certa, e bem depressa:
fez ninho, pôs ovos, chocou;
os filhotes alimentou;
infelizmente, o tempo passa e nunca cessa,
e antes que seus filhotes soubessem voar,
o trigo já se achava em ponto de colheita.
— "Meus filhos, ficai sempre à espreita.
Quando o dono vier seu campo examinar,

escutai tudo o que ele aqui disser:
ficaremos enquanto der."
Quando ela se ausentou em busca de alimento,
o dono ali chegou, e veio com seu filho:
— "O trigo está maduro e não vejo empecilho
para o colhermos logo. Chegou o momento.
Chama os nossos amigos: vão nos ajudar."
A cotovia, ao regressar,
notou nos filhos susto e medo.
Um deles lhe falou: — "Virão amanhã cedo
os amigos do dono, recolher o trigo!"
— "Foi isso o que ele disse?" — riu a cotovia, —
"Então vamos ficar aqui por mais um dia.
Pobre de quem se fia em contar com o amigo. . .
Comei, brincai, correi; não existe perigo.
Mas, amanhã, cautela: ficai bem alertas."
Quando a manhã chegou, nenhum amigo veio,
e quando a mãe saiu, as aves, bem espertas,
ficaram à espreita, encobertas
pelo denso trigal, não sem algum receio.
Às tantas, dono e filho vêm fiscalizar
o trabalho. Tristeza: ninguém. — "Negligentes!
O jeito é pedir aos parentes
que venham cá nos ajudar."
Chegando a cotovia, os filhos, assustados,
repetem o que ouviram. — "Parentes?" — diz ela. —
"Então não há que ter cuidados.
Mas, amanhã, de sentinela!"
Estava novamente certa a cotovia,
pois ninguém lá chegou quando raiou o dia.
Vem o dono e constata a sua insensatez.
— "Fui bem tolo ao confiar em amigo ou parente,
mas já sei como vou proceder desta vez:
vamos colher nós mesmos, só nós, nossa gente.
Traremos cada qual uma foice, amanhã:
nós dois, tua mãe, teu irmão, tua irmã.
Embora leve tempo, pois só somos cinco,
trabalharemos com afinco."
Ficando a cotovia desse plano ciente,
disse a seus filhos: — "Pronto, agora é pra valer!
Não temos mais tempo a perder,"
Trataram de se escafeder,
canhestra, mas rapidamente.

A cotovia, seus filhotes e o dono de um trigal

LIVRO
QUINTO

I

O LENHADOR E MERCÚRIO
Ao Senhor Conde de Brienne

Cada relato meu, na hora de escrevê-lo,
me atenho ao vosso gosto como o meu modelo.
As palavras supérfluas e o vão ornamento
devem ser evitados a todo momento.
Concordo inteiramente, pois certos autores,
no afã de escrever bem, se excedem nos lavores,
e o resultado, ao fim, é o completo insucesso.
Não condeno os enfeites, mas só o seu excesso.
Quanto ao principal fim que Esopo se propõe,
isto é, divertir instruindo,
é meta que estou sempre perseguindo
e tentando alcançar, pois cada qual dispõe
de certas armas para a luta.

Se me falta a força bruta,
e os vícios, como um hércules eu não enfrento,
ridicularizá-los-ei com meu talento
(se é talento o que tenho no bestunto).

Assim, quando imagino algum assunto,
vaidade e inveja estão logo reunidas,
pois ao redor das duas giram nossas vidas.

Eis um minúsculo animal
que, vendo um boi, sonhou ter um tamanho igual.

Gosto de contrapor, de vez em quando,
a tolice ao bom senso, o pecado à virtude,
a ovelha meiga ao lobo rude,
a mosca à formiguinha, esta obra transformando
na comédia geral, de temário diverso,
cujo cenário é o universo.

207

Animais, homens, deuses são os personagens
dos quais se escuta a voz, o clamor, o murmúrio;
aqui é Zeus quem fala; ali, um de seus pajens;
neste exemplo a seguir, quem fala é o deus Mercúrio.

Um lenhador perdeu seu ganha-pão:
o seu machado. Procurou em vão,
mas em nenhum lugar o pôde achar.

Estava a ponto de desesperar,
pois não dispunha de outro de reserva,

De tanto procurar, ei-lo que se enerva
e apela para Júpiter, em prantos:

— "Já procurei, ó Júpiter, nos cantos
mais remotos da mata o meu machado!
Mostrai-mo, pois estou desesperado!"
No Olimpo foi ouvido o seu lamento.
Mercúrio quis pôr fim ao seu tormento.
Desceu e lhe falou: — "Olha o que achei:
o teu machado! " — e mostra um todo de ouro,

— "Mas este não é meu!" — "Então, já sei." —
e busca um todo em prata. — "Que tesouro!
Mas meu é que não é." — Mercúrio, enfim,
lhe traz o verdadeiro. — "Desta vez
trouxestes meu machado. Agora, sim! "

— "A suspeita que eu tinha quando vim
prestar-te ajuda, agora se desfez:
és homem sem malícia e, sendo assim,
em vez de um só machado, dou-te os três!"

A história se espalhou, e muita gente
deu de perder machados e ficar
aos gritos, na floresta, a suplicar
por outra intervenção do deus clemente.

Por Jove encarregado novamente
da solução do caso o deus alado
mostra a machada de ouro e diz. — "É esta?"

—"É, sim!" — responde cada espertalhão.
E o deus retruca, a rir: "Pois toma, então!"
E lhes dá com o machado bem na testa . . .
Mentir não vale a pena. Se o sujeito
não cuida do que é seu, ele age às tontas.
Quem usa da mentira em seu proveito,
a Júpiter terá de prestar contas.

O lenhador e mercúrio

II

A PANELA DE BARRO E A PANELA DE FERRO

Disse a panela de ferro
a uma de barro: — "Viajemos!
Sei o caminho, não erro,
Se achares ruim, voltaremos."
A de barro, reticente,
acha ser pouco prudente
ir junto da camarada.
— "Tu tens pele reforçada,
não temes trancos e choques,
enquanto eu sou não me toques,
pois despedaço-me à toa."
— "Mas, ora, essa é muito boa!
Pensas que não previ tudo?
Pretendo ser teu escudo,
tua proteção constante.
Podes viajar bem confiante,
pois estarás protegida."
Depois de estar convencida
e inteiramente sem medo,
quis a de barro ir bem cedo.

210

Estando tudo arrumado,
lá se foram, lado a lado.
Tendo três pés, todavia,
era preciso cuidado;
senão aconteceria
um acidente atroz. Foi o que se passou:
num esbarro, a de barro em pedaços ficou.

Cada qual com seu igual,
sem querer alcançar mais do que o podem seus passos.
Pra quem se esquece, é fatal,
pois se desfaz em pedaços.

III

O PEIXINHO E O PESCADOR

Um peixe que hoje é pequenino,
 poderá ser grande amanhã,
mas não procederá com tino
quem, mercê de esperança vã,
às águas devolvê-lo, dizendo "Até breve".

Um filhote de carpa, pequenino e leve,
viu-se um dia fisgado por um pescador.
— "É assim que se começa" — ele diz, satisfeito. —
"Com outros semelhantes, um jantar perfeito
farei à noite, sim, senhor!"

Pressentindo seu fim, o peixe, com temor,
lhe diz: — "Senhor, eu sou muito insignificante!
Dai tempo pra que eu cresça mais;
depois, para um negociante,
podeis vender-me, e nem sonhais
com o preço que por certo havereis de alcançar.
Assim, quando um ano passar,
em vez desta carpa pequena,
encontrar-me-eis crescido e, aí, sim: valendo a pena."
— "Falaste muito bem para um mísero peixe;
mas, depois de pescar-te, queres que te deixe?!
Jamais! Promessa é sonho; a fome é verdadeira.
Portanto, para a frigideira!"
É, sim: mais vale um "toma" que dois "te darei";
aquele é certo; este, eu não sei ...

212

O peixinho e o pescador

IV

AS ORELHAS DA LEBRE

Certo animal feriu, com potente chifrada,
o leão, e a fera, assustada
e temerosa de assassínios,
logo baniu de seus domínios
todo animal cornífero que ali vivia.
Cabras, touros, carneiros dali se mudaram,
cervos e gamos emigraram;
nenhum demonstrou rebeldia.
Uma lebre, ao notar a sombra das orelhas,
receou que algum delator,
julgando-as excrescências córneas e parelhas,
fosse acusá-la ao rei, pretextando um favor.
— "Adeus, vizinho grilo" — disse ela — "é preciso
que eu fuja agora mesmo: é falta de juízo
ficar, tendo tais chifres. Se fossem pequenos,
quais de avestruz, compadre, eu ia, mesmo assim."
— "Chifres, disseste? Ah, ah, deixa por menos!
Simples orelhas, isto sim!"
— "É o que diz a voz da razão;
contudo, por chifrudo eles me tomarão.
E se eu esbravejar, chifrudo será pouco;
 hão de dizer: chifrudo e louco!"

214

V

A RAPOSA QUE PERDEU A CAUDA

Uma raposa, bem manhosa,
responsável por sempre estar em polvorosa
todo galinheiro que havia,
caiu numa armadilha um certo dia.
Antes que fosse achada e dela dessem cabo,
conseguiu escapar, mas lá deixou seu rabo.
Feliz por estar salva, mas envergonhada
por ter perdido o apêndice, ela imaginou
um modo de sair-se bem dessa enrascada.
Como havia conselho, ela se apresentou
à frente da assembleia, e às raposas falou:
— "Irmãs, é peso morto a cauda que nós temos!
Não serve para nada e só nos atrapalha!
Assim, venho propor-vos que a cortemos!"
Daria certo o plano, mas teve uma falha:
podia haver ingênuas naquela assembleia?
Todas adivinharam que a autora da ideia
devia ter perdido a cauda... E a tal proposta
só teve vaias por resposta.

VI

A VELHA E AS DUAS CRIADAS

Não era boa a vida de duas criadas
que por sua patroa eram muito exploradas,
Nem as Parcas fiavam com mais perfeição
que as duas camareiras. A patroa, então,
fazia-as trabalhar desde que o sol nascia,
até tarde da noite, quase sem parar.
Os pés movendo as rocas, as mãos a fiar,
e a velha, atenta, a vigiar:
eis o seu triste dia a dia.
Quem despertava a velha era um maldito galo.
As jovens planejaram um dia matá-lo,
pois se ele já tão cedo não fizesse alarde,
quem sabe poderiam levantar mais tarde?
Num dia em que, mais cedo do que de costume,
ele acordou a velha, e esta, acendendo o lume,
chamou-as ao trabalho insano,
as duas decidiram que, de madrugada,
levariam a cabo o plano

de matar o cantor com uma faca afiada,
cortando aquela goela, a maior responsável
pela existência atroz que a velha miserável
as fazia levar. E assim aconteceu,
mas nada de ficar nos braços de Morfeu
por mais uma hora ou duas: só naquele dia.
Depois, a situação até pioraria,
pois a velha, agora sozinha,
acordava bem antes da aurora, e ficava
caminhando pela cozinha.
Desse modo, quem descansava?

Soluções muito simples, pra males maiores,
podem ser as piores.

A velha e as duas criadas

VII

O SÁTIRO E O CAMINHANTE

Moravam numa caverna
um sátiro e sua gente,
e na parte mais interna,
tomavam seu caldo quente.

Um viandante que saiu
de seus costumeiros trilhos,
entrando na gruta, viu
o sátiro, a esposa e os filhos.

Na sua tosca morada,
comiam com apetite.
Vendo-o parado na entrada,
fazem-lhe logo o convite:

— "Vem comer" — ele agradece,
e se assenta entre os irmãos.
Está frio, e ele se aquece
soprando forte nas mãos,

Passam-lhe o caldo. Está quente,
e ele o sopra para esfriar.
— "Por que sopras novamente?
Faz-me o favor de explicar."

— "A princípio, me aqueci;
depois, o caldo esfriei."
— "Pois podes sair daqui,
que eu não mais te hospedarei.

Sei que aos deuses não apraz
que eu dê abrigo e alimente
alguém cujo sopro faz
ficar frio ou ficar quente."

VIII

O CAVALO E O LOBO

Um certo lobo, na estação
em que os tépidos ventos fazem renascer
a relva verdejante, e em que uma animação
toma conta de cada ser,
ele que mal saíra do rigor do inverno,
que de tão prolongado parecera eterno,
avistou, não longe, um cavalo.
"Bom petisco", pensou, "mas dotado de força!
Se ele fosse um carneiro, um coelho, uma corça,
estaria no papo. Mas posso pegá-lo
usando só de astúcia," E, assim, chegou-se perto
do cavalo e se apresentou
como um médico bom, que conhecia ao certo
tudo o que fora descoberto
sobre as ervas. E acrescentou:
— "Curo todos os males, e em especial
enfermidades cavalares.
Cavalo solto, é natural
que esteja mal. E se receares
que eu cobre caro, enganar-te-ás:
não cobro um só vintém por todo o tratamento."

221

Disse o cavalo: — "O meu tormento
é um tumor na pata de trás."
— "Em qual das patas, filho?" — eis que indaga
[o doutor. —
"Vou tirar-te dessa agonia.
Trata-se tão somente de uma cirurgia
simples, totalmente indolor."
Mas o que não sabia o nosso cirurgião
é que o doente pressentira
sua intenção. Chegando perto, ele lhe atira
um coice tal, que o outro até gira
em pleno ar, e cai no chão,
mandíbula quebrada. "Fiz por merecer,
pois não quis assumir meu papel verdadeiro,
Cirurgião não queira ser
quem só nasceu pra carniceiro."

O cavalo e o lobo

IX

O LAVRADOR E SEUS FILHOS

Trabalhai, e vereis que, um dia,
a recompensa há de chegar.

Um rico lavrador, sentindo que morria,
seus filhos reuniu e pôs-se a lhes falar:
— "Meus filhos, evitai vender a nossa terra
que herdamos de nossos avós.
Irei deixá-la para vós.
Este solo, escutai: rico tesouro encerra.
Não sei onde é que está; sei que, com decisão,
haveis de retirá-lo do fundo do chão.

Escavai, remexei, revolvei, sem deixar
nenhum trecho sem pesquisar.
Depois que o pai morreu, os filhos começaram
a buscar o tesouro, e a terra reviraram.
De ouro e de prata, nem sinal,
mas nunca ali se obteve outra colheita igual!
Sábia lição daquele pai:
quereis tesouros? Trabalhai!

X

O PARTO DA MONTANHA

Ao dar à luz, certa montanha
um tal alarido fazia,
que, ouvindo algazarra tamanha,
todos achavam que ela iria
parir outra Paris; ela, de fato,
deu à luz um mísero rato!

O sentido desta história,
tão profundo e tão real,
logo me traz à memória
algum autor atual
dizendo: "Hei de cantar a guerra
de Zeus contra os Titãs, que ensanguentou a terra!"
Que promessa! E, no fim, que sai desse talento?
Só vento...

XI

A SORTE E O MENINO

À beira de um poço profundo,
dormia, esquecido do mundo,
um jovem, de idade escolar.
Para os meninos, tudo serve de colchão,
O adulto ouve a voz da razão,
e ali jamais se irá deitar,
pois, se cair, é certa a morte.
Para a felicidade do jovem, a Sorte,
que ali perto passava, acordou-o, dizendo:

— "Se cais nesta cisterna e morres, já estou vendo
o povo a comentar que a culpa é toda minha.
No entanto, eu te pergunto: é certo
dizer tal coisa? Enquanto eu vinha
e nem chegara aqui por perto,
tu, sem qualquer prudência, te deitaste aí.
Busca outro lugar." Eu já ouvi
muita gente, vezes sem conta,
acusar a Sorte de tonta,
de caprichosa e de malvada;
e, no entanto, os culpados são os que procedem
de maneira imprudente, e que os riscos não medem.
Seu consolo é a desculpa, sempre preparada:
a Sorte ingrata é que é a culpada.

A sorte e o menino

XII

OS MÉDICOS

Doutor Tanto-Pior foi ver um paciente
que era também cliente do Tanto-Melhor,
Este último esperava a cura do doente,
e a descrença do outro era cada vez maior.

Encontrando-se os dois junto ao paciente, um dia,
ficaram discutindo, enquanto ele morria.

Acompanhando o féretro, um deles murmura
junto ao ouvido do outro: — "Vês? Tinha eu motivo
de sobra para crer que o mal não tinha cura."
— "Ele que não me ouviu, senão estava vivo!"

Os médicos

XIII

A GALINHA DOS OVOS DE OURO

A cobiça excessiva põe tudo a perder.
Para o provar, vou recorrer
à conhecida fábula de um a galinha
que apenas botava ovos de ouro.

Seu corpo deveria conter um tesouro.

Querendo ver o que ela lá dentro continha,
seu dono a degolou e, abrindo-a, constatou
que ela era igual às outras — e o sonho acabou.

Bela lição para os tratantes
que só desejam lucro fácil e polpudo:
de uma hora para outra podem perder tudo,
ficando mais pobres do que antes!

A galinha dos ovos de ouro

XIV

O BURRO QUE LEVAVA RELÍQUIAS

Seguia um burro carregado
de relíquias, imaginando
que o povo o estava homenageando
com cânticos e incenso, e ele ali, todo inchado!

Alguém percebe seu engano
e diz: — "Varre da mente, ó burro insano,
essa tola presunção.

Para esse ídolo é que vão
as preces do suplicante,
o incenso e as invocações!"
Se o magistrado é ignorante,
são da toga as saudações.

XV

O VEADO E A VIDEIRA

Um veado se escondeu atrás de alta videira,
cujas folhas formavam denso matagal,
e embora o perseguisse uma matilha inteira,
perderam-no de vista naquele local.
Cansados da procura, a caçada é suspensa
e os caçadores voltam sem o seu veado.
Vendo as folhinhas tenras, o cervo nem pensa
e — extrema ingratidão! — as pasta sossegado.
O farfalhar das folhas selou sua sorte:
encontraram-no os cães, e ele encontrou a morte.

Se ele se contivesse e não fizesse aquilo,
não teria acabado assim como acabou,
igual aos que profanam o sagrado asilo
que um dia os abrigou.

O veado e a videira

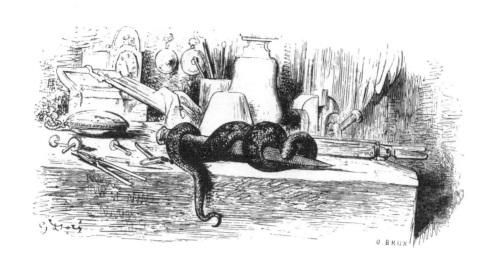

XVI

A COBRA E A LIMA

Perto de um relojoeiro vivia uma cobra
(péssima vizinhança para um relojoeiro).
Ela entrou na oficina, atrás de alguma sobra,
mas, de comida, ali, nem cheiro.
Uma lima ela vê, e como a fome redobra,
ela põe-se a roê-la. A lima então lhe diz:
— "Que pretendes fazer, pobre infeliz?
Não viste que sou feita de aço?
Antes que consigas tirar
de meu corpo o menor pedaço,
não terás dentes para usar!
A mim não causam contratempo
os dentes — exceto os do Tempo."

Isto aqui se endereça a vós que só sabeis
criticar, nada mais. Tudo e todos mordeis,
imprimindo a marca ultrajante
de vossos dentes, mesmo sobre as obras-primas,
Podeis roer essas limas?
Para vós, elas são de aço, bronze e diamante!

XVII

A LEBRE E A PERDIZ

Não se deve jamais zombar dos desgraçados.
De ser sempre feliz, alguém pode estar certo?
Em Esopo são encontrados
alguns exemplos, e eu alerto
que os versos que abaixo apresento,
nos dele têm seu fundamento.

Num mesmo campo, a lebre e a perdiz conviviam,
num aparente estado amistoso e tranquilo.
Escutando uns cães que latiam,
a lebre disparou, procurando um asilo.

Atrás de espessa moita, afastada da trilha,
ela se esconde da matilha.
Não teria havido problema,
se não fosse o calor que a corrida lhe deu,
O cheiro de seu corpo logo recendeu
e revelou aos cães o seu estratagema.
Eles correm para ela de maneira afoita,
puxando-a pra fora da moita,
e logo a despedaçam, sem qualquer piedade.
A perdiz, que a tudo assistia,
lhe diz: — "Que é da velocidade
de que tu te gabavas?" — e, zombando, ria.
Vaidade semelhante a perdiz também nutre:
seus trunfo são as asas — presunçoso orgulho!
Num inesperado mergulho,
cai-lhe por cima o cruel abutre...

XVIII

A ÁGUIA E O MOCHO

Decidiram pôr fim à sua guerra suja
a águia e o macho da coruja.
Um abraço selou sua nova amizade,
e prometeram ambos, com sinceridade,
não devorar os filhos do antigo rival.
Disse a ave de Minerva: — "Conheceis os meus?"
— "Não" — disse a rainha. — "Oh! Por Zeus!
Há de sobrevir-lhes o mal!
Sois rainha e, portanto, não obedeceis
a normas, a tratados, a regras e a leis.
Se os virdes, já sei: morrerão."
— "Não compreendo o porquê de tamanha aflição!
Descrevei-me os filhotes, tais quais eles são,
que, juro, haverei de poupá-los."
Ante tal compromisso, o mocho, satisfeito,
disse assim: — "Meus filhos são mesmo uns regalos,
cada qual mais bonito e de talhe bem feito.
A penugem que ostentam é fofa e vistosa;
sua voz, doce e maviosa.
Se os achardes, haveis de ver
que mimos tão gentis não merecem morrer."

Feito o pacto, saiu cada qual para um lado;
o mocho, em busca de alimento,
voou para um bosque afastado;
já a águia, com atrevimento
(porquanto as águias não têm medo),
entrou nas gretas de um rochedo,
e ali logo encontrou uns bichos esquisitos,
verdadeiros monstrinhos, gemendo tristonhos,
penugem parda horrível, emitindo gritos
de som assustador. "Esses bichos medonhos,
do mocho não serão. Assim, não há problema:
vou comê-los agora." E ali refestelou-se.
Um mau pressentimento à cova o mocho trouxe.
Chegando, ele avistou, numa aflição extrema,
os restos da chacina. Clamou por castigo
aos céus. Escutando, um amigo
falou: — "Tu pintaste um retrato
que não corresponde, de fato,
a filhotes de mocho; assim, não atribuas
culpas a outrem. Se as há, são tuas!"

A águia o mocho

XIX

O LEÃO PREPARANDO-SE PARA A GUERRA

O leão decidiu realizar certa empresa.
Convocou seu conselho de guerra, e fez mais:
mandou dizer aos animais
que eles todos, conforme a aptidão e a destreza,
teriam participação.
Ao elefante caberia
transportar toda a artilharia.
Dos planos, a elaboração
caberia às raposas, e aos ursos a ação.
Tocaria ao macaco manter distraído
o inimigo. Foi então por alguém sugerido
dispensar-se a medrosa lebre, assustadiça,
e deixar-se o lerdo asno na cavalariça.
Recusa-se o leão, dizendo: — "Eu não receio
empregá-los. São úteis: um, com seu orneio,
será meu corneteiro, e a outra o meu correio."

O monarca sábio e prudente
enxerga a utilidade que tem toda gente.
Governar bem é mais que sorte:
é o dom de usar e distinguir o ponto forte.

XX

O URSO E OS DOIS COMPANHEIROS

Dois companheiros, sem recursos,
a um vizinho foram vender
uma pele, a do "rei dos ursos",
asseveraram ambos, para o convencer.
Faltava um só detalhe, coisa de somenos,
mera questão de tempo: derrubar a fera;
mas dentro de dois dias, pouco mais ou menos,
a pele lá estaria. Aquela curta espera
seria compensada pelo lindo artigo,
pois com aquela pele seria possível
fazer maravilhoso e aconchegante abrigo,
ou então revendê-la, tendo um lucro incrível!

Convenceu-se o vizinho e, combinado o preço,
lá se foram os sócios caçar o animal.
Passado pouco tempo, a fera colossal
sai, à frente dos dois, de um matagal espesso.
Um consegue subir numa árvore, ligeiro;
mas o assustado companheiro,
à falta de outra ideia, atira-se no chão,
e ali fica, de olhos fechados,
sustendo até a respiração,
pois ouvira que os mortos não são atacados
pelos ursos. E aquele agiu, de fato, assim.

Vendo o corpo que jaz naquele desconforto,
desconfia que esteja morto,
e para que essa dúvida já chegue ao fim,
fareja-lhe a boca e o nariz,
vira e revira o corpo, em acurado exame,
até não duvidar da morte do infeliz.
Vai-se embora o urso, e os dois, passado esse exame.
respiram aliviados. O que se escondera
desce do seu refúgio e mostra-se surpreso
ao ver que o companheiro estava são e ileso.
Como é que tudo acontecera?
Que lhe dissera o urso ao ouvido?
— "O que me disse? Eu já te falo:
É sem prudência e sem sentido
vender a pele do urso antes de liquidá-lo..."

O urso e os dois companheiros

XXI

O ASNO VESTIDO COM A PELE DO LEÃO

Tendo um asno encontrado a pele de um leão,
vestiu-a. Por onde passava,
espalhava medo e aflição.
Mas alguém viu que a fera brava
tinha orelhas de burro, longas, levantadas.
Logo choveram porretadas
no lombo do infeliz farsante.
Quem, sem saber de nada, chegou nesse instante,
ficou surpreso ao contemplar
um leão fugindo a zurrar!
Temos em França heróis a rodo
que se parecem muito com o asno embusteiro:
na equipagem de cavaleiro
é que reside o seu denodo.

LIVRO
SEXTO

I

O PASTOR E O LEÃO

As fábulas não são o que parecem ser;
nelas, os animais ensinam a viver.
Um conselho direto, às vezes aborrece,
mas, no bojo das fábulas, sua força cresce.
Divertir instruindo é a meta destes contos.
Contar só por contar? Deixo a tarefa aos tontos.
Foi por isso que muita gente de nomeada
deixou-nos, neste gênero, uma obra alentada.
Há um denominador comum nesses autores:
não são mestres prolixos, nem enfeitadores.
A Fedro criticaram por ser mui sucinto:
pois Esopo o era mais! E vede que não minto
quando digo que, a todos, Gabrias supera,
no que tange à elegância austera,
jamais lançando mão de mais de quatro versos
para compor, com arte, seus contos diversos.
Num tema semelhante, vejamos os dois:
primeiro, Esopo e seu pastor; logo depois,
o seu imitador, num tema quase igual,
usando um caçador no papel principal.
Vamos a Esopo então: Certo pastor, notando
que uma ou duas ovelhas estavam faltando,

a todo o custo quis vingar-se desse roubo,
presumindo tratar-se, por certo, de um lobo.
Na boca de uma furna, armou diversos laços:
depois, fitando o céu, bradou:
— "Ó monarca dos deuses! Juro que vos dou
um bezerro bem gordo, se, nestes meus braços,
tiver a goela do ladrão,
para esfregar aqui no chão
a sua boca e o seu focinho!"
Nem bem falou, e viu sair da furna escura
feroz leão, de tenebrosa catadura.
— "Ó monarca dos deuses! Sois apressadinho!
Não era necessária tanta rapidez!
Se foi pelo bezerro, eis outra oferta agora:
que tal coisa maior, uma bonita rês?
Eu dou, mas por favor: mandai o bicho embora!"

Assim tratou o tema o principal autor.
Vamos ao seu imitador.

II

O LEÃO E O CAÇADOR

Um fanfarrão, que era amador da caça,
perdeu um dia um belo cão de raça
nas garras de um leão, segundo achou.
Vendo um pastor, contou-lhe essa desgraça,
falou sobre o leão e perguntou:
— "Podes mostrar-me onde ele se abrigou?"
Disse o pastor: — "Presumo ser ali,
junto à montanha, pois por várias vezes
ele pra lá se foi, isto eu já vi,
levando o que lhe dou todos os meses:
meu tributo, uma ovelha. E vivo em paz."

De repente, o leão surge a correr.
Exclama o fanfarrão: "Júpiter! Faz
com que eu consiga logo me esconder!"

Quando o perigo está distante
e não se pode vê-lo ou encostar-lhe o dedo,
todo o mundo é valente. Se ele surge adiante,
eis todos fugindo de medo...

III

FEBO E BÓREAS

Bóreas, o vento, e Febo, o sol, em pleno outono,
num tempo de frio e de sono,
avistaram alguém que vinha pela estrada,
pessoa prevenida, bem agasalhada.
De fato, nesses meses, ora está chovendo,
ora abre o sol cálido, ardendo.
Essa alternância faz com que seja prudente
levar-se a toda parte um capote bem quente.
O fato é que o sujeito estava encapotado,
pois há pouco cessara um forte temporal.
— "Eis um que certamente deve ter pensado" —
disse o vento — "que está mais do que preparado
para enfrentar tufões; mas qual!
Nem pode imaginar que, se eu soprar bem forte,
arranco-lhe a capa das costas,
e a mando para o diabo! Apreciais apostas?
Duvidais que o consiga?" "Não tereis tal sorte" —
contesta Febo — "mas eu, sim,
poderia fazê-lo, porque, para mim,
nada mais fácil que arrancar
sobretudos e capas, Podeis começar."

Foi tudo o que queria o nosso soprador
para encher as bochechas com toda a vontade
e dar início à tempestade
mais terrível que alguém poderia supor:
das que, quando no mar, nenhum navio escapa.
Tudo por causa de uma capa!
O viajante, assustado e tomado de horror
com o repentino vendaval,
agarrou-se com força à capa e, no final,
não permitiu que o vento penetrasse nela.
Bóreas bem que tentou, mas nada conseguiu,
e assim fez cessar a procela.
Só depois disto, Febo agiu:
logo dissipou o nevoeiro
e aqueceu toda a terra devagar, a trote,
fazendo com que o cavalheiro
suasse e tirasse o capote.
Disto aí se conclui que a brandura e a paciência
valem mais que a pressa e a violência.

IV

JÚPITER E O MEEIRO

Quis Júpiter outrora arrendar a um parceiro
uma fazenda sua. Os anúncios, quem fez
foi Mercúrio. De uma só vez,
os candidatos a meeiro
apresentaram as propostas.
Uns queriam vantagens; outros, longo prazo.
Examinando caso a caso
e vendo as condições que seriam impostas,
gostou Júpiter de uma que lhe prometia
grandes rendas — só dependia
de se dispor das estações:
calor e frio, seca, chuva, inundações,
tudo conforme o proponente
ordenasse. Jove consente
no projeto do afoito meeiro, e este, então,
passa a dispor do tempo à sua discrição.
Um clima a seu feitio: os vizinhos lucraram.
Nem os americanos de igual desfrutaram.

O calor sem excessos, a chuva dosada,
deram colheita inesperada,
menos para o meeiro, mau agricultor.
No ano seguinte, mais calor,
chuvas em meses diferentes.
A mudança não prejudica
a safra. Tudo frutifica,
mas ele, novamente, pouco produziu.
Que faz? Recorre a Júpiter e lhe suplica
perdão por sua incompetência.
Jove escuta e perdoa em meiga e branda voz.

Conclui-se então que a Providência
põe e dispõe melhor que nós.

V

O FRANGO, O GATO E O CAMUNDONGO

Um jovem camundongo, sem experiência,
quase comete uma imprudência,
conforme achou a mãe, ouvindo o seu relato:
— "Quando eu transpus os montes das nossas
                              [fronteiras
e entrei nas terras estrangeiras
para aprender como age um rato,
logo avistei dois seres de aspecto curioso.
O primeiro, com um ar bondoso;
o segundo, agressivo, de cara fechada,
tendo uma voz esganiçada,
uma coroa rubra e mole,
e um braço estranho, que abre e fecha qual um fole.

Em vez de cauda, esse animal
tinha um penacho colossal!"

O tenebroso monstro que ele descrevia,
tão estranho que parecia
provir da América, era um frango, tão somente,

— "Ele batia os braços nos flancos, fazendo
um alarido tão horrendo,
que eu, mesmo sendo um rato intrépido e valente,
pus-me a correr, cheio de medo,
sem querer revê-lo tão cedo.

253

Por causa disto é que não pude
entabular conversa com o outro animal
que, no seu aspecto geral,
lembrava a nossa raça, em corpo e atitude:
peludo, marchetado, cauda longa e aspecto
de animal calmo e circunspecto,
meigo, discreto, de olhos verdes e brilhantes.

Já ia falar-lhe, mas antes
de ter dado dois passos, o estridente grito
do monstro me pôs a correr."

— "Meu filho" — diz a mãe — "esse animal bonito,
de tão distinto parecer,
escuta bem o que te digo:
é o nosso maior inimigo!
O outro animal, de má aparência,
nada nos faz. Numa emergência,
pode até nos servir de boa refeição.
Mas, para os gatos, somos iguaria rara.
Por isto, guarda esta lição:
não julgues ninguém pela cara."

VI

A RAPOSA, O MACACO E OS ANIMAIS

Os animais, quando o leão morreu,
como ele fora o rei da região,
para escolher um substituto seu,
foram buscar, na cova de um dragão,
que era o guardião, a coroa real.
Quem se adaptasse à coroa do leão
seria o rei, mas nenhum animal
tinha a cabeça igual à do rei morto.
Crânio maior, menor, chifrudo ou torto,
ninguém passou pela prova. O macaco,
sendo animal brincalhão e velhaco,
deu cambalhotas, mil caretas fez
quando por fim chegou a sua vez.
Até saltou por dentro da coroa!
A exibição foi de fato tão boa,
que o elegeram rei logo em seguida!
Mas a raposa, em silêncio, duvida
de que essa escolha era certa, e ao prestar
as homenagens, põe-se a sussurrar,
dizendo ao rei: — "Sire, eu conheço uma arca
com um tesouro digno de um monarca.

Está escondida onde só eu sei,
mas, por direito, ela pertence ao rei,"
Como o macaco não tinha paciência,
corre pra lá, a fim de não ser roubado.
Era armadilha, e ele foi apanhado.
Fala a raposa, em nome da assistência:
— "Se tu nem sabes conduzir-te a ti,
acaso podes governar alguém?"
Destituindo-o, viram, nisto aí,
que a muito poucos o cetro convém.

VII

O BURRO QUE SE GABAVA DE SUA GENEALOGIA

O burro de um prelado sempre se gabava
de descender de égua famosa.
De sua mãe, em verso e prosa,
os feitos heróicos cantava,
dizendo que ela havia feito e acontecido;
era, pois, mais que merecido
que ele figurasse na História.
Depois de certo tempo, um médico o comprou;
num moinho, por fim, seus dias acabou;
só então seu pai jumento voltou-lhe à memória...
Se a desgraça apenas servir
para a razão nos infundir,
bastaria tal qualidade
para expressar sua utilidade.

VIII

O VELHO E O ASNO

Montado no seu asno, um velho avista um prado
encantador. Tendo parado,
soltou seu animal, que logo se afastou
e no relvado se espojou,
festejando, à moda dos burros,
a liberdade: em fortes zurros.
Eis que se escuta um som: perigo!
Aproxima-se o inimigo!
— "Fujamos!" — diz nesse momento
o velho. Pergunta o jumento:
— "A carga do inimigo acaso pesa mais?"
— "Não" — diz o velho, em fuga. — "Pois se são
[iguais
as cargas que transporto, escuta o que te digo:
para quem leva a vida amarga
de conduzir no. lombo a carga,
o dono é o maior inimigo."

IX

O CERVO QUE SE MIRAVA NA ÁGUA

No espelho de um lago sereno,
via sua imagem refletida
um cervo, e a galhada garrida
dava-lhe um prazer não pequeno;
mas algo o deixava confuso:
por que teria as pernas finas como um fuso?
"Entre a cabeça e as pernas, que desproporção"
pensava tristemente, os olhos rasos d'água.
"Meus magníficos galhos às alturas vão;
mas, as pernas, que dor! que mágoa!"
Súbito, a queixa interrompe,
pois surgem cães a latir.
Ele trata de fugir,
e rumo à floresta rompe.
As pernas, razão do lamento,
levam-no veloz como o vento,
mas, na mata, os galhos se entrançam
e por um triz os cães o alcançam.
"Ó Céus, fazei com que este maldito presente,
no ano que vem, não mais aumente!"

A falta de bom senso por vezes provoca
a terrível perda total.
Isto acontece sempre que a gente não troca
o fútil pelo essencial.

259

O cervo que se mirava na água

X

A LEBRE E A TARTARUGA

Não adianta correr, se se atrasa a partida.
A lebre e a tartaruga nos dão prova disto.
— "Eu posso derrotar-vos, lebre, na corrida" —
falou a tartaruga. Ante o repto imprevisto,
a lebre riu. — "Acaso achais
que eu perderia? Acho que estais
de miolo mole: é bom tratar."
— "Qual o quê! Vamos apostar?"
A lebre aceita o desafio.
Quanto à aposta, nem desconfio
de quanto foi. Sem muita briga,
foi feita a escolha do juiz.
O percurso era curto, e a lebre, sem fadiga,
poderia vencê-lo, sem usar de ardis,
com quatro ou cinco pulos, dos que ela consegue
quando uma matilha a persegue.
Assim, sobrando tempo para repousar,
a lebre se deixa ficar,
enquanto a tartaruga sai, marchando
em seu passo de senador,
devagarinho, se esforçando
pra se afastar do contendor.

261

Enquanto observa o céu, ela vê que a vitória
há de render bem pouca glória.
Ainda se fosse um corredor
de grande agilidade, como a corça,
valia a pena fazer força;
mas uma tartaruga. . . E assim cismando,
quando enfim deu por si, mesmo em passo de fuga,
nada mais conseguiu. Já o estava esperando,
no ponto de chegada, rindo, a tartaruga:
— "Embora haja vencido a corrida, eu não nego
que sois veloz. Talvez ganhásseis
se, como eu, também carregásseis
um peso igual ao que carrego..."

XI

O ASNO E SEUS DONOS

Queixava-se à Fortuna o asno de um verdureiro
por ter de levantar-se antes de o sol raiar,
— "O próprio galo está dormindo no poleiro,
e eu já saí pra trabalhar!
Enquanto todos sonham, eu, morto de sono,
estou levando o quê? Verduras ao mercado..."
— "Está bem: vou dar-te outro dono" —
disse, penalizada, a Sorte, e lhe foi dado
outro proprietário; agora, um curtidor.
Os fardos tão pesados, e seu mau odor
logo desanimaram o asno impertinente.
— "Prefiro retornar ao dono anterior.
Quando a fome apertava, eu imediatamente
virava a cabeça e pegava
uma folha de couve que nada custava.
Aqui, pelo contrário, só sobram para mim
chicotadas..." A Sorte, clemente, por fim
entregou-o a um carvoeiro.

Aí só melhorou o cheiro,
aumentando a sujeira. Outra queixa ele fez.
Irritou-se a Sorte: — "Ai de mim!
Nem cem monarcas de uma vez
me tomariam tanto tempo assim!
E a sina dele não é essa, enfim?"

A Sorte tem razão: todo o mundo se queixa
de sua condição; ninguém está contente
com sua situação presente.
Se por acaso Júpiter resolve e deixa
o que tem de fazer, pra a todos atender,
há de por certo enlouquecer!

XII

O SOL E AS RÃS

Nas bodas de um tirano, o povo, jubiloso,
bebeu até mais não poder.
Tal manifestação de alegria e prazer
deixou Esopo desgostoso.
"O sol", disse ele então, "pensou em se casar.
Tão logo disso souberam,
os bichos que em lagoas têm o seu lugar
a berrar então se puseram,
numa só voz, em tons extremos:
— Se o sol vem a ter filhos, que faremos?
Enquanto houver um sol, a gente não lamenta;
mas seis ou sete sóis ninguém aguenta!
Há de secar-se o mar, e nós não mais veremos
lagoas, brejos, rios, e isso nos aflige,
pois só nos restará... o Estige!"

Como se pode ver, um animal
simplório como a rã não raciocina mal!

XIII

O ALDEÃO E A SERPENTE

Conta Esopo que um camponês
caridoso, mas sem maldade,
quando passeava certa vez
num dia de extrema frialdade,
avistou, sobre a neve, inerte, uma serpente
tão transida e gelada que, aparentemente,
já tinha dado adeus à vida.
Sem pensar se valia a pena tal medida,
ele a pega do chão e a carrega consigo.
Junto à lareira a deposita,
sem recear qualquer perigo.
Aos poucos, ela ressuscita,
recuperando a vida que quase perdeu,
e a cólera que traz e é parte do seu ser.
Levantando a cabeça, um longo silvo deu;
depois, dobrou o corpo e armou o bote seu
contra quem não quisera deixá-la morrer.

— "Ingrata, assim me pagas? Então hás de ter
aquilo que mereces!" — e, sem sentir dó,
pegou de seu machado e, em dois golpes bem dados,
fez três serpentes de uma só.
Os três pedaços, destroncados,
ficaram saltitando, tentando se reunir.
Quem disse que hão de conseguir?

Procede bem quem é bondoso,
mas é preciso ser sensato:
ter caridade com o ingrato
só prejudica o caridoso.

O aldeão e a serpente

XIV

O LEÃO ENFERMO E A RAPOSA

Ordena o rei dos animais,
que enfermo estava em seu covil,
a seus vassalos mui leais
e numerosos (mais de mil),
que lhe enviassem embaixadas.
Seriam todas bem tratadas,
anunciava o edital;
deviam chegar alternadas,
pois cada espécie de animal
seria ouvida em separado,
expondo, de modo cabal,
completo e circunstanciado,
as críticas e sugestões
de novas modificações
que elas julgassem necessárias.
Do grupo das raposas, chegou a vez de ir
ver o leão, depois que comitivas várias
já haviam ido lá cumprir
seu dever. Porém, lá chegando,
só viram pegadas... entrando.
Gritou a chefe: — "Rei Leão!
Vamos voltar noutra ocasião,
pois estou vendo como é que entro.
Mas como eu saio aí de dentro?"

269

O leão enfermo e a raposa

XV

O PASSARINHEIRO, O AÇOR E A COTOVIA

O mau proceder de um perverso,
por vezes, de escusa nos serve.
Eis a grande lei do universo:
"Se quer ser preservado, ao próximo preserve"

Um homem foi ao campo caçar passarinhos.
A armadilha atraiu logo uma cotovia.
Um açor, que espreitava nos campos vizinhos,
ao ver a presa que descia,
atirou-se sobre ela, qual dardo ligeiro,
agarrando-a tão logo pousara no chão,
e esmagando-a pouco antes que o passarinheiro
conseguisse deitar-lhe a mão.
Irritado ao extremo, o nosso caçador
puxa o cordão do laço e prende então o açor.
— "Mas por que me prendeis? Fiz-vos mal algum
                                  dia?" —
perguntou a ave de rapina,
mas não teve resposta a réplica ferina:
— "Que mal te fez a cotovia?"

XVI

O CAVALO E O ASNO

Neste mundo é preciso um ao outro ajudar:
se teu companheiro expirar,
terás de carregar seu fardo.

Ao lado de um cavalo assaz mal-educado,
seguia um asno triste e sobrecarregado.
Sem carga ia o cavalo, e o asno em passo tardo.
Temendo sucumbir sob o peso excessivo,
o asno pede ao cavalo colaboração:
— "Alguns fardos, apenas, não te cansarão,
e eu poderei, assim, chegar à aldeia vivo."
O cavalo não deu atenção ao pedido,
e o asno, mais à frente, morreu exaurido.
Veio então o arrependimento,
pois, além da carga pesada,
lá se foi ele pela estrada,
levando a pele do jumento.

XVII

O CÃO QUE TROCOU A PRESA PELO REFLEXO

Se os que buscam ilusões
forem chamados de loucos,
os dementes são milhões,
e os sensatos muito poucos.

Esopo exemplifica essa falta de nexo
com a fábula do cão que trazia nos dentes
uma presa, e que viu num rio seu reflexo.

Largando a presa, atirou-se às águas correntes:
quase se afoga! Quantos, como o cão,
se arriscam por uma ilusão!

XVIII

O CARROCEIRO ATOLADO

Um carroceiro, transportando feno,
caiu num atoleiro. Um desespero pleno
dele então se apossou; uma aflição tamanha
(pois nosso carroceiro estava na Bretanha,
cujas estradas de rodagem
fazem com que qualquer viagem
se torne uma odisseia heroica), e o carroceiro
não via modo algum de sair do atoleiro.
Carroceiros, sabeis, praguejam muito bem,
e este rogava pragas mais do que ninguém!
Descompôs carroça, animais,
a estrada e seus buracos, a lama e o azar.
Lembrou-se, então, dos colossais
trabalhos do deus Hércules. Pôs-se a gritar,
invocando-o em altos brados:
— "Se conseguistes já soerguer e sustentar
o firmamento nos costados,
podereis, sem dificuldade,
arrancar-me daqui." — Das nuvens sai então
uma voz que os ares invade:

274

— "Hei de livrar-te da aflição.
Segue as ordens que dou: primeiro, tira o barro
que prende as rodas do teu carro;
depois, limpa o caminho à frente,
pra que possas passar desimpedidamente.
E quanto aos buracos da estrada,
encha-os de pedra e terra muito bem socada."
O homem seguiu à risca todos os conselhos,
e a carroça, por fim, livrou-se do atoleiro.
Ele então compreendeu que o esforço verdadeiro
fora só seu. Sorrindo, pôs-se de joelhos
e formulou a prece agradecida e muda:
"O Céu ajuda a quem se ajuda".

O carroceiro atolado

XIX

O CHARLATÃO

De charlatães, o mundo nunca esteve isento,
e quanto a este conhecimento,
proliferam os entendidos.
Vem um, arma sua banca e enfrenta os Aquerontes;
outro, pra quem lhe der ouvidos,
diz formar Cíceros aos montes...
Sobre um destes irei falar.
Estava ele a se vangloriar
de poder tornar eloquente
qualquer pessoa inteligente,
senão mesmo um campônio sem qualquer estudo.
— "Até serei capaz de fazer, de um jumento,
 um grande orador de talento,
um Cícero, em tudo por tudo."
Soube daquilo o príncipe, e falou ao mestre:
— "Queria tornar orador
meu belo burro marchador;
que Vossa Mercê, pois, o adestre."
— "Aceito o encargo, Sire; só que tempo toma..."
Foi-lhe dada vultosa soma,
e ele assumia o compromisso

277

de completar o seu serviço a
o fim de dez anos, sem falta.
Caso não conseguisse, seria enforcado,
sendo vaiado pela malta,
pois de burro iria trajado.
Um cortesão, não crendo em tanta competência,
com ironia diz ao mestre que queria
vê-lo um dia na forca, exibindo eloquência,
dirigindo palavras belas à assistência,
com as quais, em tom patético, demonstraria
que seus talentos eram mesmo semelhantes
aos de outros grandes falastrões
que o vulgo chama de ladrões.
— "Um dos três há de morrer antes;
não tenho, pois, preocupações,"

Tinha razão: pra mais dez anos,
só mesmo os tolos fazem planos.
Comamos e bebamos, pois
só se tiverem sorte, sobrevivem dois!

XX

A DISCÓRDIA

Tendo a deusa Discórdia deixado convulsa
a morada dos deuses, por causa de um pomo,
do reino celeste foi expulsa,
achando abrigo sob o domo
dos homens, que a acolheram bem;
tanto a ela quanto a Sim-e-Não,
o seu famigerado irmão,
e a Teu-e-Meu, seu pai, que foi expulso também.
Ela escolheu a habitação
neste nosso hemisfério, bem mais a seu gosto
que alhures, no hemisfério oposto,
dos selvagens, que casam sem padre ou notário,
e acham brigar desnecessário.
Entre nós, a Discórdia era muito exigida,
e a Fama saía a buscá-la;
nem sempre era bem-sucedida,
levando muito tempo até encontrá-la.
Verdade seja dita que, sendo encontrada,
ela sempre acorria, com grande eficiência,
impedindo a harmonia e a boa convivência.

Ocorre que a Fama, cansada
do enorme tempo que perdia
atrás da deusa esquiva, solicita um dia,
ao conselho dos deuses, que fosse indicada
uma morada fixa, onde, a qualquer momento
a Discórdia fosse encontrada.
Não existindo então pensionato ou convento,
custou-se a escolher-lhe a morada.
O conselho, enfim, resolveu
dar-lhe por morada o Himeneu.

XXI

A VIÚVA JOVEM

À perda de um marido, seguem-se os suspiros,
mas a consolação aos poucos sobrevém;
se a dor parece até que remédio não tem,
enquanto a Terra dá seus giros,
aquele desvario louco
vai-se aplacando pouco a pouco:
o Tempo cicatriza os ferimentos da alma.

Entre a que enviuvou há um dia,
e esta mesma pessoa, um ano após, tão calma,
dizer que são a mesma, ah, não! ninguém diria!
Uma, a todos repele; outra, a todos atrai;
aquela é dor e reclusão;
esta sorri, se enfeita, sai.
Para ilustrar esta lição,
narro uma fábula a seguir.

Estava prestes a partir
deste mundo, o marido de uma bela jovem.
Nos olhos desta, as lágrimas não descem: chovem!
— "Não partirás sem mim!" — gritava, sem consolo.
Bem que ele queria ficar,
mas foi-se, e na carruagem só havia um lugar.
O pai dela não era tolo,

281

mas, sim, senhor de um bom miolo.
Deu tempo a que rolassem torrentes de pranto,
e um dia, paternal, chamou a filha a um canto
e lhe disse: "Filhinha, de que servirão
as lágrimas que tu derramas?
Não faz bem aos olhos das damas
tanto choro e lamentação.
Ele morreu; tu, não. Agora é o recomeço.
Um novo casamento há de ser bom. Conheço
alguém tão bom quanto o era o falecido."
— "Terei o claustro por marido!"
Deixa o pai que ela curta a sua atroz desgraça,
O tempo segue. Um mês se passa,
e outro mês; ela, aos poucos, vai modificando
seus hábitos, seus modos. O luto arrefece,
a palidez desaparece,
já até sorri, de vez em quando;
em pouco tempo, está cantando.
A vida recupera o seu sabor de outrora,
e a fonte de Juvêncio ganha
a bela, que nela se banha
dia e noite. Já não mais chora,
não se lamenta mais. O pai, porém, sabido
não mais tocou no assunto.
Ela, então, perguntou:
— "Como é, Papai, e o tal marido
do qual o Senhor me falou?"

A viúva jovem

EPÍLOGO

Ponhamos um ponto final
antes que sobrevenha o enfado:
quero, do extenso roseiral,
um só botão desabrochado.

Um outro projeto que tenho
reclama todo o meu empenho:
novos assuntos, outros temas,
coisas do Amor, esse tirano
que me atormenta com problemas,
que só me dá trabalho insano.

Voltemos a Psiquê. Damon, vós me exortais
a descrever os vossos risos, vossos ais:
aceito, e minha inspiração,
quem sabe, me invada a alma inteira,
embora até prefira que, em vossa intenção,
seja, essa, a pena derradeira.

CONTOS E FÁBULAS DE LA FONTAINE

SEGUNDO VOLUME

**TERCEIRA
E
QUARTA
PARTES**

ADVERTÊNCIA

Eis aqui uma segunda coleção de fábulas que ora apresento ao público. Julguei apropriado dar à maior parte destas um toque e um tom algo diversos dos que caracterizaram as primeiras, abordando novos assuntos e emprestando maior variedade a esta minha obra. Os temas mais conhecidos, que espalhei copiosamente nas duas primeiras partes deste trabalho, combinavam melhor com as criações de Esopo que com as presentes. Em relação a eles, fui mais comedido, visando a não correr o risco de me tornar repetitivo, porquanto seu número não é infinito. Nesta intenção, foi necessário lançar mão de outros temas, ampliando as circunstâncias desses relatos, que ademais me pareciam estar a pedir um novo estilo. Por pouca que seja a atenção que lhes dispense o leitor, por certo irá reconhecer-se nessa ou naquela fábula; por isto, não me parece necessário expor aqui as razões que me levaram a escrevê-las, nem de onde extraí os assuntos que aqui abordo. Somente direi, por uma questão de reconhecimento, que devo a maior parte deles ao sábio indiano Pilpay, cujo livro já foi traduzido em todas as línguas. Tinham-no seus conterrâneos por um ancião bastante original com relação a Esopo, presumindo ser este, na realidade, o personagem escondido sob o nome de Locman, o sábio. Também de outras fontes recolhi interessantes temas. Finalmente, procurei dotar estas duas últimas partes de toda a diversidade de que fui capaz. Como alguns erros tivessem surgido durante a impressão, levei a cabo a preparação de uma errata, que acabou não passando de pequenos remendos onde se pedia reforma completa. Se o leitor quiser tirar algum prazer desta leitura, seria bom que primeiro corrigisse à mão esses erros, conforme indicados na errata, semelhante à que preparei para a primeira e a segunda partes destas Fábulas.

À MADAME DE MONTESPAN

O apólogo é um dom que, ou vem dos imortais,
ou de um comum mortal, talvez;
quem quer que seja o autor, merece honras reais,
ou mesmo preitos divinais
como os prestados a quem fez
criações semelhantes, obras geniais.
O apólogo fascina, é fonte de surpresa,
mantendo a alma da gente presa,
atenta ao seu desenrolar
e às lições que ao final se poderão tirar.
E foi esse fascínio Olímpia, que chamou
logo a minha atenção, trazendo-me à lembrança
vosso nome, em razão da grande semelhança
que encontrei no fascínio que o céu vos legou.
Deste modo, sabendo que às vezes vos sobra
algum tempo, que usais no lazer da leitura,
quis a vós, tão somente, dedicar esta obra,
que permaneceria obscura
sem o vosso favor, que me atrevo a esperar.
Quem melhor do que vós é capaz de apreciar
as belezas e graças que acaso contêm
estes versos singelos? Melhor que ninguém,
sabereis encontrá-las, pois graça e beleza
são dons que a sábia natureza
vos deu com generosidade.

Embora à minha musa agradasse o labor
de proclamar vosso louvor,
cerceio aqui minha vontade,
deixando a alguém que tem direito e autoridade
o tão doce mister que a ele só compete.
Se méritos não tem este que vos remete
os versos que ora ledes, nem assim negueis
a proteção que reivindico,
pois a Fábula, bem sabeis,
merece o apoio que suplico
em nome do valor que ela possui por si.
Com estes versos pretendi
deleitar-vos, Olímpia, encher-vos de alegria.
Vosso apoio faz jus a prêmio bem mais régio:
um templo ainda era pouco por tal privilégio.
Fosse eu dono de algum, vo-lo dedicaria.

LIVRO
SÉTIMO

I

OS ANIMAIS ENFERMOS DA PESTE

Um mal que semeia o terror,
um mal que o céu, em seu furor,
inventou pra punir os pecados da terra:
a Peste (o nome dela eu quase não dizia),
capaz de recobrir o Aqueronte num dia,
aos animais declarou guerra.
Os que não pereceram, perderam vigor,
vivendo em mórbido langor.
Nem mesmo de buscar o seu próprio sustento
sentiam o menor alento.
Raposas e lobos, parados,
não se animavam a caçar.
Onde os pombos enamorados?
Foram amar noutro lugar.
Devido à melancólica situação,
tomou a palavra o leão:
— "Nossos pecados, nossos vícios,
são responsáveis por tudo isto.
Para aplacar a cólera dos céus, insisto
que serão necessários alguns sacrifícios,
ou pelo menos um: que morra o mais culpado,
pois a História nos tem mostrado
que assim deve ser feito. Nada de indulgência:
examinemos a consciência.
Eu, por exemplo, acuso-me de ser mesquinho:

devorei muito carneirinho
que nunca me fizera ofensa.
Antes fosse isso só... Já provei o sabor
do pastor!
Sou pecador, eu sei, mas isto não dispensa
cada qual de acusar-se, a fim de que julguemos
quem tem a maior culpa, para, desta sorte,
saber quem merece a morte."
— "Bondoso rei, não sacrificaremos" —
disse a raposa — "alguém tão nobre e tão gentil!
Devorar um carneiro, animal imbecil,
será pecado? Ó, não! Antes, presente régio,
um verdadeiro privilégio.
Quanto ao pastor, fizestes bem,
pois para nós, os animais,
tais indivíduos são mui prejudiciais.
Agistes, pois, como convém."
Aplausos coroaram o sábio discurso.
Vieram em seguida um urso,
um tigre e outras terríveis feras assassinas;
porém, seus crimes e chacinas,
suas ações infames, seus atos malvados,
não eram tidos nem como veniais pecados. . .
Por fim, chegou a vez do burro, que falou:
— "Passando um dia junto ao prado
de um mosteiro, o demônio a fome me aumentou.
Senti-me deveras tentado.
E como resistir, naquela circunstância?
Quando vi, eu já havia dado uma bocada ..."
— "Oh, que pecado!" — grita a assembleia indignada.
Um lobo falastrão recrimina a arrogância,
a estupidez daquele maldito animal,
um sarnento, de quem provinha todo o mal.
Seu pecadilho foi julgado imperdoável,
Comer erva sagrada! Crime abominável!
Que morra esse ser detestável!
O veredito foi de aceitação geral.

Segundo o teu estado, rico ou miserável,
branco ou preto serás perante o tribunal.

Os animais enfermos da peste

II

O MALCASADO

Se o belo e o bom andassem sempre de mãos dadas,
eu me casaria amanhã;
mas como as relações dos dois estão cortadas,
e só de raro em raro acha-se uma alma louçã
dentro de um corpo sem defeito,
prefiro não casar e viver satisfeito.
Sei que as minhas palavras a muitos surpreendem,
pois quase todos acham que o certo é casar;
porém, depois que casam, pude constatar
que muito poucos são os que não se arrependem.
De um desses vou falar. Sua mulher, ciumenta,
a todo o momento o apoquenta
com recriminações mesquinhas,
com críticas e com picuinhas.
Tudo estava mal feito, nada a contentava.
O marido sofria, a criadagem penava.
Desde manhã que as queixas tinham seu início:
"Levanta, que já é tarde!" — "Vamos trabalhar!"
"Só pensas em comer!" — "Só gostas de passear!"
"Que ineptos!" — "Quanto desperdício!"
Certo dia, o marido se cansou
e para o campo a despachou,
em visita à casa dos pais.
Ali, entre pastoras e zagais,

entre perus e porcos, quieta, sossegada,
ela passou uma temporada.
Acreditando, enfim, que já valia a pena,
o marido a buscou, e perguntou: — "E então?
Tiveste muita diversão?
Gostaste da existência bucólica e amena?"
— "Foi bom, mas não gostei de ver
que a preguiça daqui também existe lá.
Estava tudo ao deus-dará!
Umas poucas e boas tive de dizer
àquela gente cabeçuda!"
— "Ah, madame!" — retruca o marido. — "Estou
[vendo
que esse teu gênio mau não muda.
Tu pouco estavas convivendo
com aquele pessoal, que só de noite vias;
e, não obstante, o enfurecias!
Pensa então no que sentem por ti nossos criados
que estão o dia inteiro obrigados
a te escutar? E quanto a mim?
Comigo, nem de noite a repreensão tem fim!
Volta para teus pais: adeus. Se a tentação
me ocorrer de chamar-te, a punição
que hei de ter, ao morrer, por tal pecado,
é ter duas de ti, todo dia, a meu lado."

III

O RATO QUE SE RETIROU DO MUNDO

Dentre as lendas dos levantinos,
uma fala de um rato que quis, certa vez,
fugir dos temíveis felinos,
entrando num queijo-holandês.
E assim, para fugir do perigo,
com os dentes cavou seu abrigo,
e enquanto este ficava mais e mais profundo,
mais se isolava ele do mundo.
Solitário, tranquilo e bem alimentado,
precisava o ermitão de mais algum cuidado?
Tornou-se gordo e grande, como às vezes fica
aquele que a Deus se dedica.
Depois de tornar-se afamado,
foi procurado em seu abrigo
por uma expedição de ratos, que seguia
para a terra vizinha, a ver se conseguia
ajuda contra o seu figadal inimigo:
o forte exército dos gatos.
Ratópolis cercada, aquela expedição

fugira, de pires na mão,
apelando para outros ratos,
pois só assim poderia prosseguir em frente
e trazer o socorro urgente.
— "Caríssimos" — diz o ermitão —,
"não me concernem mais as coisas deste mundo.
Que posso, neste antro profundo,
fazer por vós, senão
pedir que vos ajude o Céu, com todo o empenho?
E coisa alguma posso dar, pois nada tenho."
E tão logo a fala encerrou,
no seu buraco se enfiou.

Saiba o leitor que esse ratinho
não é nenhum monge cristão,
mas algum dervixe mesquinho,
pois um monge, eu suponho, é caridoso. Ou não?

IV

A GARÇA

Embora já fosse hora de pensar no almoço,
a garça mal voltava seu longo pescoço,
para o rio, ao longo do qual,
com suas longas pernas e seu longo bico,
passeava, displicente. O pesqueiro era rico:
carpas e lúcios. Afinal,
 por que não lhe importavam tão finos petiscos?
É que ela, planejando opíparo jantar,
esperava a fome aumentar.
Vendo que não havia riscos,
os peixes se entretinham em mil brincadeiras,
até que se cansaram, desaparecendo.
A fome, então, veio correndo.
Onde as carpas e os lúcios? E as percas ligeiras?
Nenhum peixe que vê lhe serve de manjar:
este não tem bom paladar;
aquele é por demais pequeno;
e a carne deste aqui? verdadeiro veneno!
"Fosse eu ave qualquer, não haveria mal
em comer esses peixes de gosto trivial.
Acontece que sou uma garça-real

e, portanto, exigente, altiva e refinada."
Muito tempo ficou a esperar, e ao final,
constatando a ausência total
de peixes bons ou maus, acabou obrigada,
na falta de algo especial,
a procurar um caracol...

Quem se acomoda bem, acha um lugar ao sol,
e quem almeja além, pode tudo perder.
Se o melhor não se pode ter,
o jeito é contentar-se com o menos ruim.
Não é só para as garças a lição que lestes,
mas se aplica igualmente aos humanos. Assim,
continuai lendo os versos, e vede agora estes:

V

A MOÇA

Certa moça, um tanto orgulhosa,
queria encontrar um marido
alto, forte, bonito e de agradável prosa,
e ademais elegante, fino e bem-nascido,
muito amoroso e desprendido,
enfim: um partido ideal.
Será que existirá tal príncipe encantado?
O destino até foi generoso um bocado,
pois foram em número tal
os pretendentes, que ela podia escolher
um bom partido. — "Quê? Esses aí? Mas qual!
Disparate maior não poderia haver!
Este é sem graça, aquele é pobre,
aquele outro é horroroso, esse ali não é nobre..."
E assim foi despachando cada pretendente,
sem lembrar que o tempo, inclemente,
aos poucos, devagar, desfaz
a beleza humana, fugaz.
E assim os bons partidos, por fim, acabaram,
e os medíocres se apresentaram.
Se os primeiros não quis, os outros, muito menos.
— "Será que não se enxergam esses paspalhões
que ficam a fazer-me acenos?
Que ridículas pretensões!

Vivo melhor, vivendo só!"
Entrementes, o tempo prosseguiu correndo,
e a beleza da moça, aos poucos, fenecendo.
Pretendentes, nenhum. Até causava dó
ver aquela que a tantos tratou com desdém,
agora abandonada, triste e sem ninguém.
Já não se escuta mais seu riso.
Quando aparece em público, agora é preciso
disfarçar com pinturas o que o tempo trouxe.
Se uma construção arruinou-se,
pode-se repará-la e dar-lhe novamente
um aspecto de obra recente.
Quem corrige o que o tempo ocasiona na gente?
"Um marido, e depressa!" ela escuta o conselho
todo dia. E de quem? Dito por seu espelho.
Assim, foi com prazer que ela aceitou o pedido
do primeiro sujeito que lhe apareceu,
dando-se por feliz de arranjar um marido
tolo, feio, rude e plebeu.

A moça

VI

OS DESEJOS

Os duendes, seres encantados,
no Mogol, servem de criados.
Nas casas indicadas, eles agem:
fazem limpeza e jardinagem,
servem de mordomo e de pajem.
Perto do rio Ganges, houve, certa vez,
um, que era jardineiro em casa de um burguês.
Trabalhava em silêncio e com dedicação,
estimado pelo patrão
e por sua mulher. Ele retribuía
as atenções, pedindo aos zéfiros ligeiros
ajuda e proteção para seus hospedeiros.
Convivendo em tal harmonia,
todos felizes e contentes,
pensar em ir-se embora era uma extravagância,
apesar de ser a inconstância
traço típico desses entes.

Alguns espíritos sem classe
tanta intriga fizeram, que o chefe da grei,
talvez por ciúmes, não sei,
ordenou que ele se mudasse
e fosse residir na Noruega distante,
para cuidar de outra mansão,
debaixo de neve constante...

De hindu, que até então fora, iria ser lapão!
Antes de ir-se embora, falou aos patrões:
— "Sou obrigado a vos deixar,
não sei por quais acusações.

Se fosse por meu gosto, iria aqui ficar,
pois muito vos estimo. E como recompensa
pelo tempo feliz que convosco passei,
três desejos satisfarei."

Pode haver uma dádiva assim tão imensa
para dois humanos mortais?
Foi Abundância o dom que pediram primeiro.
Queriam ter muito, demais!
Seus cofres se enchem de dinheiro,
há vinho nas adegas, trigo no celeiro.
Mas como organizar tamanhos cabedais?
Registros, escrituras, controles, contratos;
não mais tiveram paz os dois, antes pacatos.
Tornam-se alvo dos malfeitores;
pedem-lhe empréstimo os senhores;
as taxas são pesadas; ambos, descontentes,
sentem saudades do passado.
O duende então é convocado:
— "Têm vida mais feliz que a nossa os indigentes!
Livra-nos da riqueza: o excesso de fortuna
tornou-se para nós uma coisa importuna.
Para recuperarmos a tranquilidade,
queremos o repouso da Mediocridade."
Sente pena dos dois o solícito duende,
e o segundo desejo atende.
Voltando ao mesmo estado em que viviam antes,
ficaram os dois exultantes.
Enquanto tinham tudo, viveram tristonhos,
pois é triste a existência de quem não tem sonhos.
Só se turvaram seus semblantes
quando chegou por fim o dia
em que o duende se foi. Nesse momento triste,
pediram-lhe a Sabedoria:
melhor tesouro que este, não existe.

VII

A CORTE DO LEÃO

O rei dos animais, Dom Leão, quis um dia
conhecer as nações nas quais consistiria
seu domínio. Muitos enviados
foram levar um edital
dizendo estarem convocados
todos ao palácio real.
As audiências se dariam
nesse palácio, e durariam
um mês, do início até o final.
A recepção seria aberta
por uma equipe muito esperta
de macaquinhos amestrados.
Haveria um banquete, e então os convidados,
em comissão oficial
iriam visitar o palácio real.
E assim aconteceu. Mas que palácio horrível!
Carniças espalhadas, um mau cheiro incrível!
O urso tapa o nariz. Ofendido, o leão
dele dá cabo e o manda a visitar Plutão.
O macaco, servil, aplaude aquela ação:
que desaforo, o do urso, chamar de fedor

aquele aroma suave, perfume de flor!
Não sabia, o bajulador,
que havia um parentesco, embora algo distante,
do leão com Calígula. No mesmo instante,
o destino seguiu seu curso,
e ele fez companhia ao urso.
À raposa, calada, dirigiu-se o rei:
— "E tu? Diz a verdade: este cheiro te agrada?"
— "Estou, Senhor, tão constipada,
que até perdi meu faro. Por isto, não sei . . .
Quando sarar, responderei."

Quem busca na Corte mercês
deve agir sempre assim, usando de esperteza:
nem servilismo vil, nem a brutal franqueza;
prefira, ao "sim" ou "não", a astúcia de um "talvez"

VIII

OS ABUTRES E AS POMBAS

Marte, uma vez, fomentou feroz luta
entre habitantes do céu, e a disputa
não se estendeu às aves que anunciam
a primavera, com seus lindos cantos;
ou entre aquelas que se refugiam
sob as ramagens, ostentando encantos;
nem entre as outras que Vênus transporta.

Foi entre as aves de bicanca torta,
garras cortantes e feia aparência:
falo do abutre. A causa da pendência
consta que foi a carniça de um cão.
Foi tanto sangue que caiu no chão,
que a muitos deu a impressão de chover.

Tantos heróis deram adeus à vida,
 que Prometeu teve reacendida
sua esperança de menos sofrer.

Dava prazer ver a audácia dos fortes,
mas dava pena contar tantas mortes,
Valor, arrojo, ardis inusitados,
tudo se usou. Os dois bandos, tomados
de sanha ardente, não poupavam meios
de remeter para o além seus rivais.

Os cemitérios já se achavam cheios,
na área das sombras não cabia mais.

Tal mortandade causou compaixão
entre os alados de uma outra nação
que era a das pombas de coração terno.

Logo empregaram sua mediação
para acabar com todo aquele inferno.

Usando tato, argúcia e discrição,
cedo alcançaram o alvo a que visaram:
por algum tempo, os combates cessaram;
pouco depois, selou-se enfim a paz.

Mas ai das pombas! Sua boa ação a
carretou-lhes a dizimação:
aquele povo feroz e voraz
deu-lhes em cima, unido, ingratamente,
retribuindo, com o mal vulturino,
o bem devido ao povo columbino.

Pacificá-los foi ato imprudente.
 Insano é quem quer ser o paladino
da reunião dos povos belicosos,
que, desunidos, não são perigosos!
Deixá-los sempre em guerra é de bom siso.
Nada mais digo — aliás, será preciso?

307

Os abutres e as pombas

IX

O COCHE E A MOSCA

Subindo uma ladeira, de pedras e areia,
sob o inclemente sol do meio dia e meia,
seis fortes cavalos puxavam
um coche. Os passageiros, velhos e mulheres,
além de um frade, descem, pois um dos misteres
dos passageiros é este. Os animais suavam,
quando uma mosca chega e resolve ajudá-los.
Pica este, pica aquele, e pensa que os cavalos,
com tal incentivo, andarão.
Logo ela vai pousar no nariz do cocheiro,
 que se agita com irritação.
Pica depois um passageiro,
e então, por coincidência, o coche, enfim, se move.
O mérito é só seu, segundo ela imagina,
e, qual um comandante, o caminho ela ensina,
embora, intimamente irada, desaprove
a apatia dos comandados
que, enquanto ela trabalha, ficavam parados,
sem fazer, cada qual, o que era necessário.
O frade, lendo o seu breviário:
e são horas de ler? Uma mulher cantando:
o tempo irá perder a cantar, até quando?

A mosca também canta, só que em seus ouvidos,
mudando as canções em gemidos.
Depois de muito esforço, é transposta a ladeira.
"Custou, porém valeu a pena a trabalheira.
Já vistes, meus amigos, quanto faço e valho:
que paga me dareis por este meu trabalho?"

Há pessoas assim, tolas e intrometidas.
Em tudo metem a colher,
mas sua ajuda ninguém, quer.
Quisera eu que elas fossem pra longe, banidas!

X

A LEITEIRA E O POTE DE LEITE

Trazendo na cabeça uma vasilha
de leite, equilibrada na rodilha.
Perrette se dirige rápido à cidade.
Nesse dia ela pôs roupa curta e bem leve,
para não estorvar sua velocidade
e lá chegar em tempo breve.
Com sapatos de salto raso,
seguia equilibrando o vaso,
a pensar no que iria fazer com o dinheiro
que iria receber em curtíssimo prazo:
comprar um cento de ovos; logo, o galinheiro
abrigaria uma ninhada
que seria a maior de toda a região.
Mesmo a raposa mais safada
não iria impedi-la de ter um leitão.
Para o porco engordar, restos não faltarão,
e, quando ele estiver com seu peso ideal,
acha-se um comprador que paga um dinheirão,
Mais um tempo que passa, e ponho no curral
uma vaca e um bezerro, que encontro a bom preço
e que de um bom rebanho hão de ser o começo.

Um tropeço infeliz despeja pelo chão
as vacas, o bezerro, os frangos e o leitão:
todo o seu cabedal havia escapulido
e entrado dentro de uma cova.
O jeito é contar ao marido,
correndo o risco de uma sova.
"Não vá chorar", diz o ditado,
 "por sobre o leite derramado".

Quem não se perde a divagar,
erigindo castelos no ar?
Picrochole, Perrette, Pirro, tanta gente;
tanto o sábio como o demente;
todos, de vez em quando, deixamos que a mente
divague em doces sonhos e intrincadas tramas.
O mundo é nosso, inteiramente:
todas as honras, todas as damas...
Quando estou só, não temo enfrentar nem leão!
Derroto qualquer bravo, destrono o sultão,
sou aclamado rei, o povo me venera,
arcas imaginárias guardam meus diamantes...
Um barulho qualquer, e volto a ser o que era:
o mesmo João Ninguém, como antes...

312

A leiteira e o pote de leite

XI

O CURA E O MORTO

Lá vai o morto, tristemente,
para seu retiro final.
Lá vai o cura, alegremente,
para apressar o funeral.
No coche funerário seguia o finado,
devidamente empacotado
dentro daquela roupa chamada caixão,
traje que pode ser usado
quer no inverno, quer no verão.
Seguia o vigário a seu lado,
em infindável oração,
como é de praxe e de ordinário,
seja lendo no seu breviário,
seja desfiando o seu rosário.
"Depois desta encomendação,
meu prezado defunto, vamos ao salário,
pois tenho grande precisão."
Monsenhor João Forreta olha o caixão e pensa
no morto, que deixara uma fortuna imensa,
da qual lhe cabe uma parcela.
"Há de servir para as despesas,
o incenso, o paramento, a vela,
além de umas poucas miudezas."

Entre estas, ele inclui aquela barriquinha
do bom vinho dos arredores;
além do mais, sua sobrinha
e a camareira Marianinha
precisam de roupas melhores.
Antes que ocorra outra lembrança,
o coche cai numa valeta.
Adeus, Monsenhor João Forreta:
o coche, ao revirar, sobre o seu corpo lança
o pesado caixão, que a cabeça lhe esmaga.
Bem que ele esperava outra paga...
Vivo e morto seguiam juntos,
agora seguem dois defuntos.

A moral desta história condiz plenamente
com a da fábula precedente...

XII

O HOMEM QUE PERSEGUIU A FORTUNA, E O QUE FICOU DEITADO A ESPERÁ-LA

Quem não corre atrás da Fortuna?
Quisera eu me postar num local de onde visse
a multidão tonta e importuna
que se empenha na vã tolice
de buscar pelo mundo essa filha do acaso,
que em troca retribui com desdém e descaso
tamanha insistência. E quem disse
que ao verem que a inconstante quase sempre escapa
de realizar os sonhos tão acalentados,
eles desistem? Não, coitados!
"Um plantador de couves" lembram, excitados,
"acabou por tornar-se Papa!
Temos menos valor?" Valeis cem vezes mais,
mas de que serve tal valor?
Ou será que acaso pensais
que a Fortuna tem olhos, e o merecedor
sempre é recompensado? Aliás: ser Papa é bom?
Perder o seu repouso, esse precioso dom,
privilégio dos deuses? Se a Fortuna escolhe
alguém, o repouso lhe tolhe.

316

Não deveis procurá-la. Ela é deusa, é mulher,
e há de saber achar-vos quando bem quiser,

Um sujeito dizia: "Quem vai buscar, colhe;
mas quem fica onde está, fica sem ter.
Profeta não se pode ser
na própria terra." Um seu amigo,
ouvindo essas palavras, concordava em parte.
— "Que pra ti seja bom, isto eu não contradigo;
assim, não vou aconselhar-te
a que fiques aqui. Mas não irás comigo.
Sou de gênio pacato e prefiro esperar,
dormindo, o teu regresso ao lar."
Seja por ambição ou avareza,
o fato é que ele resolveu
sair da terra em que nasceu
e buscar a Fortuna, a deusa da riqueza.
Para a Corte ele foi, pois ali deveria
ser por certo o lugar que ela frequentaria.
Nas horas de deitar e de se levantar,
quando ela sói se apresentar,
ei-lo a postos, mas ela nem passa por perto.
"Ela anda por aqui", pensa ele, e estava certo.
"Tive a oportunidade de testemunhar
as múltiplas visitas que ela aqui já fez;
mas a mim, que sou tão cortês,
nunca quis visitar. Bem que fui avisado:
se tens muita ambição, melhor que não procures
um lugar onde o povo encara, desconfiado,
o ambicioso. Portanto, hei de buscar alhures
essa esquiva Fortuna. Ó, cortesãos, adeus!
Nos templos de Surate, sei que os sonhos meus
posso concretizar." E para lá zarpou,
carregando consigo, na sua bagagem,
um lastro de esperança e as armas da coragem.
Os ministros da morte, ousado, ele enfrentou:
piratas, rochedos, tormentas,
ondas enormes e violentas;
mas nas horas de calma se lembrava
de seu torrão natal, e então se perguntava
se estava agindo certo, indo pra tão distante.

Nas Índias, empenhou-se na busca estafante
da Fortuna. Debalde! Seguiu contra o sol,
até as terras fantásticas do Grão-Mogol,
sempre atrás da Fortuna, mas de novo em vão.
Dizem que chegou ao Japão!
A grande lição que aprendeu
em todas as suas viagens,
nas conversas que teve com povos selvagens,
foi que quem deixa o lar, a terra em que nasceu,
nem sempre há de encontrar o que tanto procura.
Pensando bem, de que valera
tanto viajar, tanta aventura?
Melhor não ter saído lá de onde nascera.
Arrependido, retornou
a seus penates. Quando de longe avistou
a antiga silhueta, tão familiar,
do seu torrão natal, parou para chorar.
"Feliz de quem vive em sossego
na terra em que nasceu, sentindo desapego
pelos bens e riquezas que existem no império
da Fortuna, mas que ele, por não conhecê-los
senão por escutar, não ambiciona tê-los.
Assim quero viver — é compromisso sério."
Satisfeito com a decisão
de nunca mais sonhar em sair pelo mundo,
viu a Fortuna no portão
do amigo mergulhado num sono profundo.

XIII

OS DOIS GALOS

No galinheiro, armou-se a guerra entre dois galos
que viviam sem rixa ou zanga,
O Amor, que perdeu Troia, é que veio incitá-los
a disputar a mesma franga.
O sangue dos brigões, correndo pela terra,
lembrava a cor do Xantos na célebre guerra.
o povo galináceo de terras vizinhas
correu a presenciar o duelo tenebroso,
e várias Helenas-galinhas
sonharam ser o prêmio do vitorioso.
Por fim, um vence a luta, e o outro se retira,
enciumado e com rancor,
sabendo que sua amada já não mais suspira
por ele, e só tem olhos para o vencedor.

Ali, no esconderijo onde se refugia,
alimenta o seu ódio e sonha com vingança,
exercita o bico e se lança
contra o vento, à espera do dia
da desforra completa. O outro, por seu lado,
para melhor cantar o heroico feito,
subiu em cima de um telhado,
onde, estufando o forte peito,
quis cantar, mas não pôde: um abutre o pegou.
E foi assim que retornou
o derrotado ao galinheiro,
reocupando o seu lugar
junto da franga, sem brigar,
sendo agora o rei do terreiro.

Diverte-se o Destino em tais peças pregar,
mormente se à vitória se segue a insolência.
É risco tolo e inútil da sorte zombar;
é mais que tolice: é demência.

XIV

INGRATIDÃO E INJUSTIÇA DOS HOMENS PARA COM A FORTUNA

Um mercador que tinha negócios no mar
enriqueceu às custas de uma enorme sorte:
ventos propícios, sempre; sequer uma morte;
jamais houve naufrágios para atrapalhar;
Átropos e Netuno deixaram-no isento
de grandes sacrifícios; e, quanto ao tormento
de perder rota ou carga, a Fortuna cuidou
de isentá-lo também. Agentes, corretores,
todos foram fiéis, sem causar dissabores.
Para tabaco, açúcar, tudo, sempre achou
mercado e preços bons. Mas o lucro o cegou,
e o nosso herói gastava horrores
em carruagens, cães, cavalos, prataria.
Em sua casa, o assunto sempre era dinheiro,
Festas, banquetes, o ano inteiro.
Vendo esse esbanjamento, perguntou-lhe um dia
um velho companheiro: — "Afinal, de onde vem
tamanho luxo?" — "Amigo" — respondeu — "vê bem
que o devo ao meu talento, a mim e a mais ninguém;
ao meu esforço insano, ao dom de comerciar,
sabendo onde empregar." Daí a mais um mês,
resolveu novamente os lucros arriscar;
porém, não lhe sorriu a sorte dessa vez.

321

A causa foi sua imprudência:
zarpou mal equipado um navio, e afundou;
outro lançou-se ao mar sem armas, e a violência
dos corsários não suportou,
perdeu-se; um terceiro voltou,
depois de ter vendido a carga a preço vil.
As festas tornaram-se raras;
mesmo as amizades mais caras
sumiram de repente. O agente mercantil
em quem mais confiava, traiu-o também,
deixando-o quase sem vintém.
Adeus, esbanjamento, luxo, ostentação!
Ao vê-lo assim, indaga o velho companheiro
de quem seria a culpa da situação.
— "Da Fortuna cruel!" — "Já que não tens dinheiro,
ao menos, tenta ter bom senso..."

Se ele tentou, não sei; acho que não, pois penso
que cada qual imputa a si
o mérito de todo o seu sucesso,
mas se a Sorte não lhe sorri,
passa a queixar-se dela igual possesso.
Vêm da Fortuna os erros, nunca os atos sérios.
A nós os elogios, a ela os impropérios.

XV

AS VIDENTES

Muitas vezes, do acaso, nasce a opinião,
da qual provém a moda, tenebrosa amiga
da maledicência, da intriga,
da teimosia vã, de toda prevenção,
dos atos de injustiça que, frequentemente,
despenham sobre nós qual torrente sem fim.
Foi, é e sempre há de ser assim.

Em Paris, afirmava ter dons de vidente
uma certa mulher, e, logo, todo o mundo,
demonstrando por ela respeito profundo,
passou a consultá-la e a lhe fazer pedidos:
multiplicar os bens, recuperar maridos;
nos filhos, colocar juízo;
ajeitar um amor, cobrir um prejuízo.
A tudo ela escutava, e agia
astutamente, usando termos de magia,
aparentando ser oráculo preciso,
infalível vidente, mesmo não passando
de alguém com vinte e três quilates de ignorância
que habitava um sótão nefando,
sem asseio e limpeza, conforto ou elegância.

Aos poucos, a vidente pobre
enriqueceu, tornou-se nobre,
mudou de ofício e foi morar numa mansão,
deixando a sua antiga e pobre habitação,
que recebeu nova inquilina.
Esta, jamais pensou em se dizer vidente.
Como ler mãos ou cartas, se ela em cruz se assina?
Isto ela diz a todos que, insistentemente,
vêm procurá-la ali — todo tipo de gente:
casados e solteiros, pajens, figurões,
afluem, como outrora ao antro da Sibila,
em busca de conselhos e de previsões.
Por fim ela pressente, contemplando a fila,
que aquilo poderia render bons ducados.
Mesmo sem equipar-se, logo já estaria
ganhando mais dinheiro que dois advogados.
Um cabo de vassoura dava à freguesia
impressões de mistério e de bruxaria,
ficando a tal mulher com a fama que tivera
a antiga ocupante do sótão.
Penso que agora todos notam
que, na verdade, a fama, dela é que não era,
mas sim da sua habitação:
a tabuleta é que chama a atenção,
e a antiga não fora tirada...

Vi no Palácio alguém, com uma toga emprestada,
tornar-se pessoa afamada.
Seguir os seus conselhos era a voga.
Não era sua a fama, era da toga...

As videntes

XVI

O GATO, A DONINHA E O COELHINHO

Do palácio de um jovem coelho,
ouvindo seu próprio conselho,
Dona Doninha se apossou.
O dono estando ausente, ela nem se afobou:
seus penates levou, aproveitando o instante
em que ele espairecia, na manhã radiante,
saudando a aurora que chegou.
Depois de um bom passeio e lauta refeição,
Janjão Coelho voltou à sua habitação.
Nesse instante, a doninha chegou-se à janela.
— "Ó, numes hospedeiros, quem seria aquela?" —
indaga o animal expulso do seu lar. —
"Dona Doninha? Então, cai fora!
Pega tuas coisas, sai agora,
senão, todos os ratos daqui vou chamar."
A dama do nariz pontudo então refuta,
dizendo que ela chegou antes.
Belo motivo de disputa:
uma toca que apenas serve aos rastejantes!

— "Mesmo que só coubesse um verme
neste buraco, cita-me a legislação
que um dia deu a concessão
de posse a João, Pedro ou Guilherme,
negando-me o direito desta ocupação."
Alegou João Coelho usos e tradições:
— "A hereditariedade, há tempos iniciada,
a Pedro, meu avô, passou esta morada,
que, por meu pai Simão, a mim me foi legada.
Pode contra essa lei haver contestações?"
— "Pois bem, chega de discussões.
Que por Raminagróbis seja então julgada
esta questão." Tratava-se de um ermitão,
um gato, com reputação
de judicioso e santo. Gordo e bem nutrido,
era acatado e obedecido,
João Coelho achou a ideia boa,
e os dois lá foram procurar
a majestade sem coroa.
Arquivelhaco os chama: — "Viestes me falar?
Chegai-vos; estou velho e quase não escuto."
Nenhum dos dois pensou que era um ardil astuto,
e dele se acercaram, cheios de confiança.
Arquivelhaco, o penitente,
num bote duplo, os dois litigantes alcança
e entre os dentes os põe de acordo juntamente.
Isto lembra bastante as disputas que ocorrem
entre as nações pequenas que às grandes recorrem.

XVII

A CABEÇA E A CAUDA DA SERPENTE

Duas partes da serpente
apavoram toda gente:
a cabeça, perigosa,
e a cauda, também famosa
entre as Parcas, no passado.
Porém, está registrado
que entre elas houve demanda:
qual que manda?
Como a cabeça sempre ficou na dianteira,
a cauda aos Céus se queixou,
e falou:
— "Sendo sempre a derradeira,
a rota eu nunca comando,
sem jamais decidir onde ir — mas até quando?
Não passo de acompanhante,
porque tenho gênio brando,
mas sou irmã, semelhante,
e reclamo um meu direito.
Tal qual a dela, afinal,
minha peçonha é mortal.

Tratai-me do mesmo jeito.
Quero ser a capitã,
sem ninguém me conduzir.
Quero a rota decidir,
sem seguir a minha irmã.
Possa eu estar na chefia,
e ninguém reclamaria."
Não sei se a permissão do Céu foi boa ou má:
complacência nem sempre é um ato benfazejo.
Que seja surdo o Céu, quando é cego o desejo.
Neste caso, não foi, e à frente agora está
a cauda, que nem sabia
se era de noite ou de dia!
Segue às tontas a serpente,
tromba em pedra, árvore e gente,
até que despencou no abismo. Ouve o que eu falo:
infeliz do país sem ter cabeça a guiá-lo.

XVIII

UM ANIMAL NA LUA

Enquanto um filósofo jura
que somos enganados por nossos sentidos,
outro filósofo assegura
que nunca somos iludidos
por eles. E a razão, com qual dos dois está?
Com ambos: é questão só de ponto de vista.
Quanto mais afastado, menos realista
a imagem que se formará
de um objeto qualquer. Mas se chegarmos perto,
não haverá mais ilusões:
veremos o formato certo,
mediremos as dimensões.
A natureza é sábia, e no seu livro aberto
não há nada que esteja oculto ou encoberto.
Veio o sol: qual será sua imagem real?
Olho daqui. Que vejo? Um corpo que só mede
quando muito uns três pés. A distância me impede
de enxergá-lo qual é, mas eu posso, afinal,
determinar, por cálculos, as dimensões,
bem como conhecer seu formato rotundo,
corrigindo as ideias falsas e ilusões
que temos, contemplando-o deste nosso mundo.
Se vejo sem pensar, enxergo e me confundo;
mas se não me deixar levar pela aparência,
utilizando a inteligência,
acabarei por ver a verdade escondida,
ora entrevista, ora entreouvida,
visto que meus sentidos, pois que humanos são,
têm de ser corrigidos por minha razão.

Se a linha de um bastão na água se modifica,
a razão no-la retifica.
Sem ela, meus olhos seriam
perigosos amigos, pois me enganariam,
levando-me a aceitar que a ilusão seja um fato.
Vejo na superfície da lua o formato
de uma cabeça humana. E existe essa cabeça?
De modo algum. A lua, embora não pareça,
é muito irregular na sua superfície.
As sombras das montanhas e a luz da planície
podem representar figuras que se tomem
por elefante, ou boi, ou homem.
Há pouco, na Inglaterra, algo assim ocorreu.
Pela luneta, alguém, olhando a lua, viu
que um animal no astro surgiu!
Mas que será que aconteceu?
Certamente, presságio de medonho evento,
uma guerra cruel, um terrível tormento,
uma peste fatal... A notícia espalhou-se.
Até o próprio monarca, patrono das ciências,
quis em pessoa ver o animal, e assustou-se.
Por sorte, achou-se a causa antes das consequências:
havia um camundongo dentro da luneta!
O resto era balela, fantasia, peta.
Toda a Inglaterra riu. Quando há de vir o dia
em que, por algo assim, a França inteira ria?
Nos campos do deus Marte, colhemos a glória,
deixando aos inimigos derrotas, fracassos.
Jamais esmorecemos, porquanto a Vitória,
amante de Luís, acompanha seus passos.
Seus lauréis nos darão fama eterna na História.
Porém, as filhas da Memória,
que vivem entre nós, não deixam que esqueçamos
o gosto do prazer e a paz que tanto amamos.
Carlos, que almeja a paz, há de saber, na guerra,
demonstrar seu valor e levar a Inglaterra
de novo a dedicar-se aos jogos do saber.
Mas se ele conseguir encerrar a querela,
louvor ainda maior fará por merecer.
A carreira de Augusto não foi menos bela
que a de César, repleta de tamanhos feitos.
Nós também, vindo a paz, podemos tirar dela,
cultivando o saber, os mais amplos proveitos.

331

Um animal na lua

LIVRO
OITAVO

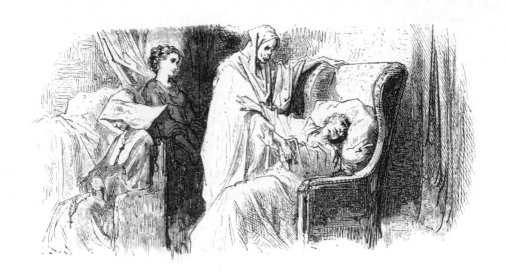

I
A MORTE E O MORIBUNDO

Ao sábio, a morte não surpreende;
pronto ele sempre está para partir,
pois desde muito cedo a conhecer aprende
o tempo em que ela deve sobrevir.
Esse tempo, os demais todos abraça,
quer sejam dias, horas ou um segundo,
um só não há que isento faça
do tributo fatal; formam todos seu mundo.
Muitas vezes, o instante em que de um rei o filho
vê por primeira vez da luz o brilho,
é aquele que também
fechar-lhe eternamente os olhos vem.
Procurai defender-vos com grandeza,
alegai mocidade, ou virtude, ou beleza;
tudo a morte arrebata, impassível e fria.
Juntará a seu tesouro o mundo inteiro, um dia.
Nada existe de menos ignorado;
nada existe também, necessário é dizê-lo,
que encontre o homem menos preparado.

Moribundo que mais de cem anos contava
à Morte se queixava
de que ela, com precipitado zelo,
a uma partida súbita o forçasse,

sem ter feito sequer seu testamento,
sem qualquer advertência. — "É justo um desenlace
repentino)." — diz ele. — "Espera ainda um momento,
Minha mulher não quer que eu me vá sem levá-la;
tenho de a um neto dar boa colocação;
permite que acrescente à minha casa uma ala.
Para que, deusa cruel, tanta sofreguidão?"
— "Velho" — a Morte lhe diz — "não chego de
                                        [repente;
queixas-te sem razão de ser eu impaciente.
Não tens cem anos? Mostra-me, em Paris,
dois velhos como tu; busca dez no país.
Dizes que não te dei, como fora preciso
para te predispor, nenhum aviso;
teu testamento assim encontraria feito,
teu neto colocado e teu solar perfeito.
Não foste, então, bem advertido
quando a causa do andar, do movimento,
quando a energia, quando o sentimento,
tudo em ti desmaiou? Sem gosto nem ouvido,
tudo está, para ti, desfalecido.
Por ti o astro do dia em vão toma cuidados;
choras bens que não são mais a ti pertencentes.
Não te foram os teus companheiros mostrados
mortos, ou moribundos, ou doentes?
Não te valeu tudo isso de memento?
Vamo-nos, velho, e bem depressa.
A república em nada se interessa
pelo teu testamento".

Tinha a Morte razão. Deve-se, ao vir o fim,
sair da vida como de um festim,
grato ao anfitrião, tendo pronta a bagagem:
como alguém poderá retardar tal viagem?
Murmuras, velho? Vê tantos jovens que morrem,
vê como marcham, correm
para mortes de glória e beleza, radiosas,
é certo, mas também cruéis e dolorosas.
É inútil que eu te grite; o meu zelo é imprudente.
Quem já está quase morto é que a morte mais sente.

II

O SAPATEIRO E O RICAÇO

Dia e noite cantava um sapateiro, e tanto
que era um encanto vê-lo e ouvi-lo era um encanto.
Havia uma lição tão feliz nos seus lábios
como igual nunca deu qualquer dos sete sábios.
Seu vizinho, porém, que de ouro se cobria,
mal podia cantar e ainda menos dormia.
Era um homem do mundo financeiro.
Quando, ao alvorecer, às vezes cochilava,
acordava-o, a cantar, então, o sapateiro,
e o financista se queixava
de ter-se a Providência descuidado,
só colocando à venda no mercado
o comer e o beber, porém não o dormir.
A seu solar fez vir
o cantor e lhe disse: — "Olá, Mestre Gregório,
quanto ganhas por ano?" — "Eu, por ano? Oh,
[Senhor!"] —
diz em tom zombador
o alegre remendão. — "Sabeis, pois é notório,
que assim não conto. Nada economizo
de um dia para o outro, e apenas me é preciso

que ao fim do ano me leve o fim de cada qual.
Cada dia me traz seu próprio pão."
— "Quanto ganhas por dia, dize, então?"
— "Ora mais, ora menos; todo o mal
é haver sempre (e, sem isso, bem honestas
recompensas teria) essa mistura
de tanto dia santo; arruinam-nos com festas.
Uma faz dano a outra; e o senhor cura
tem sempre um santo novo a pôr em seu sermão".
Ri-se o ricaço dessa ingênua explicação
e diz-lhe: — "Um rei hoje eu te faço.
Toma estes cem dobrões e guarda-os com cuidado
para um momento de embaraço"
Julga o outro ter todo o dinheiro da terra
nos últimos cem anos fabricado.
Volta à sua casa e em seu porão encerra
a fortuna, e também sua alegria.
Não mais canções; perdeu a voz
ao ganhar o que só nos produz agonia.
Abandonou-lhe o sono a habitação;
passou a dar abrigo à inquietação, a
os vãos alarmas, à suspeita atroz.
Ficava o dia inteiro alerta, de olho e ouvido.
Se um gato, à noite, produzia ruído,
estavam-no a roubar. Afinal, o infeliz
corre à casa do que já não desperta e diz:
"Devolvei-me o meu sono e as alegres canções
e retomai os vossos cem dobrões!"

O sapateiro e o ricaço

III

O LEÃO, O LOBO E A RAPOSA

Um decrépito leão, gotoso e achacadiço,
queria da velhice ser curado.
O impossível ninguém alega aos reis, pois isso
é ofensa. E o nosso, por geral chamado,
médicos manda vir, que os há de muitas artes.
Vêm médicos ao leão, das mais distantes partes
e de mil lados chovem-lhe receitas.
Das visitas que são ao soberano feitas
dispensa-se a raposa, e quieta e muda fica.
O lobo, ao cortejar o rei, critica
a camarada ausente;
o príncipe, irritado, prontamente
manda que lhe defumem a morada
para que a façam vir. Vem ela, é apresentada
e, sabendo que o lobo a colocara mal,
diz: — "Receio, senhor, que um informe desleal
lance em mim de desprezo a acusação
por haver retardado esta homenagem;
mas eu estava em peregrinação;

foi promessa que fiz por vossa cura.
Encontrei mesmo, na viagem,
gente sábia e perita. Expus-lhes o langor
que tanto vos preocupa e vos tortura.
Precisais simplesmente do calor
de que a idade vos priva. Se esfolardes
um lobo vivo e a pele ainda bem quente
e fumegante em vós mesmo aplicardes,
vereis que resultado surpreendente
tem tal segredo para a natureza
de desfalecimentos presa.
O Senhor Lobo, com satisfação,
pode servir-vos de roupão"
Tendo o rei tal conselho apreciado,
foi o lobo esfolado e desmembrado,
O soberano o almoçou
e em sua pele se enrolou.

Não queirais, cortesãos, destruir ninguém;
não vos prejudiqueis na corte mutuamente.
Retorna o mal a vós no quádruplo do bem.
De um modo ou de outro, chega a vez do maldizente.
Em vossa profissão
nada é passível de perdão.

O leão o lobo e a raposa

IV

O PODER DAS FÁBULAS
Ao Senhor de Barillon

Pode um embaixador sua atenção baixar
a um vulgar conto? A vós posso ofertar
meus versos, que só têm das graças a leveza?
Se ousarem tomar ares de grandeza,
não os condenareis por petulantes?
Tendes outras questões muito mais importantes
a esclarecer do que a mesquinha
querela do coelho e da doninha.
Lede-os, não os leiais,
mas não deixeis jamais
que nos vejamos, de qualquer maneira,
a braços com a Europa inteira.
Que de mil pontos desta terra
nos venham inimigos,
aceito-o; entretanto, que a Inglaterra
queira que nossos dois reis não sejam amigos
é coisa em que mal posso acreditar.
Já não é tempo, então, de Luís repousar?
O próprio Hércules já se teria cansado
de combater essa hidra. Opor deve ela, acaso,
nova cabeça à luta de seu braço?

342

Se puder vosso espírito atilado,
com eloquência e com desembaraço,
amansar corações e tal golpe desviar,
cem carneiros eu hei de vos sacrificar:
muito é para quem mora no Parnaso.
Entretanto, aceitai, por especial mercê,
que esta porção de incenso em penhor eu vos dê.
Acolhei bem meus votos inflamados
e os versos deste conto, ora a vós dedicados.
Seu tema vos convém; não digo mais,
já que por base vós não desejais
tomemos o louvor a vós tão bem devido,
que mesmo a inveja o tem por merecido,

Na Atenas leviana e vã de antigamente,
um orador, ao ver a pátria em iminente
perigo, com bravura à tribuna correu.
Para forçar os corações à ação,
fortemente falou da comum salvação.
Não o ouviram. Então, o orador recorreu
às figuras retóricas violentas
que sabem excitar mesmo as almas mais lentas:
clamou, os mortos fez falar, tonitruou.
Foi-se tudo no vento e ninguém se empolgou.
De frívola cabeça, o povo,
que a tais recursos já se acostumara,
nem a escutá-lo para.
Viu meninos em briga atraírem a gente
ao calor de seu verbo indiferente.
Que faz nosso orador? Usa processo novo.
— "Ceres" — diz ele — "viajava um dia
com a andorinha e a enguia.
Grande rio as detém. Mas a enguia, nadando,
e a andorinha, voando,
o atravessam". A turba, então, a uma só voz,
grita: — "E Ceres, que fez, para poder passar?"
— "Que fez ela? Animou-a contra vós
uma ira repentina, em primeiro lugar.
A contos infantis, então, seu povo atende
e da ameaça que sobre ele pende
só ele, em toda a Grécia, se descura?

Perguntai o que faz Filipe, o que conspira!"
A multidão, que o apólogo atraíra,
diante de tal censura
deu a atenção que ao orador devia.
Teve a fábula força para tanto.
Nisso somos também de Atenas; mesmo enquanto
esta moralidade exponho, eu sentiria,
se uma história me viessem relatar,
como a de Pele-de-Asno, que é tão linda,
um prazer singular.
Dizem que é velho o mundo; acredito; entretanto,
como criança quer ser divertido, hoje ainda.

V

O HOMEM E A PULGA

Com preces sem razão, os deuses fatigamos
por questões que nem são dignas da humana gente.

Sobre cada um de nós, o Céu, acreditamos,
é obrigado a manter o olhar, constantemente,
e até mesmo o menor dentre os seres humanos,
nos passos mais pueris, nos menos importantes,
deve preocupar do Olimpo os habitantes,
como se fosse algum dos gregos ou troianos.

Espicaça uma pulga o ombro de um imbecil.
Nas dobras de seu manto ela depois se encerra.
— "Hércules" — ele diz —, "deves varrer da terra
esta hidra que nos trouxe o mês primaveril.
E Júpiter, que faz no seu etéreo altar,
que não destrói tal raça e não me desagrava?"
Para a pulga destruir, queria ele forçar
tais deuses a empregar seu raio e sua clava.

VI

AS MULHERES E O SEGREDO

Nada há que pese mais do que um segredo;
não pode carregá-lo a mulher facilmente.
Nesse particular, posso apontar a dedo
muito homem que não é das damas diferente.
Para a esposa provar, um marido gritou
à noite, junto dela: — "Oh, deuses! Que será?
Não posso mais! Dilacerado estou!
Ah, pus um ovo!" — "Um ovo?" — "Olha, aqui está,
acabado de pôr. Não o contes a ninguém.
Chamar-me-iam galinha e isso não fica bem".
A dama, inexperiente em tal questão,
bem como em outras, crê nesse portento
e aos grandes deuses jura discrição.
Não consegue durar o juramento
mais que as sombras da noite, todavia.
A mulher, indiscreta, além de tonta,
salta do leito, mal nascera o dia,
corre à vizinha e tudo conta:
— "Comadre, aconteceu um caso estranho!

Não o reveles, senão tremenda sova apanho.
Pôs meu marido um ovo enorme como cinco!
Mas, em nome de Deus, toma cuidado:
não seja tal mistério divulgado!"
— "Que ideia!" — a outra lhe diz. — Com coisas
[tais não brinco!
Nada temas por tua confidência!"
A mulher do poedor regressa à residência;
a outra arde por contar a novidade
e espalha-a em vários pontos da cidade.
Em lugar de um só ovo, fala em três.
E não é tudo: outra comadre fez
deles quatro, ao contar o fato ao pé do ouvido,
com precaução que bem se dispensava,
pois de segredo já não se tratava.
O número dos ovos foi crescido
de boca em boca, com tamanho aumento,
que, antes do fim do dia,
a soma deles perfazia
bem mais de um cento.

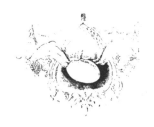

VII

O CÃO QUE LEVA AO PESCOÇO
A CEIA DO DONO

Nossos olhos não são à prova de uma bela,
nem nossas mãos à prova de ouro:
poucas pessoas guardam um tesouro
como fiel sentinela.

Conduzia a pitança a casa certo cão:
fizera de coleira a ceia do patrão.
Era sóbrio, bem mais do que o desejaria,
ao ver uma iguaria,
mas era-o, enfim; e qual de nós não é tentado
pelos bens que aparecem a seu lado?

Estranha coisa: aos cães se ensina a temperança;
quem aos homens a ensina, em vão se cansa.
Ia esse cão, assim ornado, a caminhar,
quando um mastim que o vê quer tomar-lhe o jantar.
A ceia não lhe deu toda a alegria
que esperara a princípio; o cão a presa larga,
pois defende-a melhor se já não leva a carga.
Grande é o combate. Vêm mais cães, em correria;
eram desses que vivem nas estradas
e comem o que houver, sem medo de pancadas.

Vendo-se nosso cão fraco contra o inimigo
e com a carne a correr manifesto perigo,
quer ter sua parte. E diz, com sábia manha:
— "Por que brigar, irmãos? Meu quinhão me é
                                      [bastante;
aproveitai-vos do restante"
Ao ouvi-lo, o primeiro um pedaço abocanha.
Cada um avança mais: a canalha, o mastim
e nosso cão, que não é tolo.
Foi um autêntico festim
e teve cada qual parte no bolo.

De uma cidade aqui a imagem bem se vê
onde o tesouro fica à pública mercê.
Almotacéis, prebostes senhoriais,
todos o dilapidam, e o que mais
hábil for toma logo a iniciativa.
É das mais costumeiras diversões
vê-los limpar um monte de dobrões.
Se a isso, escrupuloso, alguém se esquiva,
o ouro quer defender e arrisca uma censura,
fazem-no ver que tal atitude é loucura.

Não demora ele a se emendar
e vai ser dos primeiros a avançar.

O cão que leva ao pescoço a ceia do dono

VIII

O BRINCALHÃO E OS PEIXES

Buscam-se os brincalhões; eu os evito,
Sua arte sobre todas reivindica
um mérito infinito,
mas é só para os tolos que Deus cria
o narrador de burla e zombaria.
Esta fábula a um desses se dedica
e espero julgue alguém
que aqui consigo apresentá-lo bem.

Um brincalhão estava à mesa de um ricaço
e só peixes miúdos tinha à frente:
separava-o dos grandes longo espaço.
Pega um pequeno e fala-lhe ao ouvido;
depois, finge igualmente
escutar-lhe a resposta. Surpreendido
se mostra cada qual dos convidados.
O galhofeiro, então, em graves tons pausados,
diz temer que um amigo seu, partido
para as Índias, fazia mais de um ano,
 houvesse num naufrágio perecido.
Indagara ao peixinho: estava ele no oceano?

351

Respondera este ser por demais pequenino
para poder saber qual do nauta o destino.
— "Falar a um peixe grande eu poderia?"
Não sei dizer se toda a companhia
gostou da brincadeira,
mas ele a convenceu de tal maneira
que um monstro lhe serviram, grande e forte,
capaz de conhecer o nome e a sorte
dos que indo procurar ignotos mundos,
não haviam voltado e, em abismos profundos,
eram vistos, desde eras seculares,
pelos anciões da vastidão dos mares.

IX

O RATO E A OSTRA

Certo rato de campo, um rato pobre em senso,
não quis do lar paterno saber mais.

Abandona a campina, as granjas, os trigais,
vai correr o país, deixa o abrigo em que mora.

Tão logo da choupana se vê fora,
diz: "Como é vasto o mundo, como é imenso!

Eis o Cáucaso aqui; além, os Apeninos!"
Serras via em quaisquer cômoros pequeninos.

Ao fim de uns dias, chega o viajor
a uma praia em que Tétis espalhado
muitas ostras havia; o ratinho, primeiro,
ao vê-las, julga ver naus de grande calado.

"Por certo" — diz — "meu pai era um pobre senhor!
Não ousava viajar, medroso por inteiro.

Mas o império marítimo eu já vi
e em desertos andei, onde nada bebi".

De certo mestre o rato isto houvera aprendido
e de oitiva o dizia; certamente
não era dos que, após mil obras terem roído,
sabedoria têm até no dente.

Entre as ostras dali, cada qual bem fechada,
só uma, aberta ao sol, a bocejar,
por doce zéfiro alegrada,
expande-se, respira, sorve o ar,
alva e gorda; que gosto não teria?

Vendo o rato, de longe, essa ostra que boceja,
diz: "Que vejo? É por certo uma iguaria!

Se a cor daquela carne eu bem sei o que seja,
vou ter, agora ou nunca, um festim de ricaço!"

Mestre rato, pois, cheio de esperança,
chega-se à concha, o seu pescoço avança
e ei-lo tão preso qual num laço,
porquanto a ostra, num instante,
se fecha. Eis em que dá ser ignorante.

Esta fábula tem bem mais de uma lição:
nela, primeiro, se ressalta
que a menor coisa faz espanto e admiração
àquele a quem do mundo a experiência falta;
nela, depois, também nos é ensinado
que quem quer apanhar às vezes é apanhado.

X

O URSO E O AMANTE DE JARDINS

Certo urso montanhês, de escassa cortesia,
pela sorte deixado em bosque solitário,
novo Belerofonte, escondido vivia.
Ficou maluco, pois a razão, de ordinário,
não mora muito tempo na clausura.
Falar é bom; melhor, ficar calado;
mas é mau cada qual, se exagerado.
Nenhum outro animal jamais procura
os lugares em que nosso urso habita.
Assim, por mais que fosse urso acabado,
aborreceu-se dessa vida aflita.
Enquanto o dominava essa melancolia,
um velho, que dali não muito longe mora,
por seu lado também se aborrecia.
Amava ele os jardins, sacerdote de Flora
e de Pomona ainda. Se são belas
essas ocupações, em meio delas
doce e discreto amigo eu quereria ter:
 falam pouco os jardins, a não ser
em meus livros. Assim, cansado de viver
com gente muda, o velho, um belo dia,
põe-se a caminho e vai procurar companhia.
O urso, com intenção bem semelhante,
a montanha deixou, naquele mesmo instante,
e os dois, por coincidência singular,
vão-se encontrar.

355

Sente o homem medo. Que fazer? Fugir?
Mostrar-se fanfarrão e assim escapulir
parece-lhe melhor. Dissimula o temor.
O urso, que não é mestre em polidez,
chama-o: — "Vem visitar-me". E o velho diz: —
                                    ["Senhor,
meu abrigo ali está; se me quiserdes dar
a honra de frugal refeição aceitar,
tenho frutas e leite. Esse não é, talvez,
o repasto comum dos ursos nossos amos;
entretanto, o que temos ofertamos".
O urso ao convite aquiesce.
Bons amigos já são, bem antes da chegada;
chegados, dão-se bem do velho na morada,
mas, por bom que assim seja, a mim parece
bem melhor estar só do que com imbecis.
Como o urso num só dia nunca diz
duas palavras, pôde o velho, sem rumores,
ocupar-se dos frutos e das flores.
Para encher a despensa, ia à caça o animal,
mas seu trabalho principal
era o de enxotador; afastava da cara
do amigo que dormia o parasita alado
a que de mosca foi o nome dado.
Uma destas, num dia em que o homem mergulhara
em fundo sono, foi pousar-lhe no nariz,
pondo o urso em desespero; expulsá-la ele quis.
"Vais pagar-me" — falou — "tanta ousadia".
Dito e feito; o fiel abanador,
mau no juízo, mas bom na pontaria,
alçando grande pedra, atira-a com vigor
à cabeça do velho e, assim, com a mosca, a esmaga,
deixando-o teso e morto ali estendido,

Um amigo ignorante é perigosa praga;
mais vale um inimigo esclarecido.

O urso e o amante de jardins

XI

OS DOIS AMIGOS

Dois amigos leais no Monomotapá
viviam; tudo que um tivesse era também
ao outro pertencente. Os amigos de lá
valem bem os daqui. Certa noite em que cada
um deles, ocupado em dormir bem,
aproveitava achar-se o sol em retirada,
um dos amigos sai da cama, em grande alarma,
e à casa do outro corre, os criados despertando,
pois estava Morfeu na mansão imperando.
Espanta-se o deitado, apanha a bolsa e se arma;
vai ter com o outro e diz: — "Que ocorreu? Que te faz
correr, e não dormir? Achava-te capaz
de usar melhor o tempo ao sono concedido.
Foste jogar e todo o dinheiro perdeste?
Aqui o tens. Se em querela te envolveste,
vamos, eis minha espada. Estás aborrecido
por dormir sempre só? Queres a linda escrava
que ainda há pouco junto a mim estava?"
— "Não" — diz o outro. — "Agradeço imensamente
teu zelo, mas me traz razão bem diferente.

Tão tristonho te achei, quando em sonhos te vi,
que julguei ser verdade e cá logo acorri;
de tudo isso foi causa esse maldito sonho".

Qual, leitor, desses dois tinha mais amizade?
É oportuna a pergunta que proponho,
pois é precioso ter amigo de verdade.
Teus desejos no fundo vai buscar
do coração, poupando-te o pudor
de lhe vires tal coisa revelar.
Um sonho, um nada, tudo excita o seu temor
se de alguém a quem ama se tratar.

XII

O PORCO, A CABRA E O CARNEIRO

Uma cabra, um carneiro e um porco bem cevado,
no mesmo carro, iam para o mercado.
Diz a história que não viajavam por prazer,
pois só cuidava o dono de os vender,
não tendo o carreteiro a menor intenção
de levá-los ao teatro, a rir de algum bufão.
Dom Porquito soltava gritos tais
como a fugir de cem malvados carniceiros.
Eram de ensurdecer, os seus berreiros.
Mais pacatos, os outros animais,
boa gente, o escutavam com espanto,
não vendo qualquer mal a temer no trajeto.
O carreteiro diz: — "Por que te queixas tanto?
Deixas-me tonto. Então, não podes ficar quieto?
Melhores do que tu são esses dois. Devias
com eles aprender a andar sem gritarias.
Acaso uma palavra ouviste do carneiro?

Olha-o, é sábio". — "É tolo, é imbecil por inteiro" —
torna o porco. — "Soubesse o que o espera
e gritaria até aos extremos da goela;
e a cabra, que mantém atitude tão bela,
estaria a bramir e a chifrar como fera.
 Pensam que querem só tirar-lhes, amanhã,
da cabra o leite e do carneiro a lã.
Não sei se têm razão;
mas eu, que apenas sirvo para a mesa,
aguardo a morte com certeza.
Adeus, meu teto! Adeus, minha mansão!"
Dom Porquito pensava sutilmente,
mas, para quê? Se o mal não se pode evitar,
queixa e medo não vão o destino mudar,
e o mais sábio sempre é o menos previdente.

XIII

TIRCÍSIO E AMARANTA

Para Mlle. de Sillery

Eu, que Esopo já trocara
por Boccáccio, neste caso
em que uma deusa declara
querer rever no Parnaso
contos à minha feição,
bem sei que dizer-lhe "não"
sem desculpa valiosa,
é coisa desprimorosa
para os de raça divina,
sobretudo para aquela
que, por ser deusa e ser bela,
sobre as vontades domina.
Afinal, é realmente
Sillery quem quer e ordena
que de Dom Corvo esta pena,
e de Dom Lobo, apresente
novas conversas em rima.
Quem diz Sillery, diz tudo
e a seu mando logo acudo.
Nenhum daqueles que estima
algo lhe recusaria;
fazê-lo acaso eu podia?

Voltando à nossa questão:
meus contos, diz ela, são
obscuros. As belas mentes
são de clareza exigentes.
Contemos, pois, uma lenda
que de imediato se entenda;
e rimarei, depois de buscar pegureiros,
o que conversam lobos e cordeiros.

Disse um dia Tircísio à jovem Amaranta:
— "Se soubesses, como eu, de certo mal
que nos afaga e nos encanta!
Não há bem sob o céu que te pareça igual;
Deixa que eu te revele este segredo;
crê-me; não tenhas medo.
Iria eu te enganar, se te tenho a afeição
mais doce que abrigar já pôde um coração?"
— "Que nome esse mal tem?" — replica-lhe a pastora.
— "Chama-se amor". — "Palavra encantadora.
Dize-me alguns sinais pelos quais o conheça.
Com ele, que se sente?"
— "Penas que vêm tornar tedioso e indiferente
até o prazer dos reis. Faz com que alguém se esqueça
de si, tenha alegria em sozinho vagar
nos bosques; ao mirar-se num ribeiro,
a si mesmo não vê, pois sempre vê primeiro
 a imagem que o persegue e volta sem cessar.
Nada mais a seus olhos aparece.
Na aldeia há uma zagala
de nome, gesto e voz pelos quais enrubesce;
suspira, ao relembrá-la,
sem nem saber por que; mas vive a suspirar.
Tem receio de a ver e só a quer encontrar".
Amaranta o interrompe e lhe diz, enlevada:
— "Oh, então esse é o mal de que me falas tanto?
Novidade não é. Padecer dele eu creio",
Tircísio pensa já ter conquistado a amada
quando a bela acrescenta: — "Esse arroubo, esse enleio
é o que sempre senti por Clidamanto".
O outro julga morrer de vergonha e despeito.

Quantos a esse pastor não são iguais?
Querendo trabalhar em seu próprio proveito,
só benefícios causam aos rivais.

Tarcísio e Amaranta

XIV

OS FUNERAIS DA LEOA

A esposa do leão morreu:
cada qual logo acorreu
para ao monarca levar
os votos de consolo e de pesar
que, no fundo, só acrescem a aflição.
Mandou ele avisar às gentes da nação
que realizaria os funerais
em tal dia e em tal ponto; e lá seus oficiais
cerimônias e cortejo iriam dirigir.
O príncipe a clamores se entregou
e com eles seu antro retumbou;
outro não é dos leões o templo.
Ouviu-se então, a seu exemplo,
o eco dos cortesãos, em fúnebre rugido.
Defino a corte como um país em que a gente,
por tudo interessada, a tudo indiferente,
é alegre ou triste como o rei mais for servido;
ou, se o não pode ser,
cuida ao menos de bem o parecer;
povo de camaleões, macaqueador espelho,
mil corpos em unânime conjunto,

em que cada indivíduo é um simples aparelho.
Voltando a nosso assunto:
o cervo não chorou. Como o faria
se essa morte o vingava? A soberana, um dia,
lhe assassinara o filho e a esposa.
Chorar não pôde, em suma.
Eis que um bajulador logo o delata
e jura até que rir ele ousa.
"A cólera do rei", escreve Salomão,
"é tremenda", e é pior quando o rei é um leão;
nosso cervo, porém, ler não costuma.
Diz-lhe o monarca: — "Ó vil habitante da mata,
tu ris, sem ver a dor dessas vozes gementes?
Não irei macular em teus membros meus dentes
e unhas sagrados. Cabe a vós, lobos, vingar
vossa rainha; vinde aqui, logo, imolar
a seus manes augustos o traidor".
Responde o cervo então: — "Passado está, Senhor,
o tempo de chorar, supérfluas são as dores.
A vossa digna esposa, aureolada de flores,
perto daqui me quis aparecer.
Reconheci-a, e logo a ouvi dizer:
— "Amigo, evita que estes funerais,
quando eu vou para os céus, te arranquem ais.
Entre os deuses estou a gozar mil encantos,
junto àqueles que são, como eu, divinos, santos.
Se ainda algum tempo o rei ficar desesperado,
terei nisso prazer." Mal tal coisa se ouviu,
"Milagre! Apoteose!" — a multidão bramiu.
O cervo, em vez de ser punido, é agraciado.

Com sonhos e ilusões diverti sempre os reis,
bajulai-os com a mais agradável mentira.
Se no seu coração existir algo de ira,
vossa isca engulirão e amigo seu sereis.

XV

O RATO E O ELEFANTE

Crer-se importante alguém, na França, é bem vulgar.
Muita vez por fidalgo quer passar
quem só chega a burguês:
tal, na verdade, é o mal francês.
Essa tola vaidade é inata em nossa gente.
São vãos os espanhóis, mas diferentemente.
Seu orgulho parece-me ir a extremos
de loucura, porém nunca é tão imbecil.

Uma imagem do nosso apresentemos
que vale bem por outras mil.
Um rato dos menores contemplava
um elefante imenso e censurava
do imponente animal, com fausto ajaezado,
o passo retardado.

Sobre o elefante, em tríplice fileira,
uma sultana de alta distinção,
com um gato, um papagaio, um cão,
as aias, um macaco e a criadagem inteira,
partia em peregrinação.
Espantava-se o rato de que a gente
se impressionasse ao ver aquela massa ingente.
"Acham que mais espaço, ou menos, ocupar" —
dizia — "é o que nos faz de importância aumentar...
Homens: nesse animal, que admirais tanto?
É o vasto corpanzil que às crianças causa espanto?
Pequeninos embora, em que os ratos, Senhores,
serão aos elefantes inferiores?"
Mais diria, por certo,
se não surgisse um gato ali bem perto
para provar-lhe, em breve instante,
que um rato não é um elefante.

O rato e o elefante

XVI

O HORÓSCOPO

O destino, por vezes, é encontrado
na estrada que se toma a fim de o evitar.
Certo homem tinha um filho, tão amado
que até chegou a consultar
sobre a sorte de seu adorado menino
os que predizem o destino.
Disse-lhe um desses que sobretudo dos leões
afastasse a criança, até uma certa idade:
até vinte anos, nada mais.
O pai, tomando precauções
para ao filho evitar consequências fatais,
proibiu, com a maior severidade,
que o deixassem transpor os umbrais do solar.
Podia, sem sair, saltar, correr, passear,
brincar com os companheiros todo o dia,
pois ali dentro tudo encontraria.
Chegado à idade em que a caçada
aos espíritos jovens mais agrada,
foi-lhe descrito com desdém
esse exercício; mas ninguém,
com ensinos, conselhos, advertências,
é capaz de mudar as naturais tendências.

O corajoso, inquieto, ardoroso rapaz,
mal dessa idade o fogo sente,
por tal prazer suspira ansiosamente.
Se o obstáculo era grande, o anseio era tenaz.
Da fatal proibição sabia ele o motivo.
E como o seu palácio deslumbrante
quadros tivesse em toda parte,
onde tecidos e pincéis, com arte,
lhe mostravam caçadas bem ao vivo,
neste ponto animais, personagens adiante,
agitou-se o rapaz ao ver pintado um leão.
"Ah, monstro!" — disse. — "És tu que me tens na
                                 [prisão,
encadeado e na sombra?" Ao dizê-lo, com ira
tremenda, contra a fera inocente se atira.
Sob a tapeçaria um prego se encontrava,
que o fere e fundamente em seu corpo se crava.
E esse jovem, por quem a arte preclara
de Esculápio fez tudo (e tudo em vão),
foi dever sua perda à precaução
que só para salvá-lo se tomara.
Com o vate Ésquilo o mesmo se passou.
Havendo-o um adivinho ameaçado
com a queda de uma casa, abandonou
as cidades, seu leito colocando
longe de tetos, sob os céus, em pleno prado.
Com uma tartaruga entre as garras, voando,
vê-lhe uma águia a cabeça desprovida
de cabelos, que aos olhos seus parece
uma pedra redonda e bem polida.
Para o casco romper, deixa presa tombar.
Veloz, da tartaruga a casa desce,
cai sobre Ésquilo e o faz seus dias abreviar.
 De exemplos tais resulta

que essa arte, se veraz, leva quem a consulta
a sucumbir ao mal que mais está temendo.
Ao dizer que ela é falsa, eu a defendo.
Não posso crer que a natureza queira
atar suas mãos e as nossas, de maneira
a prefixar nos céus nossa sorte futura.

Esta depende de uma conjuntura,
de lugares, pessoas, ocasiões,
e não de charlatães e suas conjunções.
Pastor e rei no mesmo globo estão:
um leva o cetro; o outro, o bordão;
Júpiter lhes marcou destino diferente.
E que é Júpiter? Só um planeta inconsciente.
Como pode esses dois homens influenciar
diversamente assim?
Como consegue em nossa esfera penetrar?
Como o intérmino espaço ele atravessa,
furando Marte, o Sol, as amplidões sem fim?
Num átomo tropeça
e eis que logo da rota se desvia.
E os que fazem horóscopos, então,
onde o procurarão?
O estado em que se encontra a Europa merecia
que um deles pelo menos o previsse.
Por que nenhum o disse?
Porque nenhum sabia, é o que sugiro.
O imenso afastamento, o ponto, o veloz giro,
que ao de nossas paixões é bem igual,
permitem à fraqueza de um mortal
seguir nossas ações passo após passo,
traçar-nos o fadário?
O curso planetário,
como o nosso, jamais segue ao mesmo compasso:
e quer tal gente, com astral engodo,
marcar de nossa vida o curso todo!
Não nos devem deter estas duas histórias
ambíguas que narrei. Nada é provado
pelo ocorrido ao bom Ésquilo e ao filho amado.
Tais artes, mesmo cegas e ilusórias,
uma vez entre mil num alvo acertarão.
Coincidências de acaso apenas são.

XVII

O BURRO E O CÃO

Dar ao próximo ajuda é lei da natureza.
Disso o burro zombou, entretanto, uma vez,
e não sei como o fez,
pois é boa criatura, com certeza.
Ia pelo interior, seguido por um cão,
em marcha lenta, sem se preocupar.
Acompanhava os dois o seu comum patrão.
Este dormiu; e o burro, então, pôs-se a pastar.
Achava-se num prado
de relva muito a seu agrado.
Faltavam cardos, mas resignou-se a esse fato:
é preciso não ser sempre muito exigente;
e é raro que por falta de tal prato
se retarde um banquete indefinidamente.

Nosso burrico soube, enfim,
privar-se, dessa vez. O cão, de fome louco,
lhe diz: — "Amigo meu, baixa essa carga um pouco.

Do teu cesto de pão tirarei meu sustento".

Nem resposta; silêncio. O arcádico rocim
temia que, perdendo um só momento,
perdesse uma dentada.

373

Longo tempo ficou sem querer ouvir nada.

Por fim, responde: — "Amigo, eu te aconselho:
                          [aguarda
que nosso amo desperte; ao acordar,
ele sem falta te há de dar a ração habitual.
Tem paciência. Teu ágape não tarda."
Nesse momento, um lobo sai da mata

e se aproxima; é outro esfomeado animal.
O burro chama logo o cão em seu socorro.
Sem se mover, retruca-lhe o cachorro:

— "Querido amigo, eu te aconselho: trata
de pôr-te a salvo, até nosso amo despertar.

Isso não tarda. Vai, foge depressa, então!
Se o lobo te agredir, quebra-lhe o maxilar.

Tens ferradura nova e, se me crês,
deixá-lo-ás arrasado de uma vez".
Durante esse belíssimo sermão,
vem Mestre Lobo e faz do burro o seu jantar.
Concluo que é mister o próximo ajudar.

XVIII

O PAXÁ E O MERCADOR

Um grego, mercador, em certa região
comerciava. Um paxá dava-lhe proteção;
como paxá, por isso, o grego lhe pagava,
não como mercador; cara mercadoria
é ter um protetor! Tanto este lhe custava,
que sempre a se queixar nosso grego vivia.
Três turcos de menor poder e posição
seu apoio conjunto oferecer-lhe vão.
Requeriam-lhe os três recompensa em comum
inferior à que dava então somente a um.
Ouve-os o grego, aceita e firmam compromisso.
Logo fica o paxá sabedor de tudo isso;
dizem-lhe alguns, até, que, se ele for prudente,
em maus lençóis porá essa ambiciosa gente,
tomando a precaução de propiciar-lhe viagem
para a Maomé levar, no céu, qualquer mensagem,
e depressa; senão, todos eles, unidos,
ir-se-ão antecipar, sabendo quantos há
dispostos a vingar uma injúria ao paxá;
e um veneno qualquer pode, em breves instantes,
mandá-lo procurar no além seus protegidos,
caso também por lá existam traficantes.
Diante dessa advertência, o turco se comporta
como Alexandre, e vai diretamente à porta
do mercador, sereno e cheio de confiança.

375

Senta-se à mesa dele. E é tal a segurança
das palavras que diz, dos gestos, de seu porte,
que todos logo veem quanto ele se acha forte.
— "Amigo" — diz — "já sei que vais abandonar-me;
querem, por isso, até, que eu me amedronte e alarme.
Creio, entretanto, que és homem reto e de bem;
não pareces capaz de envenenar alguém.
A tal respeito, mais não te quero dizer.
Quanto a esses que te vêm auxílio oferecer,
ouve-me: evitarei novos termos propor
e entrar em discussões que podem enfadar.
Um apólogo é só o que te vou narrar.

Era uma vez um cão, um rebanho e um pastor.
A este alguém indagou se pretendia
conservar tal mastim, que consumia
nas refeições um pão inteiro. Era mister
dar ao senhor da aldeia esse animal glutão.
Muito mais econômicos seriam
dois ou três cães quaisquer,
que, custando-lhe menos, velariam
por sua grei melhor do que um só canzarrão
que comia por três. Ninguém, porém, notava
que ele tinha também goela tríplice e brava
quando havia de lobos investida.
Manda-o embora o pastor. Toma três cães pequenos
que comem muito pouco e ainda combatem menos.
O rebanho é que sofre. E és tu que sofrerás
por escolher canalha parecida.
Se voltares a mim, muito certo andarás"
Ouviu-o o grego. E nisto as províncias verão
que, afinal, vale mais buscar a proteção
de um poderoso rei, fugindo aos maus conselhos
de procurar apoio em vários principelhos.

O paxá e o mercador

XIX

A VANTAGEM DA CIÊNCIA

Dois cidadãos da burguesia
entram um dia em discussão.
Um, pobre, era homem de sabedoria;
o outro era rico, mas sem instrução.
Este queria ter vantagem
muito maior que o concorrente,
asseverando ser prudente
todos prestarem-lhe homenagem.
Era um tolo. Por que reverenciar alguém
por bens que mérito não tem?
Fútil parece-me a razão.
— "Meu amigo" diz ele com rudeza
ao letrado —,
"por que hás de ser considerado?
Tens por acaso boa mesa?
De que te serve ler constantemente,
se tua casa não passa de um telheiro,
se teu traje de julho é o mesmo de janeiro,
se por lacaio tens tua sombra simplesmente?
A república muito há de lucrar
com quem nada possui para gastar!

Pode-se crer que alguma coisa valha
quem com o luxo riquezas não espalha
como o fazemos nós? Só por nós são mantidos
o vendeiro, o artesão, o que faz os vestidos
e a que os traja, e até mesmo vós, letrados,
que aos homens de finanças dedicais
maus livros bem subvencionados".
Palavras de teor tão atrevido
tiveram o destino merecido.
Cala-se o sábio, pois tem a dizer demais.
Melhor que um epigrama, vinga-o Marte:
a cidade dos dois é vítima da guerra.
Não encontra o ignorante asilo em qualquer terra;
tratam-no com desprezo em toda parte.
Ao outro todos dão a melhor acolhida.
Assim sua querela é decidida.
Pouco importa o que um tolo vier dizer:
maior valor tem o saber.

XX

JÚPITER E OS RAIOS

Ao ver-nos do erro em extremos,
disse Júpiter um dia:
— "De nova gente povoemos
os rincões da hospedaria
universal, onde habita
essa raça que me irrita.
Mercúrio, ide procurar
no inferno as Fúrias; trazei
a mais terrível das três.
Raça que tanto estimei,
perecerás desta vez!"
Não tardou Jove a acalmar
seu colérico transporte.
Ó reis, que ele quis tornar
árbitros de nossa sorte,
cuidai também de imitá-lo:
entre vossa ira e o açoite
da punição, uma noite
deixai passar de intervalo.
Foi ver as irmãs atrozes
o deus das asas velozes
e das palavras de mel.
A Tisífone e Megera
prefere Alecto, a mais fera,
mais implacável e cruel.

Essa escolha tanto a ufana
que ela jura, por Plutão,
mandar toda a estirpe humana,
em breve tempo, à região
dos deuses da eterna treva.
De cumprir o juramento.
Jove a Eumênide releva.
Despede-a; nesse momento,
entretanto, um raio atira
sobre um povo que sua ira
não cessa de provocar.
O raio, tendo por guia
o próprio pai, todavia,
dos que ameaça abrasar,
amedronta-os, porém passa
mais adiante, e fogo deita
a um deserto despovoado.
Todo pai bate de lado.
Que aconteceu? Nossa raça
da indulgência se aproveita.
O Olimpo inteiro murmura
e o pastor das nuvens jura
pelo Estige, assegurando
formar novos temporais.
Riem-se todos, objetando
que ele é igual aos outros pais;
melhor seria incumbir
outro deus de produzir
novos raios para Zeus.
Nisso Vulcano porfia.
Em seus fornos, esse deus
dois tipos de raios cria.
Um deles, nunca desviado,
contra nós sempre é mandado
pelo Olimpo em seu total.
O outro do rumo se afasta:
somente aos montes faz mal,
ou no espaço se desgasta.
Este último, em seu caminho,
vem de Júpiter sozinho.

381

XXI

O FALCÃO E O CAPÃO

Muitas vezes a voz que te chama é desleal:
ter pressa só te pode causar mal.
Não era um tolo, crê-me, o cão
proverbial que fugia ao ser chamado.

Um galinho do Mans, Capão de profissão,
a apresentar-se é convocado
perante os deuses lares do patrão,
ao pé de um tribunal que chamamos fogão.
Todos gritavam, para disfarçar:
"Vem cá, bichinho, vem!" Em vez de se fiar,
o espertalhão e meio a atender não se arrisca.
— "Criados" — diz — "grosseira é vossa isca.
Assim, ninguém me há de pegar".
Entretanto, um falcão, empoleirado, via o
galo que fugia.
Pouquíssima confiança em nós têm os capões,
quer por instinto, quer por mais sábias razões.
Só a custo seria este apanhado
para, após, figurar em grande refeição,
todo ornado, num prato, distinção
que ele dispensaria de bom grado.

— "A tua incompreensão me causa espanto até" —
diz-lhe a ave caçadora. — "És mesmo da ralé,
gente rude, imbecil, incapaz de aprender.
Eu sei caçar e sei a nosso amo volver.
Ei-lo à janela. Espera-te. Não vais
obedecer-lhe? És surdo?" — "Escuto bem demais" —
torna o capao. — "Porém, que quer ele falar-me,
ou o cozinheiro, de facão armado?
Atenderias tu a tal chamado?
Não zombes, pois é justo que me alarme
e fuja, indocilmente,
quando me vêm chamar com voz tão atraente.
Se visses ao espeto assarem uns falcões,
como todos os dias
vejo fazerem aos capões,
censurar-me, por certo, não virias"

XXII

O GATO E O RATO

Quatro diversos animais,
o gato Furta-Queijo, o mocho Tristes-Ais,
o rato Rompe-Redes e a Dona Doninha
do Colete Comprido, todos gente
de tendência daninha,
viviam a rondar, constantemente,
de um pinheiro da mata, o tronco apodrecido,
Vão tanto lá que, certa noite, à volta
desse pinheiro, o homem redes solta,
O gato, mal havia amanhecido,
sai a caçar. Os derradeiros traços
da sombra não o deixam ver os laços;
neles cai, em perigo de morrer.
Eis meu gato a gritar, eis o rato a acorrer,
em desespero aquele, este ébrio de alegria,
pois em redes mortais seu inimigo via.
O pobre gato diz: — "Meu caro amigo,
sempre julguei poder contar contigo,
por tuas delicadas atenções.
Ajuda-me a sair destas prisões
a que a insensatez me atirou, por meu mal.

Com razão só a ti, entre todos os teus,
eu sempre dediquei carinho especial,
pois de estima ninguém mais digno me parece.
Não me arrependo disso; antes, graças a Deus
eu dou. Ia fazer-lhe minha prece,
como aos gatos ordena a religião,
e eis que esta rede pérfida me pilha.
Minha vida coloco em tua mão:
vem desmanchar os nós desta armadilha!"
— "E que prêmio terei?" — pergunta o rato.
— "Juro eterna aliança entre nós" — diz o gato. —
"Dispõe de minhas garras, pois
eu contra todos te protegerei.
O esposo da coruja comerei
e a doninha também; querem-te mal os dois".
"Idiota!" — o rato diz. — "Eu, teu libertador?
Que eu seja tolo assim não vás supor!"
Encaminha-se então a seu abrigo.
Vê lá perto a doninha; vai mais alto
e acha o mocho: perigo após perigo!
Pelo menor resolve-se; de um salto,
Rompe-Redes veloz, ao gato volta
e rói tão bem que logo um laço solta,
e mais outro, e outro mais, tantos, enfim,
que o hipócrita deixa em liberdade. Assim
que o faz, o homem surge. Disparados,
partem em fuga os novos aliados.
Tempos depois o gato vê, distante,
seu rato em posição de alerta, vigilante.
— "Ah, meu amigo" — diz — "vem abraçar-me! Tal
precaução, para mim, é ofensiva. Afinal,
como inimigo vês teu aliado?
Achas acaso que esqueci
quanto, depois de Deus, eu devo a vida a ti?"
— "E eu" — diz o rato — esqueço um só momento
teu natural? Existe algum tratado
que force um gato ao reconhecimento?
Não há quem possa estar seguro
da aliança que se faz num instante de apuro".

XXIII

A TORRENTE E O RIO

Com imenso tumulto e estrondo ingente,
das montanhas se atira uma torrente.
Ante ela tudo foge; o horror segue-lhe os passos;
tremem, ao vê-la, os campos e os espaços.
Nunca houvera viajante
que ousasse atravessar barreira tão possante.
Só um, sem mais remédio, ao ver ladrões,
põe entre eles e si os torvos vagalhões.
Eram ameaça apenas; na verdade,
não tinha o seu clamor qualquer profundidade.
Em nosso homem, que só o pavor sentiu,
nova coragem o êxito infundiu,
Continuando os ladrões a persegui-lo,
encontra mais adiante, a vedar-lhe a passagem,
um rio de curso que era a imagem
do sono mais feliz, pacífico e tranquilo.

Bem fácil julga logo a travessia:
margens lisas, nenhuma escarpa, areia pura.
Nele entra e seu cavalo lhe assegura
salvação dos ladrões, mas não do abismo; a fria
onda as águas do Estige os dois leva a tragar,
pois ambos, infelizes em nadar,
vão cruzar, nos domínios de Plutão,
rios que, dos nossos, bem diversos são.
Homens quietos demais são perigosos;
o mesmo não se dá com os espalhafatosos.

A torrente e o rio

XXIV

A EDUCAÇÃO

Lardão e César, cães filhos de nobre linha
de famosos mastins, belos, fortes, valentes,
foram caber a dois senhores diferentes.
Um morava na selva; o outro, na cozinha.
Cada qual, a princípio, outro nome tivera,
mas a diversa criação,
que num a natureza ardente retempera
e no outro a muda, fez um mirmidão
dar ao segundo o nome de Lardão.
Foi seu irmão, após façanhas de alto porte,
muitos gamos levando ao desespero e à morte
e muitos javalis abatendo, o primeiro
César surgido na nação canina.
Cuidou-se de impedir que uma esposa mofina
lhe desse, a corromper-lhe o sangue, um vil herdeiro.
Entregue a si, Lardão, com muito gosto,
seus carinhos dedica à primeira que passa;
tudo povoa, assim, com sua raça.
Vira-espetos, que fez tão comuns no país,
são grupo de realce, a qualquer risco hostis,
estirpe que é dos Césares o oposto.
Nem sempre segue alguém seus avós ou seus pais:
tempo, descuidos, tudo induz à corrupção.
Por falta de cultivo aos dotes naturais,
quanto César não vai transformar-se em Lardão?

XXV

OS DOIS CÃES E O BURRO MORTO

As virtudes deviam-se irmanar,
tal como irmãos os vícios são:
quando um destes domina o nosso coração,
vêm em fila os demais, sem qualquer a faltar.
Falo dos que, não tendo inclinações opostas,
abrigo podem ter num mesmo lar.
As virtudes, raro é vê-las dispostas
todas num homem só, com realce iminente,
dando-se as mãos, sem dispersão;
um, valente, é impulsivo; outro é frio, se prudente.
Mesmo entre os animais, gaba-se o cão
de ser zeloso e fiel a seu senhor; porém
não tem sizo, é glutão. Prová-lo vêm
dois mastins que, em local bem distante do porto,
viram a flutuar no oceano um burro morto.
Cada vez mais dos cães ia o vento a afastá-lo.
— "Amigo" — um diz — "melhor que a minha é
[a tua vista.
Na planície profunda acho que algo se avista,
Olha um pouco. Que vês? Será um boi, um cavalo?"

— "Pouco importa o animal que possa ser" —
responde o outro mastim. — "É coisa de comer.
A questão é agarrá-lo; além de longe estar,
contra o vento teremos de nadar.
Bebamos, pois, esta água, de maneira
a esgotá-la de todo: aquele corpo, em breve,
a seco ficar deve.
Teremos provisões para a semana inteira".
Bebem meus cães até perder o alento e, junto
com ele, a vida. Tanto se empenharam
que em pouco tempo arrebentaram.
Assim é o homem. Quando o inflama algum assunto,
impossíveis não vê, nem conhece embaraços,
faz votos aos milhões, perde inúmeros passos,
no afã de conquistar riqueza ou glória!
"Se eu pudesse tornar maiores meus Estados!
Se conseguisse encher meus cofres de ducados!
Se eu aprendesse hebraico, as ciências, a história!"
Tudo isso é um mar para beber.
Nada ao homem, porém, chega a satisfazer.
Para obter tudo quanto uma alma tem por fito,
quatro corpos, ou mais, necessários serão
e não poderão ir, ainda assim, acredito,
muito além da metade do caminho.
Quatro Matusaléns, de ponta a ponta, não
dariam fim ao que desejasse um sozinho.

Os dois cães e o burro morto

XXVI

DEMÓCRITO E OS ABDERITAS

Do vulgo sempre odiei os julgamentos
profanos, temerários, fraudulentos!
Termos falsos ele ergue entre si mesmo e a vida
e de todos os mais julga ser a medida.
O mestre de Epicuro o aprendeu pessoalmente.
Acha-o louco seu povo. Ignara gente!
Quem, porém, pode ser profeta em seu país?
Demócrito era o sábio; eles, imbecis.
Tão longe o engano vai que Abdera, preocupada,
manda a Hipócrates cartas e embaixada
rogando restitua a razão ao doente.
"Nosso concidadão" — dizem todos, em pranto —
"Demócrito, por ler demais, ficou demente.
Antes nunca quisesse saber tanto!
Diz que número algum o dos mundos limita;
Demócrito, talvez, veja em série infinita
a enchê-los. E, julgando esse engano ainda pouco,
os átomos lhe junta, obra de cérebro oco,
fantasmas que ninguém, fora ele, pode ver.
Mede os céus sem sequer da terra se mover;
nem se conhece, e quer conhecer o universo!
De qualquer discussão era o juiz outrora,
mas, na demência imerso,
só a si mesmo escuta e fala agora.
Vem, divino mortal; sua loucura é imensa!"
Hipócrates não crê no que tal gente pensa,
mas parte. E vede bem
que encontros, nesta vida, o destino armar vem!

393

O médico chegou no instante exato
em que aquele que dizem insensato
nos animais e no homem pesquisava
a sede da razão: coração ou cabeça?
Junto a um regato e sob árvore espessa,
as circunvoluções de um cérebro observava.
Tinha a seus pés grosso volume aberto
e quase nem notou que o amigo estava perto,
tanto se achava a seu estudo atento,
Como era de esperar, breve é seu cumprimento;
as palavras e o tempo o sábio economiza.
Pondo de parte os frívolos assuntos,
tratam do homem, do espírito e, afinal,
passam a examinar problemas de moral.
Expor ninguém precisa
tudo o que debateram os dois, juntos.

Basta o que já foi dito
para mostrar que o povo é recusável juiz.
Em que sentido, pois, amigos meus,
é verdadeiro aquilo que se diz
e até já não sei onde eu vi escrito:
que a voz do povo é a voz de Deus?

XXVII

O LOBO E O CAÇADOR

Furor de acumular, monstro que olhos só tens
para ver como um zero os mais pródigos bens,
lutarei contra ti, nesta obra, sempre em vão?
Quanto tempo andarás sem seguir-me a lição?
Não queres minha voz e a do sábio escutar
e enfim dizer: "É tempo gozar"?
Apressa-te. Não tens tanto a viver, amigo!
Mais do que um livro vale a palavra que digo:
goza. — "Eu o farei". — "Mas quando?" — "Amanhã,
[sem tardança".
Amigo, olha que a morte antes disso te alcança.
Goza agora, ou serás, na sorte, semelhante
ao lobo e ao caçador de que a fábula fala.

Com seu arco este abate um gamo. Eis que depois
passa uma corça e vai, no mesmo instante,
o morto acompanhar. Jazem no solo os dois.
Corça e gamo já são presa de gala;
um caçador modesto estaria contente.
No entanto, um javali, monstro enorme, imponente,
tenta o arqueiro a mandá-lo ao Estige; a infernal

Parca as tesouras brande e quase o fio lhe corta
da vida; várias vezes, semimorta,
a fera chega a ouvir soar a hora fatal,
até que novo golpe a abate em agonia.
São presas a fartar. Nada, porém, sacia
o apetite de quem só pensa em conquistar.
O arqueiro, sem notar que a fera ainda tem vida,
vê, ao longo de um sulco, uma perdiz andar.
Para o que já caçara, o acréscimo era parco;
no entanto, ele retesa a corda de seu arco.
Com um resto de energia, o javali se lança
a matá-lo, morrendo embora na vingança.
Fica a perdiz bastante agradecida.
Esta parte do conto é para o ambicioso;
para o avarento deixo o restante do exemplo.
Um lobo chega e vê o quadro tenebroso.
— "Ó Fortuna" — diz ele — "eu te prometo um
[templo!
Quatro corpos! Que sorte! Entretanto, primeiro
devo um por um guardar. Tais encontros são raros!"
(Esta é a desculpa dos avaros,)
"Um, dois, três, quatro. Dão, a um por semana,
se minha conta não me engana,
comida farta para um mês inteiro.
A partir de amanhã começaremos.
por hoje, contentar-nos só devemos
com a corda deste arco; é, parece, de pura
e saborosa tripa; assim me atesta o olfato".
Nem bem o diz se atira ao arco e, com tal ato,
solta a flecha, que o ventre lhe perfura.

Volto a meu texto: é bom que saibamos gozar.
Vê como os dois glutões veio a sorte igualar:
por ambição um se perdeu;
por avareza o outro pereceu.

O lobo e o caçador

LIVRO
NONO

I

O DEPOSITÁRIO INFIEL

Graças às doces filhas da Memória,
cantar os animais tive por mira;
outros heróis, talvez, à minha lira
haveriam valido menos glória.
Na linguagem do Olimpo, o lobo ao cão
fala em meus livros, e outras feras vão
representar diversos personagens,
tolos ou sábios; de tal modo os canto
que parecem os loucos, entretanto,
levar sempre mais nítidas vantagens;
sua medida deve ser mais plena.
Também costumo colocar em cena
tiranos, celerados, fraudadores,
ingratos, astuciosos, maldizentes
e o rebanho daqueles imprudentes,
ora imbecis, ora lisonjeadores;
e poderia ainda acrescentar
dos mentirosos a avultada grei.
"Todo homem mente", diz o Sábio Rei.

Se ele aí só quisesse colocar
os de baixa extração, gente vulgar,
poder-se-ia aceitar que a tal defeito
fosse, de certo modo, o homem sujeito;
porém dizer que quantos existimos,
pequeninos ou grandes, só mentimos,
outro que não o excelso Rei falasse-o
e o contrário eu aqui sustentaria,
pois quem mentisse como Esopo e Horácio
mentiroso, em verdade, não seria.
A ilusão feita de sutil encanto
que sua arte belíssima entretece,
se da mentira surge sob o manto,
a verdade afinal nos oferece,
Os dois fizeram livros que imortais
devem ser, e durar ainda algum tempo mais,
se possível. Como eles não nos mente
quem quer. Porém mentir tão deslavadamente
como um depositário quis fazer,
acabando por ser
por sua própria palavra refutado,
tanto é de tolo quanto de malvado.
Eis o fato: na Pérsia, um traficante
à guarda de um vizinho entrega, ao viajar,
cem ferros. — "Onde estão" — diz ele, ao regressar —
"minhas barras de ferro?" E o outro: — "Não te
                                                      [espante,
amigo, o que ocorreu. Transformaram-se em pó.
Um rato as devorou, sem deixar uma só.
Meus servos censurei. Mas, que fazer? Na certa
há sempre num celeiro alguma porta aberta".
O traficante escuta a notícia inaudita
e finge que acredita.

Alguns dias depois, manda o filho raptar
do vizinho infiel, que convida a cear.
O pai se excusa e diz: — "Desculpa-me, estou triste.
Na vida, para mim, prazer já não existe.
Tinha um filho que amava mais que à vida.
Tinha-o. Não o tenho mais. A esperança é perdida.

Roubaram-no. Tu, que és meu verdadeiro amigo,
tal desventura vem chorar comigo".
Retruca o mercador: — "Anoitecia quando
vi um mocho a voar, teu filho carregando.
Para um prédio arruinado o transportou."
— "Ora!" — responde o pai — "acreditar não vou
que um mocho possa arrebatar tal presa.
Meu filho é que o faria, com certeza".
Torna o outro: — "Não sei como explicá-lo,
mas vi-o, e com meus olhos, claramente.
Razão não tens, aliás, para ficar descrente
do que agora te falo.
Num país em que um rato a roer, um rato só,
reduz todo um quintal de ferro a pó,
por que não pode um mocho ser capaz
de carregar apenas um rapaz?"
A fingida aventura o outro logo entendeu
e ao mercador as barras devolveu;
este lhe restitui seu querido rebento.

Disputa igual tiveram dois viajores.
Um deles era um desses narradores
que nada podem ver sem óculos de aumento.
Acham tudo gigante, e monstros sobre-humanos
fazem nascer na Europa, iguais aos africanos.
De hipérboles nosso homem tinha o vício.
— "Vi uma couve" — contou — "maior que um
                                        [edifício".
— "E uma panela eu vi" — diz o outro — "em
                                        [que cabia
uma igreja". O primeiro escarnece do que ouve,
e o outro: "Nela irão cozinhar tua couve".
Foi o homem da panela brincalhão;
o dos ferros usou de astúcia e de ironia.
Quando o absurdo é demais, faz-se-lhe honra infinita
querendo refutar seu erro com a razão.
Zombar dele é mais breve e a bílis não irrita.

II

OS DOIS POMBOS

Dois pombos terno amor unia,
mas um deles, que em casa se entedia,
é bastante insensato e procura empreender
viagem a longínqua região.
O outro lhe diz: "Que vais fazer?
Vais deixar teu irmão?
A ausência é o maior mal; assim, cruel, não pensas?
Mudem tua intenção, ao menos, as imensas
fadigas, os perigos da jornada.
Se estivesse a estação mais avançada...
Espera as brisas. Que te apressa? Um corvo
a alguma ave augurava, há pouco, um fado torvo.
Ficarei a pensar em encontros fatais,
armadilhas, falcões. Direi: chove demais;
estará meu irmão conseguindo encontrar
bom teto, bom repasto, e o mais que desejar?"
Tais palavras deixaram hesitante
o coração de nosso imprudente viajante,
mas seu ânimo inquieto e o desejo de ver
dominam-no por fim. — "Não chores" — diz —

"Com três dias minha alma há de ficar feliz.
Em breve voltarei para tudo dizer
das aventuras que eu tiver em qualquer parte,
tirando-te o pesar. Quem não vê nada,
nada tem a contar. Minha viagem, narrada,
prazer extremo irá causar-te.
Direi: estive, ocorreu-me isto assim,
e crerás ter lá estado junto a mim".
Dito isto, os dois separam-se, chorando.
Já estava longe o viajante, quando
negra nuvem o obriga a buscar proteção.
Só uma árvore encontra, e tal, que o furacão
o maltrata bastante, apesar da folhagem.
Sobrevinda a bonança, reenceta a viagem,
secando como pode o corpo doente
da chuva que o molhou inteiramente.
Num campo adiante, vê que há trigo ao chão lançado
e um pombo perto; o seu apetite é aguçado.
Para lá voa e é preso: um laço se escondia
sob essa mentirosa e traiçoeira iguaria.
Embora antigo o laço, a ave custa a rompê-lo:
machuca o bico e os pés, perde penas e pelo.
Vem o pior a seguir: certo abutre, de cruéis
garras, vê o infeliz, que, arrastando os cordéis
do laço que o tivera na prisão,
parecia um forçado em evasão.
Ia o abutre agarrá-lo quando, do alto,
uma águia, por sua vez, se lança ao mesmo assalto.
Chocam-se e o pombo escapa às aves assassinas
para, exausto, cair junto a distantes ruínas,
crendo que essa aventura seja o fim
de sua sorte ruim;
mas matreiro garoto (a infância é sem piedade)
toma a funda e, com um tiro, o pássaro infeliz
mata pela metade.
Sua curiosidade o pombo então maldiz;
puxando o pé, mal arrastando a asa,
regressa, semimanco e semimorto,
diretamente para casa.
A trancos e barrancos chega ao porto,
sem novas aflições a lastimar.

Eis reunidos os dois; podeis imaginar
quanto afeto e carinho
os compensou do triste descaminho.

Ó felizes no amor, se viajar vos atrai,
apenas os locais mais próximos buscai.
Sede um para o outro um mundo sempre lindo,
sempre diverso, sempre novo e infindo;
tende tudo em vós dois, seja nada o que reste.
Certas vezes amei; não trocaria então
pelo Louvre, por seus tesouros em montão,
ou mesmo pela abóbada celeste,
os jardins, os lugares sublimados
pelos passos gentis, iluminados
pelo olhar da belíssima pastora
a cujos pés eu prosternar-me fora,
sob as ordens do filho de Citera,
prestando-lhe os primeiros juramentos.
Ai, quando voltarão iguais momentos?
Com mil motivos de doçura e encanto,
por que vive minha alma a inquietar-se tanto?
Ah, se meu coração ainda a arder se atrevera!
Já não há sedução que me prenda, enleado?
O meu tempo de amar terá passado?

Os dois pombos

III

O MACACO E O LEOPARDO

Com o macaco o leopardo competia
para ganhar na feira avultada quantia.
Cada um expunha o seu cartaz à parte.
"Senhores" — proclama um — "minha glória, minha
[arte
em bons lugares têm renome; o Rei quis ver-me
e tanto me admirou que, se eu morrer, quer ter-me
a pele num regalo. Ela é mais que mosqueada:
é variegada, pintalgada,
cheia de cores e sarapintada",
Correm todos a ver, que a mosqueadura atrai;
porém, tão logo vista a pele, cada um sai.
De seu lado dizia o macaco: — "Senhores,
vinde, pois ireis ver o rei dos saltadores.
Cem cambalhotas dou. Essa diversidade
a que o Leopardo meu vizinho tanto alude,
só no corpo ele a tem; eu a tenho em virtude
do espírito. Hoje está nesta cidade,
para servir-vos, Giles, o aplaudido
genro e sobrinho de Beltrão,
ex-macaco do papa falecido.

Acaba de chegar em luxuoso galeão,
só para vos falar; pois fala, e toda gente
o entende; dança e baila incomparavelmente;
passa por arcos, faz piruetas mil.
Tudo por seis dobrões! Não, só por um ceitil!
Se satisfeito alguém não se sentir,
seu dinheiro, à saída, iremos restituir".

Tinha o símio razão: na mente, e não na veste,
a variedade agrada; o espírito reveste
cada coisa que faz de um novo encantamento;
a outra cansa quem olha em menos de um momento.
Quantos fidalgos, ao leopardo semelhantes,
mais talento não têm que as roupas cintilantes!

IV

A BOLOTA E A ABÓBORA

Deus faz bem o que faz. Se prová-lo eu quiser,
não preciso correr o mundo, pesquisando:
uma abóbora apenas me é mister.

Certo aldeão, considerando
como é grande esse fruto e sua haste é pequenina,
diz: "Quem tudo isso fez, afinal, que imagina?
Esta abóbora foi muito mal colocada.
Por mim, ela seria pendurada
num daqueles carvalhos que lá estão.
É justamente o que convém:
tal fruto, árvore tal, para sair tudo bem.

Pena é, Mateus, que não te pedisse a opinião
aquele de quem fala, em seus sermões, o cura;
tudo iria melhor. Sim: por que, por exemplo,
a bolota, menor do que meu dedo miúdo,
aqui não se pendura?
Equivocou-se Deus.

Quanto mais eu contemplo
esses frutos assim, mais parece a Mateus
que um quiproquó existe nisso tudo".
Tais reflexões lhe dão cansaço enorme.
"Quem muito pensa" — diz por fim — "não dorme".
Sob um carvalho, então, vai dormir quanto pode.
Bem sobre o seu nariz uma bolota cai.
Levando a mão ao rosto, ele acorda, num ai,
e encontra a glande presa aos pelos do bigode.
Seu nariz machucado o faz mudar de tom.
"Oh!" — diz — "sangrando estou! Que ocorreria,
        [então,
se da árvore caísse um fruto de outra massa,
se essa bolota fosse uma cabaça?
Deus não o quis, e com razão.
Agora vejo bem que só faz o que é bom"
E a casa volta Mateus
louvando por tudo a Deus.

V

O ESTUDANTE, O PEDANTE E O DONO DE UM VERGEL

Enfatuado menino de colégio,
duplamente maroto e duplamente
tolo, em idade e pelo privilégio
que os pedantes possuem de estragar qualquer mente,
a um vizinho furtava, dizem, frutos
e flores. Todo outono, a tal vizinho
Pomona dedicava extremos de carinho,
reservando-lhe os seus mais opimos produtos;
para os outros ficava o rebotalho.
Cada estação, aliás, premiava-lhe o trabalho
ricamente: na primavera, Flora
esmerava-se em dar-lhe os dons de que é senhora.
Um dia, em seu jardim, o estudante ele viu
numa árvore a subir. Descuidado, o vadio
arruinava os botões, leve e doce esperança,
precursores dos bens que a fartura afiança.
Até os ramos quebrava. E tantas fez que, enfim,
ao mestre foi queixar-se o dono do jardim.
Acode o professor com crianças em fileira
que enchem todo o vergel, piores que a primeira.

410

Por seu próprio alvedrio, nosso pedante aumenta
o mal, trazendo a turba infrene e barulhenta,
apenas, como diz, para um castigo dar
de maneira exemplar,
a fim de que ele sirva à sua comitiva
como lição eternamente viva.
Virgílio e Cícero então cita,
com muitas outras mostras de ciência.
Tanto fala que dá tempo à malta maldita
de fazer no vergel total devastação.

Odeio as peças de eloquência
que não têm fim nem ocasião,
e um animal pior que o estudante
no mundo não conheço, a não ser o pedante.
Na verdade, o melhor dos dois não quereria.
Para vizinho meu, nem mesmo por um dia.

VI

O ESTATUÁRIO E A ESTÁTUA DE JÚPITER

Enorme mármore, alvo e belo,
um estatuário compra e diz:
"Que vou fazer? Em que o cinzelo?
Será deus, mesa, ou chafariz?"

"Vai ser um deus. Colocar-lhe-ei
na mão um raio destruidor.
Rezai, humanos, e tremei:
este é dos mundos o senhor!"

Tão bem o bloco esculpe e lavra
para seu ídolo afeiçoar,
que o dom apenas da palavra
julga-se a Júpiter faltar.

Conta-se até que o artista, ao ver
a imagem, logo a teve pronta,
foi o primeiro a estremecer.
Com a própria obra se amedronta.

Nessa fraqueza, ao escultor
o poeta antigo se equipara
temendo a cólera e o rancor
dos deuses mesmos que inventara.

412

Assim a criança se alvoroça
dia inteiro, preocupada
em evitar tudo o que possa
deixar sua boneca irada.

Com gosto, pelo coração
é sempre o espírito seguido.
Daí nasceu o erro pagão
por tantos povos difundido.

Aos interesses da quimera
sua adesão era obcecante;
da própria Vênus que fizera
Pigmalião tornou-se amante.

Cada um quer feitos realidade
os sonhos a que mais aspira.
O homem, de gelo ante a verdade,
sempre é de fogo ante a mentira.

VII

A RATA METAMORFOSEADA EM MULHER

Do bico um mocho deixa uma rata cair.
Não a teria eu apanhado,
mas um brâmane o fez, e creio-o de bom grado,
pois cada povo tem seu modo de sentir.
Ferira-se o animal das patas à cabeça.
Não achamos que tal próximo nos mereça
cuidados e atenção;
os brâmanes, porém, o tratam como irmão.
Acham que a alma, ao sair de alguém, plebeu ou rei,
vai ter em qualquer bicho, por critério
da sorte, um corpo novo; assim o têm por lei,
Pitágoras de lá nos trouxe esse mistério.
O brâmane, julgando agir bem, logo trata
de a um mágico pedir que hospede a pobre rata
num corpo que a tivesse abrigado primeiro.
Transformou-a em mulher o feiticeiro;
de quinze anos a fez, e tão graciosa e bela
que até o filho de Príamo, por ela,
mais do que por Helena haveria arriscado.
O brâmane, com tal maravilha assombrado,
lhe diz: — "Escolhe, pois cada qual só deseja
o prêmio de poder dar-te o nome de esposo".

— "Pois bem" — diz ela. — "A mão ofereço a
                                    [quem seja
de todos o maior, mais forte e poderoso".
— "Sol!" — de joelhos, então, nosso brâmane
                                    [exclama. —
"Meu genro serás tu, que és do universo a chama".
— "Não posso" — diz o sol. — "A nuvem que lá
                                    [avulta
é mais forte do que eu, pois meus raios oculta.
Procura-a e tua escolha será boa".
— "Ouve!" — o brâmane diz à nuvem que além
                                    [voa. —
"Quererás minha filha?" — "Ai, não, porque, violento,
para aqui, para ali, sempre me arrasta o vento.
Seu direito por mim não será contestado."
Brada o brâmane então, algo irritado:
— "Ó vento, na bonança ou na procela,
em seus braços te espera a nossa bela"
Corre o vento, porém
encontra no caminho um monte que o detém.
A este a prenda transfere. O monte, de imediato,
manda-a de volta e diz:— "Eu, pendências com o
                                    [rato,
não quero, e louco sou se o ofender,
pois de me perfurar tem o poder".
Ao ser citado o rato, a moça nada mais
quer ouvir. Eis o esposo: um rato! Golpes tais
dá o amor; muita coisa vem prová-lo,
mas só fique entre nós isto que falo.

Sempre algo há que nos prende ao ponto original.
Esta fábula o mostra, e de modo cabal,
mas, quando a examinamos, vemos bem
que um pouco de sofisma ela contém.
Que esposo não será melhor que o sol, diante
de um raciocínio assim? Será acaso o gigante
menos forte que a pulga? Entretanto, ela o pica.
Para agir bem, devia o rato a bela enviar
ao gato, e o gato ao cão, e este ao jaguar.
Se esse argumento circular se aplica,
acabaremos tendo ao sol voltado
e a beldade, por fim, terá o sol desposado.

Quanto à metempsicose, olhemo-la de perto:
fez o mago uma coisa que, por certo,
longe de a comprovar a expõe como ilusão;
contra o brâmane, assim, nisto eu terei razão.
Segundo seu sistema, é mister que cada um,
homem, ou rato, inseto, verme, ou fera,
vá sua alma extrair de um tesouro comum:
cada qual com o mesmo aço se tempera,
mas, no modo de agir, uma da outra se afasta;

o órgão que habita a faz viver de certo jeito:
uma se eleva, outra se arrasta.
Por que então esse corpo tão bem feito
não pôde sua hóspede obrigar
a unir-se ao sol, deixando-a um rato amar?

Se tudo eu bem pesar e medir, sei que aqui
o diverso há de impor-se às falsas igualdades:
almas de ratas e almas de beldades
são muito diferentes entre si.
Devemos voltar sempre ao que nos dita a sorte,
à lei que o Céu fixou do nascimento à morte.
Podereis o demônio e a magia invocar:
nenhum ser de seu fim jamais heis de afastar.

VIII

O LOUCO QUE VENDE A SABEDORIA

Nunca deixes um louco te alcançar;
é o conselho melhor que posso dar.
Não sei de ensinamento mais valioso
que o de fugir a um cérebro demente.
Muitos destes na corte existem; o rei sente
prazer em vê-los desferir flechadas
contra um velhaco, um tolo, um jactancioso.

Ia um louco a gritar pelas encruzilhadas:
"Vendo sabedoria!" E o mais crédulo povo
acorria a comprar esse artigo tão novo.
Recebeu cada qual caretas a granel,
tendo depois, por seu dinheiro, um bofetão
bem vibrado e três braças de cordel.
Irritada ficava a maioria.
Isso, porém, de que servia
senão para ser mais objeto de irrisão?
Antes rir ou, melhor, partir sem dizer nada,
com o cordel e a bofetada.
Quem procurar sentido em coisa semelhante
vaias merecerá, por ignorante.

Ao que um maluco faz a razão não se aplica.
Só o acaso motiva e justifica
o que no enfermo cérebro se passa.
Um logrado, porém, que se embaraça
com o tabefe e o cordel, foi consultar
um sábio. Este lhe diz, sem hesitar:
"Aqui há hieróglifos puros. Quem
tiver juízo, prudência e quiser agir bem
há de sempre cuidar que de um maluco o afaste
a distância que mostra este cordel; senão,
por certo há de levar também seu bofetão.
Sabedoria, sim, desse louco compraste".

O louco que vende a sabedoria

IX

A OSTRA E OS DEMANDISTAS

Dois peregrinos veem uma ostra, pelo mar
lançada à praia; com o olhar
a devoram, com o dedo a apontam; quanto ao dente,
o caso é diferente.
Um já se baixa para a presa arrecadar,
quando o outro o empurra e diz: — "É bom saber
qual de nós dois a irá comer.
Esse manjar será de quem o viu primeiro;
fique o outro a espiá-lo" — "Se a questão
assim se põe" — retruca o companheiro —,
"graças a Deus eu tenho excelente visão".
— "Também má não a tenho, e antes de ti
juro que a ostra vi".
— "Viste-a, mas antes eu já a havia farejado".
Continuam na bela discussão
quando chega Dom Pedro e o tomam por juiz.
Severo, ele abre a ostra, engole-a toda e diz,
em tom de magistrado,
ao fim da refeição:
— "Uma concha a cada um entrega o tribunal,
sem custas. Para casa, em paz, vá cada qual"

Calculai quanto paga em nossos dias
quem demanda; fazê-lo é arruinar-se e ser tolo.
Dom Pedro para si tira sempre o miolo
e aos demandistas deixa umas cascas vazias.

A ostra e os bemandistas

X

O LOBO E O CÃO MAGRO

A pequenina carpa, outrora,
argumentando e discursando embora,
foi levada ao fogão.
Mostrei que abandonar o que se tem na mão
na esperança de mais lucrativa aventura
não passa de imprudência pura.
Fez bem o pescador; a carpa não fez mal:
cuidou de defender a vida cada qual.
Outra história eis aqui, confirmadora
do que eu dissera então.

Certo lobo, tão tolo quanto fora
prudente o pescador, achando um cão
fora da aldeia, pega-o. Da magreza
socorre-se o animal: "Não queira Vossa Alteza
levar-me neste estado; espere; o meu patrão
a filha casa, e é bem de acreditar
que, com as núpcias, eu seja obrigado a engordar".
O lobo o crê, o lobo o solta.
Dias depois o lobo volta
para ver se seu cão melhorara de trato.
Achava-se o velhaco em casa, a bom recato,
por uma grade, ao lobo diz: — "Amigo,
já vou sair. Espera-nos. Contigo

eu e o porteiro da mansão
iremos encontrar-nos neste instante".
O porteiro da casa era um mastim gigante
que aos lobos reservava especial recepção.
Nada mais quis o nosso. — "Um vosso humilde criado",
diz ao porteiro, e sai a correr, disparado,
Era expedito o lobo; hábil, porém,
não era, e a profissão não conhecia bem.

XI

NADA DEMAIS

Nunca pude encontrar um ser vivente
que se portasse moderadamente.
Certa medida quer o Senhor da Criação
que guardemos em tudo. Assim fazemos? Não!
No bem, como no mal, isso nunca acontece.
O trigo, rico dom da loura Ceres, cresce
denso demais, folhagens esbanjando;
tanto supérfluo vai os campos esgotando
até que de alimento o fruto priva.
O mesmo a árvore faz, tanto a pompa a cativa.
Para o trigo emendar, deixou Deus que os carneiros
reduzissem o excesso dos trigais:
lançaram-se a pastar e de campos inteiros
nem restaram sinais.
Por isso, aos lobos deu o Céu a permissão
de comerem alguns: a todos devoraram;
se não fizeram mais, ao menos o tentaram.
Aos homens consentiu o Céu então
que punissem os lobos: muito além
das ordens recebidas vão também.

É o homem o animal mais inclinado
a se portar dentro do excesso.
Mister será fazermos o processo
de grandes e pequenos. Tal pecado
é universal. Nós sempre aconselhamos:
"Nada demais". Mas nunca o observamos.

424

XII

O CÍRIO

Das divinas mansões é que as abelhas vêm.
As primeiras quiseram alojar-se
no monte Hímeto, para ali saciar-se
dos tesouros que as brisas entretêm.
Quando de seus palácios foi tirada
a ambrosia nas câmaras guardada,
isto é, para falar em linguagem comum,
depois que os favos já sem mel algum
só ficaram com a cera, muitas velas
se fizeram e, à semelhança delas,
muitos círios também foi possível moldar.
Vendo um destes que a terra, ao fogo endurecida
em tijolos, podia os anos arrostar,
quis de igual modo prolongar a vida.
Novo Empédocles, busca as chamas, condenado
por seu próprio, insensato e vão delírio,
a nelas se lançar. Foi gesto mal pensado;
de filósofo nem um só grão tinha o círio.

Tudo é diverso em tudo; assim, tirai da mente
que à vossa imagem venha a moldar-se um vivente.
O Empédocles de cera esvaiu-se no braseiro
e não era mais louco que o primeiro.

XIII

JÚPITER E O VIAJANTE

Aos deuses o perigo iria enriquecer
se pagássemos tudo o que faz prometer.
Finda a ameaça, porém, tomba no olvido
o voto feito aos Céus solenemente,
para só se contar o que à terra é devido.
 "Júpiter é" — diz o ímpio — "um credor complacente;
não usa beleguins para cobrança".
Que significa, então, o raio que o deus lança?
A uma advertência tal, que nome iremos dar?

Durante a tempestade, um viajante, no mar,
cem bois ao vencedor dos Titãs oferece:
não tinha um só; se cem elefantes dissesse,
mais não teria despendido.
Chegando a salvo à praia, a uns ossos fogo ateia.
A fumaça ao nariz de Júpiter se alteia.
"Senhor Zeus" — diz então —, "resgato o prometido.
Com perfume de boi teu nobre olfato afago.
Recebe esta fumaça; o meu voto está pago".
Júpiter fez que riu, porém,
passados dias, apanhou-o bem,
mandando um sonho para lhe contar
que um tal tesouro estava oculto em tal lugar.
O homem se inflama e corre a buscar o tesouro.

426

Lá encontra ladrões e, na bolsa não tendo
mais que um escudo, quer safar-se prometendo
buscar com eles cem talentos de ouro
extraídos de um cofre recheado
que em certa povoação se encontrava enterrado.
O lugar pareceu aos ladrões bem suspeito
e um deles diz: "És muito brincalhão.
Ris de nós. Morre, pois, e vai ter com Plutão,
levando-lhe teus cem talentos como preito".

Júpiter e o viajante

XLV

O GATO E A RAPOSA

Gato e raposa, como bons santinhos,
faziam peregrinação.
Cada qual mais tartufo e mais arquirrufião,
dois larápios de truz, iam pelos caminhos
galinhas a trincar, queijos a abocanhar,
para os gastos da viagem compensar.
A jornada era longa e dava tédio;
por isso, põem-se os dois a discutir.
A discussão é esplêndido remédio;
sem ela, ficar-se-ia inclinado a dormir.
Quando, no auge, o debate se incendeia,
descansam a falar da vida alheia.
Finalmente, a raposa diz ao gato:
— "Muito esperto te crês. Sabes tanto, de fato,
quanto eu? Cem manhas trago no surrão"
— "'Não" — diz o outro. — "No alforje eu só tenho
[um ardil,
mas juro que este vale mais de mil"
Recomeçam, com isso, a discussão.
Em viva controvérsia estão, quando bravia
matilha surge e faz acalmar-se a porfia.
Diz o gato: — "Procura em teu surrão, amiga,
em teu matreiro cérebro respiga
a astúcia mais feliz. Basta-me esta, que é a minha".

Numa árvore, de um pulo, então sobe e se aninha
bem no alto. A outra se esgueira, a dar voltas sem conta,
penetra em cem covis, cem vezes deixa tonta
a cainçalha, que a segue encarniçada,
mas cem vezes a fuga é malograda.
Em toda parte quer achar abrigo
e parte alguma encontra isenta de perigo.
Alento não lhe dão seus verdugos ferozes.
Ao sair de um covil, dois cães de pés velozes
num salto a agarram; logo a matilha a chacina.

Expedientes demais podem levar à ruína,
fazendo com que em vão tudo se busque e tente.
Tenhamos um, tão só, mas seguro e eficiente.

O gato e a raposa

XV

O MARIDO, A MULHER E O LADRÃO

Um marido que ama e quer
imensamente a mulher
julga-se, embora dela usufrua, infeliz.
Jamais um meigo olhar ou sorriso da dama
seu afeto proclama,
nem frases elogiosas ela diz
que, nosso bom senhor glorificando,
o façam suspeitar de ser mesmo querido.
Eu bem o creio: era um marido.
O matrimônio em si considerando,
com seu destino se alegrava
e aos deuses graças dava.
E o demais? Se o amor recusa condimento
aos prazeres que traz o casamento,
não compreendo o que deste se aproveita.
Nossa esposa, porém, era assim feita.
Nunca tendo na vida o esposo acariciado,
foi queixar-se ele à noite. Eis que um ladrão
interrompeu sua lamentação.
Tem a pobre mulher pavor tão extremado
que, procurando alguma segurança,
aos braços de seu cônjuge se lança.
— "Caro ladrão" — diz este — "esta alegria imensa
não teria eu sem ti. Aceita, em recompensa,
tudo o que em nossa casa te agradar.

432

Leva a casa também". Os ladrões não são gente
que se acanhe ou recuse tal presente:
este se aproveitou. Vem-me a história mostrar
que a mais forte paixão
é o medo, que derrota e aniquila a aversão,
embora o amor também, às vezes, o suplante.
Disto dá provas o espanhol amante
que a casa incendiou, para sua dama
abraçar, carregando-a em meio à chama.
Tal história é a que mais me delicia,
pois sempre me agradou essa ousadia
em que uma alma espanhola se retrata,
bem maior que insensata.

XVI

O TESOURO E OS DOIS HOMENS

Certo homem, já sem mais crédito ou patrimônio,
tendo na bolsa apenas o demônio,
isto é, tendo-a vazia,
achou que muito bem lhe ficaria
enforcar-se e pôr termo a essa mísera sorte
antes que um fim pior a fome lhe trouxesse,
pois desenlace assim não apetece
a quem não quer provar dos sabores da morte.
Tomada a decisão, um pardieiro procura
para nele encenar sua última aventura.
Leva uma corda e, usando um prego, quer fixá-la
bem no alto da parede de uma sala.
A primeira pancada, o muro, fraco e antigo,
tomba e, na queda, traz um tesouro consigo.
Nosso desesperado atira-se a apanhá-lo,
esquece a forca e sai com o ouro, sem contá-lo;
redonda ou não, a soma era excelente.
Enquanto a grandes passos vai, fagueiro,
vem o homem do tesouro e encontra seu dinheiro
ausente.
"Como?" — diz, — "Perderei tal soma sem morrer?
Devo enforcar-me. Sim, é o que iria fazer
se tivesse uma corda". O laço pronto estava;
só o homem lhe faltava.
Este o põe ao pescoço e ei-lo bem enforcado.

O que talvez o tenha consolado
foi pensar que outro a corda lhe comprou.
Tanto quanto o dinheiro, a forca um dono achou.

Raras vezes sem pranto o avaro deixa a vida;
é a quem menos pertence o tesouro que encerra.
Irá para os ladrões a riqueza escondida,
ou para algum parente, ou perder-se-á na terra.
Vede que troca a sorte aqui veio fazer!
Coisas tais só lhe dão indizível prazer.
Quanto mais o seu logro é extravagante,
mais satisfeita fica essa deusa inconstante.
Desejou ela desta vez
que um homem se enforcasse; armou-lhe o laço;
e seu capricho satisfez
quem menos pensaria em dar tal passo.

XVII

O MACACO E O GATO

Beltrão e Ratagão, macaco e gato,
conviviam no lar de seu dono comum.
Muito animal talvez os julgasse um bom prato;
resguardados ali, não temiam nenhum.
Se algo de errado em casa aparecia,
ninguém a vizinhança culparia:
Beltrão furtava tudo e Ratagão, sem pejo,
deixava qualquer rato por um queijo.
Um dia, esses dois mestres de artimanhas
foram ver o fogão; assavam-se castanhas.
Furtá-las bom negócio parecia,
pois isso um lucro em dobro lhes daria:
vantagem para os dois; para os outros, prejuízo.
Disse o macaco ao gato: "Irmão, hoje é preciso
que dês um golpe arrasador.
Tira-me essas castanhas. Se o Senhor
me tivesse criado em condições
de retirar castanhas dos fogões,
essas iriam ver um mestre em plena ação".

Dito e feito: com a pata, Ratagão
afasta as cinzas delicadamente;
espicha e encolhe os dedos; de repente,
com um tapa, uma castanha atira fora,
duas, três, muitas mais, que Beltrão logo pega,
tratando de comê-las sem demora.
Uma criada os surpreende e a raiva descarrega
sobre o gato; o macaco escapou por um triz.
Dizem que Ratagão não se sentiu feliz.

Muitos príncipes ficam de igual jeito
quando, por semelhante emprego lisonjeados,
saem de certas províncias escaldados,
só para que algum rei tenha todo o proveito.

O macaco e o gato

XVIII

O MILHAFRE E O ROUXINOL

Depois que o milhafre, ladrão manifesto,
alarmou toda a aldeia, ao ir à caça,
das crianças despertando os gritos de protesto,
caiu-lhe um rouxinol nas garras, por desgraça.
De matá-la a avezinha o tenta demover:
— "Apenas tenho som. Que há em mim para comer?
Ouve, antes, entoar minha canção;
falar-te-ei de Tereu e de sua paixão".
— "Tereu? Para um milhafre é gostoso alimento?"
— "Não. Tereu foi um rei cujo arroubo violento
me forçou a sofrer seu ardor criminoso.
Irei cantar-te um canto tão formoso
que te há de extasiar; seduz a qualquer um".
O milhafre responde-lhe, a zombar:
— "Só esta me faltava! Estou eu em jejum
e tu me vens falar de peças musicais?"
— "Disso é que falo aos reis". — "Quando um rei te
[apanhar,
contar-lhe poderás maravilhas iguais,
De teus cantos rirei; comigo, são perdidos.
Ventre faminto nunca teve ouvidos."

XIX

O PASTOR E SEU REBANHO

"Como? Pois sempre algum me há de faltar
deste povo imbecil?
Sempre algum me há de o lobo arrebatar?
Contá-los, para quê? São mais de mil
e deixaram levar nosso pobre Pimpão,
Pimpão-carneiro que, na cidade ou no monte,
me seguia tão só por um pouco de pão
e ter-me-ia seguido aos confins do horizonte!
De minha gaita o som ele bem conhecia.
De longe minha vinda pressentia...
Pobre Pimpão-carneiro!"
Terminada essa fúnebre oração
com que imortalizou o nome de Pimpão,
Guilherme discursou para o rebanho inteiro,
dos nobres e plebeus até ao menor cordeiro,
conjurando-os a agirem com firmeza:
não lhes faria o lobo, assim, outra surpresa.
Jura solenemente a carneirada
resistir sem mover-se uma só polegada.
"Queremos esmagar o maldito glutão
que nos arrebatou o carneiro Pimpão!"
Cada qual, por sua vida, assim lutar protesta.
Guilherme acreditou e fez-lhes grande festa.

No entanto, antes de vir a noite, eis que se deu
novo embaraço: um lobo apareceu.
Foge, ao vê-lo, o rebanho, que se assombra;
não era um lobo, era uma sombra.

Discursa ao mau soldado: combater
prometerá, com a fúria mais selvagem;
mas, ao menor perigo, adeus sua coragem!
Nem com gritos e exemplo o poderás reter.

LIVRO
DÉCIMO

I

OS DOIS RATOS, A RAPOSA E O OVO

Discurso a Madame de La Sablière

Íris, enaltecer-te é até fácil demais,
mas nosso incenso tens cem vezes recusado.
Nisto, bem diferente és das outras mortais,
que querem cada dia um louvor renovado.
Para qualquer lisonja estão de atento ouvido.
Não as vou censurar; compreendo-as; são vaidades
comuns aos deuses, aos monarcas, às beldades.
O licor pelo vate enaltecido,
o néctar que se serve ao senhor do trovão
e que os deuses terrenos inebria
é apenas o louvor. Íris não o aprecia;
por outras coisas tem mais intensa atração:
conversas, reuniões em que aos amigos, juntos,
diverte debater cem diversos assuntos,
pois mesmo na maneira de entreter
tem parte a ninharia. O mundo assim não pensa,
mas deixemos de lado o mundo e sua crença;
a ciência, a bagatela, a quimera, o prazer,
o nada, tudo é bom. Digo e sustento
que de tudo é mister num entretenimento:

443

é um jardim em que Flora os dons quer espalhar;
sobre flores sem conta a abelha aí vem pousar
e de tudo seu mel sabe extrair.
Assim, não vejas mal em que eu busque inserir
nas fábulas também, Íris, certa porção
de uma filosofia
atraente e sutil, com traços de ousadia.
Chamam-na nova. Ouviste ou não
falar a seu respeito? Ela diz que o animal
às máquinas é igual,
nada escolhe e só segue o impulso do momento:
nele só há corpo e nunca uma alma ou sentimento,
qual um relógio, que anda a passos bem medidos,
cegamente e sem ter alvos preconcebidos.
Abre-o, vê o que contém: são rodas, em lugar
de espírito; a primeira faz girar
a segunda, esta move a terceira e, por fim,
as horas bate a campainha.
Essa corrente diz que o animal é assim.
Se algum objeto o vier numa parte ferir,
diretamente irá tal parte transmitir,
segundo nós, do golpe, a notícia à vizinha,
e esta a outra, e assim o senso a recebe depressa.
Está feita a impressão; mas como se processa?
Para aqueles, só por necessidade,
sem paixão, sem vontade:
é o animal de movimentos presa
a que o vulgo dá o nome de tristeza,
alegria, prazer, amor, dor lancinante,
ou qualquer outro estado semelhante.
Mas não é isso, não te enganes. Que é então?
O mesmo que um relógio. E nós? É diferente,
Descartes de outro modo o faz patente.
Descartes, o mortal de que o mundo pagão
faria um deus, sustenta um meio-termo haver
entre o homem e o espírito, tal qual
entre o homem e a ostra algum de nós quer crer
que existe, como puro irracional.
Eis, digo, o raciocínio desse autor:
a qualquer animal sou superior;
tenho o dom de pensar e sei que penso.

Sabes, Íris, como é de comum senso,
que, se o animal pensasse, não seria
capaz de refletir um só momento
sobre o objeto, nem sobre o pensamento.
Descartes vai mais longe e diz, em suma,
que ele não pensa de maneira alguma.
Crê-lo não te perturba, nem a mim.
Quando, porém, na selva, a gritaria
das vozes e o clangor agudo do clarim
não dão qualquer descanso à presa perseguida,
quando ela, em fuga, esforços vãos envida
para deixar a pista embaralhada,
o gamo, velho em anos e em galhada,
um mais novo procura e o força, astutamente,
a oferecer aos cães uma isca diferente.
Tudo imagina para esquivar-se da morte:
malícias, voltas, giros sobre os passos,
saltos, mudanças, cem estratagemas
dignos de um grande chefe e melhor sorte!
Abatido, repartem-no em pedaços
e estas são suas distinções supremas.

A perdiz, quando
vê seus filhotes em perigo,
sem ter nova plumagem que, voando,
lhes permita evitar o ataque do inimigo,
finge-se de ferida, arrasta a asa no chão
e atrai para si mesma o caçador e o cão;
afasta assim a ameaça e salva a prole.
E quando o caçador já crê que o cão a engole,
diz-lhe ela adeus, retoma o voo e parte, a rir
do homem que, em vão, de olhar confuso, a quer seguir.

Há, não longe do Norte, uma região
onde os que formam a população
vivem como nos tempos primitivos;
de profunda ignorância são cativos.
Falo dos homens, pois os animais
ali arquitetam obras tais
que detêm o furor dos rios nas enchentes
e entre as margens mantêm ligações permanentes.

Sua edificação resiste e dura, inteira:
de barro uma camada, uma outra de madeira
Age cada castor na tarefa conjunta;
ao velho, no trabalho, o mais jovem se junta.
O capataz, com seu bastão, tudo vigia.
A república, creio, de Platão
apenas aprendiz pareceria
dessa anfíbia nação.
Sabem, no inverno, erguer habitações; viadutos
sobre pântanos lançam, sábios frutos
de arte e labor; e, em vez de isso aprender,
nossos irmãos que vivem a seu lado
até hoje nada mais sabem fazer
que atravessar os rios a nado.

Que os castores tão só sejam corpo vazio
de espírito, jamais a crer me obrigarão.
Eis mais, porém: ouve esta narração
que recolho de um rei cheio de glória.
No defensor do Norte é que me fio.
Cito um príncipe a quem ama e segue a Vitória;
seu nome, só, detém todo o Império Otomano.
Da Polônia ele é o rei. Não mente um soberano.
Na fronteira, este diz, de sua terra,
animais entre si fazem contínua guerra;
o sangue que de pais a filhos passa
o conflito reitera.
Com a raposa tem parentesco essa raça.
Nunca com arte mais aprimorada
entre os homens a guerra foi travada,
nem mesmo em nossa era.
Vanguardas, batedores, espiões,
emboscadas, mil outras invenções
dessa maldita e perniciosa ciência,
mãe dos heróis, filha do Estige escuro,
provam dos animais o senso e a experiência.
Para cantar tal luta, o Aqueronte devia
restituir-nos Homero e, em sua companhia,
Descartes, que se diz ser rival de Epicuro!
Este, de tais exemplos, que diria?

O que eu já disse: que, nos animais,
tudo isto é feito por impulsos naturais,
pela memória que no corpo habita;
e que, para voltar aos exemplos diversos
já muitas vezes dados em meus versos,
é da memória só que o animal necessita.
O objeto, ao retornar, vai a seu escaninho
buscar, acompanhando o anterior caminho,
a imagem de que lá se inscreveram os traços,
e esta vem, repetindo os mesmos passos,
sem-recorrer ao pensamento,
reproduzir igual evento.
Nós agimos de modo diferente.
Da vontade vivemos sob o mando,
não do objeto ou do instinto. Eu falo e ando
sentindo haver um certo agente em mim;
tudo em meu mecanismo acata, assim,
esse princípio inteligente.
É distinto do corpo e concebido
ente melhor que o corpo submetido,
De tudo quanto faço, ele e supremo juiz .
Como, porém, o corpo entende o que lhe diz?
Esta é a questão; observo a ferramenta
obedecer à mão; mas, e a mão que a orienta?
Sim, quem orienta o céu e seu curso veloz?
Algum anjo haverá nos corpos do infinito?
Nossos impulsos, move o espírito que há em nós:
a impressão se produz; ignoro por que meio.
Só no seio de Deus isto nos será dito.
E afirmar francamente não receio:
Descartes não sabia muito mais.
Neste mundo, ele e nós somos todos iguais.
Íris, apenas sei que nesses animais
de que te acabo de citar o exemplo
o espírito não age. O homem só tem por templo.
Ao animal, contudo, é mister atribuir
um grau a que jamais pode a planta subir.
No entanto, a planta tem respiração:
mas, ao que vou dizer, que resposta darão?

Dois ratos, seu sustento a procurar,
um ovo encontram. Mais que suficiente
era tal refeição para tal gente;
não seria preciso um boi achar!
Cheios de fome e de satisfação,
vai cada qual comer do ovo o seu quinhão
quando ao longe aparece a raposa, gatuna
de presença temível e importuna.
Como salvar o ovo? Empacotá-lo
e com as patas da frente a seguir carregá-lo,
ou rolá-lo, arrastá-lo,
era coisa impossível, perigosa.
Mas a necessidade, que é engenhosa,
uma invenção lhes propiciou.
Podendo eles chegar à sua habitação,
pois a um quarto de légua ainda estava o ladrão,
um de costas se pôs, tomou o ovo nos braços
e, após uns trambolhões e alguns maus passos,
o outro pela cauda o arrastou.

Digam-me agora, após tal narrativa,
que o animal de espírito se priva.
Se de mim dependesse, eu lhe daria
tanto quanto na criança se avalia.
Pensa esta, acaso, enquanto apenas cresce?
Pensa então quem nem mesmo a si próprio conhece?
Por um exemplo bem igual
atribuiria ao animal não, à maneira nossa, uma razão,
mas algo bem maior que uma cega impulsão,
pois subtilizaria um pouco de matéria
que sem esforço não pareça imaginável,
quintessência de luz, substância etérea
de átomo, um não sei quê mais vivo e imponderável
que o fogo: pois, enfim, se a lenha a chama dá,
esta, ao se depurar, por que não nos trará
alguma ideia da alma? O ouro não vem brotar
das entranhas do chumbo? Esta obra, eu a faria
só, e tão só, capaz de sentir e julgar,
mas, por ser de imperfeito julgamento,
nem a um símio daria o menor argumento.

448

Quanto a nós, os humanos, tornaria
imensamente mais forte o nosso quinhão;
teríamos tesouro duplicado:
um, esta alma que é igual em quantos vivos são,
o velho, a criança, o sábio, o tresloucado,
que o mundo hospeda sob o nome de animais;
o outro, outra alma ainda, a qual, porém,
certo grau de comum a nós e aos anjos tem;
e esse tesouro à parte criado
nos ares seguiria as hostes celestiais,
nunca terminaria, embora as começasse,
coisas estranhas, apesar de reais,
Enquanto a infância perdurasse,
essa filha do Céu em nós só surgiria
como luz suave e bruxoleante;
tornado o órgão mais forte, a razão romperia
as trevas da matéria circundante
que envolveriam permanentemente
a primeira alma, tosca e deficiente.

Os dois ratos, a raposa e o ovo

II

O HOMEM E A COBRA

Um homem diz, vendo uma cobra:
— "Ah, malvada, contigo farei obra
que irá satisfazer todo o universo!"
A tais palavras, o animal perverso
(refiro-me à serpente;
não vá alguém enganar-se facilmente),
deixando-se agarrar, foi encerrado
e, o que é pior, culpado
ou não, é condenado à morte dura.
A fim de lhe mostrar que tem razão,
faz-lhe o outro esta oração:
— "Símbolo dos ingratos, é loucura
ser bom para com os maus; morrer portanto vais.
Tua raiva e teus dentes nunca mais
me farão dano". A cobra, em sua língua, procura
responder-lhe: — "Se for preciso condenar
os ingratos que existem neste mundo,
a quem se poderia perdoar?
Faze tu mesmo o teu processo. Eu só me fundo
em tuas próprias lições. Vê-te. Minha existência
em tuas mãos está; corta-a. Tens por justiça
o prazer, o capricho, o interesse, a cobiça.
Condenam-me essas leis de tua conveniência.

Mas aceita que ao menos, francamente,
ao morrer eu te diga, protestando,
que os ingratos não têm por símbolo a serpente,
mas o homem". Tais palavras escutando,
o outro se detém, recua um passo e diz
por fim: — "Frívolas, são tuas razões.
Tenho o direito, aqui, de tomar decisões;
mas recorramos a um juiz"
— "Seja", diz o réptil. Há uma vaca presente;
chamam-na, vem. Submetem-lhe a questão.
Diz ela: — "Para coisa tão patente
precisavam chamar-me? Tem razão
a cobra; para que mais discutir?
Há longos anos venho este humano nutrir;
não passa um dia sem que de mim se aproveite;
tudo quer para si; meus filhos e meu leite
enchem-lhe de ouro as mãos e o tornam rico.
Devolvi-lhe a saúde, que alterado
os anos tinham; só me sacrifico
para lhe assegurar o que é de seu agrado.
Eis-me velha, afinal; encosta-me ele a um canto,
sem relva. E nem sequer me permite pastar!
Prende-me. Tivesse eu por senhora, entretanto,
uma cobra, iria ela a tal ponto levar
a ingratidão? Adeus. Disse a vaca o que pensa",
O homem, a quem espanta essa sentença,
diz à cobra: — "Quem nisso acreditar iria?
É uma disparatada e tresvaria!
Ouçamos esse boi". — "Pois bem, vamos ouvi-lo".
Dito e feito. O boi chega, a passo bem tranquilo.
Depois de ruminar o caso na cabeça,
diz que levava só por nós, humanos,
a carga inteira do labor dos anos,
correndo sem cessar o círculo dos ais
e aflições para que nas lavouras floresça
o que Ceres nos dá e vende aos animais;
de nós, por tal trabalho, apenas recebia
muita pancada e nem um pouco de alegria;
quando velho, depois, cria o homem que o honrava
se a indulgência dos céus com seu sangue comprava.

Assim falou o boi. — "O melhor é calar" —
diz o homem — "esse fátuo palrador.
Busca termos grandiosos e, em lugar
de ser árbitro, faz-se acusador.
Eu o recuso também". Sendo a árvore chamada
a julgar, foi pior. De refúgio servia
contra a chuva, o calor, a ventania irada;
para nós adornava a campina e o jardim;
não era a sombra, só, todo o bem que fazia;
de pomos se pejava; e por prêmio, no fim,
um rústico a abatia; o seu salário esse era.
Por que, se, liberal, a cada primavera
flores nos dava, e frutos cada outono,
sombra no estio, no inverno a lareira aquecida,
não a podava, em vez de derrubá-la, o dono,
quando ela ainda podia alcançar longa vida?
O homem, achando mau que réu o houvessem feito,
quis a causa ganhar de qualquer jeito.
— "Fui bom demais" — diz ele — "essa gente
                                    [escutando".
E logo vai com o saco e a serpente espancando
as paredes, até deixar morto o animal.

Entre os grandes também ocorre coisa igual.
Ofende-os a razão; imaginam que tudo,
quadrúpedes, ou gentes,
ou serpentes,
tão só para eles faz o céu nascer.
E quando alguém descerra os dentes
é louco. Acho-o também. Mas, então, que fazer?
Falar de longe, ou ficar mudo.

III

A TARTARUGA E OS DOIS PATOS

Tendo uma tartaruga escasso miolo,
cansada de sua toca, outras nações quis ver.
Apreciar terra estranha é fácil para o tolo;
é fácil para o manco a casa aborrecer.
Com dois patos se encontra e sua bela
intenção lhes revela.
Respondem-lhe poder realizar o que pensa.
— "Vês essa estrada imensa?
À América tu irás conosco pelos ares.
Muitas repúblicas verás,
reinos e povos! Muito aprenderás
dos diferentes usos que notares.
Ulisses assim fez". Pode alguém ter surpresa
vendo Ulisses ligado a semelhante empresa,
porém a tartaruga aceita a sugestão.
Feito o trato, um processo se imagina
que possa transportar a peregrina.
Na boca lhe atravessam um bastão.
— "Agarra-o bem. Não o soltes. Firma os dentes!"
Cada pato então pega uma ponta da vara.
Eis voando a tartaruga. Espanto causa às gentes
ver que o lerdo animal de maneira tão rara
viaja e leva às costas sua casa,
tendo dois patos a servir-lhe de asa.
— "Milagre!" — exclama a turba que se apinha. —

"Vede-a, por sobre as nuvens transportada!
Das tartarugas é a rainha!"
— "Rainha? Sim, por certo! Eu o sou, com efeito;
não zombeis! " — ela diz. Melhor teria feito
se sem soltar um pio continuasse a jornada,
pois, largando o bastão ao descerrar a boca,
 tomba e se despedaça
aos pés da populaça.
De sua perda foi causa a discrição bem pouca.

A imprudência, a vaidade,
o falatório e a vã curiosidade
são muito próximos parentes,
pois de uma só linhagem descendentes.

IV

OS PEIXES E O ALCATRAZ

Não havia lagoa ali nas redondezas
que por certo alcatraz não fosse tributada.
Pagavam-lhe pensão viveiros e represas.
De cozinha ia bem; mas a idade avançada
veio alquebrá-lo, e o pobre do animal
de cozinha passou a ir muito mal.
Todo alcatraz sempre é provedor de si mesmo.
Este, já um tanto velho para ver
o fundo da água, sem caniço ou rede ter,
podendo só tentar pescarias a esmo,
sofria privações extremas.
Mas a necessidade em mil estratagemas
é doutora e um lhe deu. Tendo ele o ensejo
de encontrar junto a um charco um caranguejo,
diz-lhe: — "Compadre, vai depressa, neste instante,
a esse povo levar um aviso importante.
Ele está condenado a morrer, pois pescar
aqui em breve virá o dono do lugar".
O caranguejo parte em disparada
e conta o caso; faz-se imensa atoarda.

Correm, discutem, mandam embaixada
ao alcatraz: — "Senhor, notícias tais
de onde vos vêm? Em que vos baseais?
Tendes plena certeza? A morte nos aguarda?
De um recurso sabeis? Dizei-nos: que faremos?"
— "Mudai de habitação". — "Fazê-lo não podemos."
— "Não temais. Livrarei a todos do perigo
levando um após o outro ao meu abrigo.
Só Deus e eu saberemos lá chegar.
A própria natureza o quis cavar
com suas mãos e ocultá-lo. Em tal viveiro
desconhecido do homem traiçoeiro,
vossa república há de estar em paz".
Crê nele o povo aquático e é levado,
um por um, para pouco frequentado
lugar sob uma rocha, onde o alcatraz,
bom apóstolo, os deixa em raso e claro
recanto, de água cristalina e escassa,
e onde a apanhá-los sem esforço passa,
um hoje, outro amanhã. Custou-lhes caro
aprender que jamais é possível confiar
em quem vive de os outros devorar.
A verdade é, porém, que fatalmente
coisa igual lhes faria a humana gente.

Que importa se vos vem lobo ou homem comer?
Qualquer ventre, para isso, o mesmo me parece.
Coma agora ou depois, retarde-se ou se apresse,
tão grande diferença isso não vai fazer.

Os peixes e o alcatraz

V

O OCULTADOR E SEU COMPADRE

Um sovina juntara uma soma tamanha
que já não sabia onde alojar seu erário.
A avareza, que a irmã ignorância acompanha,
deixava-o em grande indecisão
na escolha de um depositário,
pois queria ter um. E eis a razão:
"O ouro tenta, e este monte irá baixar
se eu em casa o tiver; serei ladrão
eu mesmo de meus bens". Ladrão, como? Gozar
é roubar-se? De teu extremo engano, amigo,
tenho lástima; aprende esta lição comigo:
O bem só o pode ser
enquanto dele nos pudermos desfazer.
Sem isto, é um mal. Guardá-lo acaso queres
para quando não mais usufruí-lo puderes?
O labor de adquirir, a ânsia de conservar
tiram do ouro, que tão vital se quer julgar,
o valor. Para estar de alma despreocupada,
nosso homem poderia achar gente adequada;
a terra preferiu. A fim de que o ajude,
chama um compadre e os dois enterram o tesouro.
Ao fim de certo tempo, o homem vai ver seu ouro
e dele encontra apenas o ataúde.

459

Suspeita com razão do compadre e lhe fala:
— "Apronta-te. Restou-me outra soma. Juntá-la
desejo à que enterrei". O compadre, apressado,
vai repor no lugar o dinheiro roubado,
pretendendo depois fazer a retirada
do monte inteiro, sem faltar-lhe nada.
Mas com sabedoria o outro esse golpe evita:
tudo em casa retém, resolvido a gozar
a existência, sem mais juntar nem enterrar.
Volta o ladrão e, ao ver fugido o seu penhor,
cair das nuvens acredita.

Não faz mal enganar o enganador.

VI

O LOBO E OS PASTORES

Cheio de humanidade,
certo lobo (se é que há lobos tais neste mundo)
um dia refletiu sobre sua crueldade
do modo mais profundo,
embora fosse cruel só por necessidade.
— "Todos me odeiam" — diz. — "Vê no lobo cada um
o inimigo comum:
cães, aldeões, caçadores,
todos se juntam a fazer-lhe guerra.
Júpiter, no alto, está tonto com seus clamores;
de lobos por isso é tão deserta a Inglaterra:
nossa cabeça a prêmio lá foi posta.
O mais humilde fidalgote gosta
de iguais decretos contra nós baixar.
Mal um fedelho o choro principia
e logo a mãe com o lobo o passa a ameaçar,
Tudo por causa, só, de algum burro sarnento,
ou de um carneiro podre, ou de um cão rabugento
que eu de parte deixar preferiria.
Pois nada mais que vida haja tido comamos!
Pastemos brotos, relva e de fome morramos!

Será tal sorte, acaso, pior mal
do que atrair o ódio universal?"
Isto dizendo, viu pastores que, num prado,
estavam a jantar um cordeirinho assado
ao espeto. — "Oh!"— diz ele. — "Penitente,
eu me confesso réu do sangue dessa gente,
e eis que seus guardiães
a devoram, pastores e seus cães;
por que eu, lobo, terei remorsos e vergonha?
Não, pelos deuses, não! De mim não vão zombar!
O cordeirinho eu hei de mastigar
sem que no espeto o ponha;
ele, a mãe em que mama, o pai e seus parentes
jamais serão poupados por meus dentes!"

Estava certo o lobo. Então nós, que fazemos
opíparos festins comendo os animais,
motivo para reduzi-lo temos
a manjares somente celestiais?
Não tem ele também de encher o seu surrão?
Pastores, só está o lobo sem razão
quando um mais forte dela o priva:
quereis que como anacoreta viva?

VII

A ARANHA E A ANDORINHA

"Ó Jove, que do cérebro soubeste,
por segredo de parto singular,
tirar Palas, que foi minha inimiga, as mágoas
e queixas deixa que eu te manifeste:
Procne vem meus bocados retirar;
curveteando, encrespando o espaço e as águas,
ela as moscas me furta, em minha residência!
São minhas, por direito, e minha teia,
não fosse essa maldita, estaria bem cheia,
pois a teci com fios de grande resistência."
Com tal discurso, em tom insolente gritado,
queixa-se da andorinha a aranha, tapeceira
outrora e hoje fiandeira
pretendendo laçar qualquer inseto alado.
Atenta à sua presa, a irmã de Filomela,
sem ouvir do animálculo a querela,
moscas no ar abocanha
para si, para os seus, impiedosa alegria
que os filhotes glutões, de bico sempre aberto
e voz a se formar, balbuciante ninhada,
reclamavam com débil gritaria.
Tendo como artesãos a pobre aranha
só a cabeça e os pés, que mal de si dão conta,
viu-se ela própria carregada:
a andorinha levou, passando ali por perto,
teia e tudo, e o animal pendurado na ponta.
Dois grupos Zeus formou para a mesa do mundo:
o destro, o vigilante e o forte estão sentados
no primeiro; os pequenos, os coitados
comem os restos deles no segundo.

463

VIII

A PERDIZ E OS GALOS

Em meio a galos sem gentileza, incivis,
sempre em disputa e turbulência,
era criada uma perdiz.
Sexo e hospitalidade, a deferência
dos galos levá-la-iam a esperar,
pois cortês há de ser um povo afeito a amar:
deveriam fazer-lhe as honras do cercado.
Muitas vezes, porém, esse povo, enfuriado,
 tinha pouco respeito à forasteira dama,
tratando-a com bicadas e aos arrancos.
Ela, a princípio, aflige-se e reclama,
mas logo que essa turba enraivecida viu
combater entre si, dilacerar-se os flancos,
consolou-se. "São seus costumes" — refletiu. —
"Em vez de os acusar, devemos lastimá-los.
Júpiter fez por moldes desiguais
os espíritos todos; naturais
diversos têm perdizes e têm galos.
Se de mim dependesse, a vida passaria
em mais cortês e lhana companhia.
De outra maneira ordena o dono do terreiro.
Apanha-nos com redes, traiçoeiro,
as asas nos apara e com galos nos deixa;
é só do homem que nós deveremos ter queixa".

IX

O CÃO A QUE CORTARAM AS ORELHAS

— "Que fiz eu para assim me ver
pelo meu próprio dono mutilado?
Acho-me em belo estado!
Como ante os outros cães irei aparecer?
Ó reis dos animais, ou melhor, seus tiranos,
quem vos submeteria a semelhantes danos?"
Clamava assim Gordão, jovem dogue, porquanto,
sem ter dó de seus ais, de seu pungente pranto,
as orelhas lhe estavam a cortar.
Nisso julgou ter perda enorme; com o passar
do tempo, viu que só lucrara. A natureza
o inclinara a pilhar o próximo; e as más artes
levá-lo-iam um dia, com certeza,
a regressar a casa exibindo tais partes
em cem lugares alteradas.
Cão brigão sempre tem as orelhas rasgadas.
O melhor é que ao dente alheio só se deixe
o mínimo de presa. A um ponto limitada
a defesa, o temor induz a encouraçá-lo:
prova-o do bom Gordão a coleira eriçada.
Tendo tanto de orelha quanto um peixe,
por onde poderia algum lobo agarrá-lo?

465

X

O PASTOR E O REI

Nossa vida entre dois demônios se consome,
sendo expulsa de seu patrimônio a razão.
Se quiserdes saber seu estado e seu nome,
chamo um Amor, o outro Ambição.
Esta estende mais longe o seu poder,
pois entra até no amor.
Mostrá-lo é fácil; mas meu fim hoje é dizer
como um rei atraiu à sua corte um pastor.
Dos bons tempos é o conto, e não de nossos dias.
Viu tal rei um rebanho a cobrir grandes prados,
nédio, pastando bem, produzindo anualmente
bem notáveis quantias,
graças do pegureiro aos constantes cuidados.

O pastor e o rei

Muito agradou ao rei homem tão diligente.
— "Mereces ser pastor de gentes" — então diz. —
"Deixa os carneiros; vem ser de homens condutor.
Faço-te soberano juiz".
Com a balança na mão, eis, pois, nosso pastor.
Embora quase só vivendo em solidão,
com o rebanho, os seus cães, o lobo e um ermitão,
tinha bom senso; o resto depois vem.
Em suma: ele saiu-se muito bem.
Acorre a procurá-lo o vizinho eremita.
— "Durmo acaso? Ou não é sonho o que vejo?" —

[grita. —

"Tu, favorito, grande? Ah! Dos reis desconfia;
seu favor é enganoso, é mercê fugidia
e, o que é pior, custa caro. Enganos tais
produzem só desgraça ilustre e nada mais.
Nem sabes que falaz atração te rodeia!
É amigo quem te diz: tudo teme e receia!"
O outro ri-se, e prossegue o ermitão, insistente:
— "Vê como a corte já te faz pouco prudente.
Lembras-me o cego que, ao viajar por uma estrada,
tocou numa serpente enregelada.
Toma-a por um chicote e logo a apanha,
pois o seu se perdera ao cair-lhe do cinto.
Graças rendia a Deus por ter sorte tamanha,
quando um passante diz: — "Que levas, céus? Que

[horror!

Põe fora esse animal pernicioso e traidor,
essa cobra!" — "É um chicote". — "É uma cobra,

[não minto;

que interesse me faz sentir tanta aflição?
Pretendes guardar tal tesouro?" — "Por que não?
Meu chicote perdi; achei outro excelente;
tu falas por inveja, simplesmente".
Crédito, em suma, o cego lhe negou
e em breve pereceu, pois, desentorpecida,
venenosa, no braço a serpente o picou.

468

Quanto a ti, ouso predizer
que algo ainda pior te pode acontecer".
— "Que pode ser pior do que perder a vida?"
— "Mil desgostos virão" — diz o ermitão profeta.
Vieram; a previsão, de fato, era correta.
Pestes da corte tanto agiram, de tal jeito,
que o mérito do juiz tornou-se ao rei suspeito.
Intrigam-no, contra ele articulam libelos
dos que irritou por seus arestos e sentenças:
— "Com os nossos bens fez um palácio dos mais
[belos".
Quis o príncipe ver-lhe as riquezas imensas:
em toda parte achou só coisas sem valor,
que do ermo e da pobreza são louvor;
suas magnificências eram essas.
— "De joias, pedrarias, ricas peças" —
dizem — "um cofre encheu, sob duas fechaduras".
O acusado abre o cofre e, para decepção
dos fabricantes de imposturas,
alguns trapos somente ele continha:
a roupa de pastor, a sacola, o bordão,
e creio que também sua flautinha.
— "Doces tesouros!' — diz. — "Caros bens, que
[jamais
atraístes a inveja, a mentira e a vaidade,
vamos juntos transpor estes ricos umbrais
como quem sai de um sonho! Majestade,
perdoai-me por falar desta maneira:
minha queda eu previra ao subir à cumeeira.
Fui tentado e cedi; na cabeça quem não
tem um grãozinho de ambição?"

XI

OS PEIXES E O PASTOR QUE TOCAVA FLAUTA

Tircísio, que somente por Aninha
fazia acordes vibrar
de uma voz e uma flautinha
capazes de até os mortos agitar,
cantando passeava um dia
junto a um rio que percorria
vasta campina florida
por Zéfiro preferida.
Aninha, de caniço, então pescava,
mas do anzol nenhum peixe se acercava;
a pastora gastava o tempo em vão.
O pastor, que com o ímã da canção
poderia domar o mais fero animal,
quis peixes atrair, mas julgou mal.
Cantou-lhes isto: — "Cidadãos do rio,
a náiade deixai no abrigo fundo e frio.
Vinde ver quem mil vezes é mais linda.
Não receeis entrar nas prisões desta bela;
somente para nós crueldades tem ela:
sereis tratados com meiguice infinda;
em tirar-vos a vida ninguém pensa.
Um viveiro tereis, mais claro que o cristal.

E se para alguns for essa atração fatal,
morrer às mãos de Aninha é sorte imensa".
Não teve grande efeito o eloquente discurso:
do auditório, a surdez era igual à mudez.
Tircísio em vão pregou; havendo voado ao vento
a melíflua oração, adota outro recurso:
comprida rede atira. E eis os peixes de vez
apanhados e aos pés de Aninha, num momento.

Vós, que humanos e não ovelhas pastoreais,
reis que pela razão acreditais
conquistar multidões de uma gente estrangeira,
sabei: de êxito, assim, nunca existe esperança;
é necessário agir de outra maneira;
vossas redes lançai: a força tudo alcança.

Os peixes e o pastor que tocava flauta

XII

OS DOIS PAPAGAIOS, O REI E SEU FILHO

Dois papagaios, pai e seu rebento,
dos petiscos de um rei extraíam sustento.
Dois semideuses, filho e pai também,
por favoritos essas aves têm.
Forjado havia a idade amizades leais
entre eles: estimavam-se os dois pais,
e os filhos, apesar do fútil coração,
um pelo outro sentiam afeição,
criados juntos, colegas de liceu,
Ao jovem papagaio isso muita honra deu:
príncipe era o menino e, o pai, monarca.
pela índole de que o dotara a Parca,
amava as aves. Um pardal casquilho
deliciava também do rei o filho.
Brincavam certo dia os dois rivais;
como aos jovens ocorre habitualmente,
por causa do brinquedo, acabaram brigando,
O pássaro, pouquíssimo prudente,
atraiu bicadas tais
que, semimorto, as asas arrastando,
parecia incapaz de se curar.

473

Indignado, mandou o príncipe matar
seu papagaio. Chega a notícia aos ouvidos
do pai deste, que, em prantos, clama e implora;
tudo em vão; são supérfluos seus gemidos:
a ave falante já se fora embora;
para dizer melhor, a ave, não mais falante,
faz seu pai, furioso, o príncipe atacar
até os dois olhos lhe vazar.
Foge logo depois; escolhe por asilo
o cimo de um pinheiro e ali, triunfante,
goza a desforra em ponto abrigado e tranquilo.
O próprio rei lá acorre e diz, para atraí-lo:
— "Volta, amigo, a meu lar; já o pranto não me
                                                    [importa.
Ódio, vingança e dor, deixemos tudo à porta.
A confessar eu vejo-me forçado,
embora seja o meu pesar ilimitado,
que o erro vem de nós: foi meu filho o agressor.
Meu filho? Não! Do mal foi o destino o autor.
Desde sempre, em seu livro, a Parca havia escrito,
de nossos filhos, que um deixaria de ver
e o outro de viver, por fadário maldito.
Volta à tua gaiola e ambos nos consolemos".
Responde o papagaio: — "Senhor Rei,
depois de te ofender com tais extremos,
crês que fiar-me em ti eu deverei?
Falas-me em sorte má; julgas honesto
usar engodo assim tão manifesto?
Mas como a Providência, ou o destino afinal,
rege os negócios deste mundo,
lá no alto escrito está que aqui, neste pinheiro,
ou de alguma floresta bem no fundo,
meus dias terão fim, longe do alvo fatal
que, pensas, deve ser motivo verdadeiro
de ódio e furor. Sei que é manjar de reis
a vingança, pois vós como deuses viveis.

Esta ofensa tu queres olvidar;
acredito; entretanto, é melhor para mim
evitar tua mão, teus olhos evitar.
Senhor Rei, meu amigo, vai-te, enfim:
qualquer discurso teu será seródio;
não me fales em volta, por favor.
Tanto a ausência é remédio para o ódio
como recurso contra o amor"

XIII

A LEOA E A URSA

Mãe Leoa perdera sua cria.
Levara-a um caçador. A pobre infortunada
de tal modo rugia,
que a selva inteira estava molestada.
Nem a noite, com seu escuro véu,
com seu silêncio e seus demais encantos,
da rainha da mata abafava o escarcéu.
Aos animais fugia o sono, ante esses prantos.
— "Minha comadre" — a ursa enfim lhe diz —,
"uma palavra só; todos os inocentes
que passaram por teus agudos dentes
não tinham mãe, ou pai, que tornaste infeliz?"
— "Tinham, decerto". — "Pois se assim é, se ninguém
por sua morte nos veio a cabeça atordoar,
se tantas mães a dor conseguiram calar,
por que não emudeces tu também?"
— "Eu, calar-me? Eu? Não vês, desgraçada de mim,
que meu filho perdi, que só me aguarda, enfim,
dolorosa velhice?"
—"E que estás condenada a isso quem te disse?"
— "Ah! O destino me odeia!" Estas palavras ocas
sempre estão a habitar todas as bocas.

Isto a vós se dirige, ó míseros humanos:
só escuto queixas fúteis e ais insanos.
Quem ao ódio dos céus atribuir tais desgraças
pense em Hécuba, e aos deuses dará graças.

XIV

OS DOIS AVENTUREIROS E O TALISMÃ

Nenhum flóreo caminho leva à glória.
Isto Hércules com seus trabalhos vem provar.
Quase não tem rivais esse deus singular:
vejo poucos na Lenda e ainda menos na História.
No entanto, eis um aqui, que um talismã antigo
fez procurar fortuna em distante região.
Viajava juntamente com um amigo.
Encontraram um poste, ele e seu companheiro,
trazendo no alto esta inscrição:
"Se desejares ver, senhor aventureiro,
o que ainda não viu um cavaleiro errante,
basta-te atravessar esta torrente a nado
e nos braços tomar, depois, um elefante
de pedra, que no chão verás deitado;
de um só fôlego leva-o ao alto deste monte
que ameaça os céus com sua altiva fronte".
Um dos viajores torce o nariz. — "Se houver jeito" —
diz ele" — de caudal tão forte atravessar
vencendo-lhe a profunda correnteza,
por que com um elefante ir-me-ia embaraçar?
É ridícula a empresa!

De tal maneira e forma um sábio o terá feito
que uns três passos, talvez, alguém dê, semimorto;
mas, de um fôlego só, até tamanha altura,
nenhum mortal o leva, a menos que a escultura
nos mostre um elefante anão, pigmeu, aborto,
que sirva para ser castão de uma bengala.
E que honra pode dar, então, tal aventura?
O que essa inscrição diz, uma armadilha cala,
talvez enigma para iludir uma criança.
Deixo-te, pois, com teu elefante". E partiu
o que raciocinava. O aventuroso, ao rio,
fechando os olhos, sem temor se lança.
Nem correnteza nem profundidade
podem detê-lo. Tal como a inscrição dissera,
na outra margem, deitado, eis o elefante à espera.
Pega-o, carrega-o, galga o cume de granito,
encontra uma esplanada e, após, uma cidade.
Logo o elefante solta um grito,
logo sai todo o povo em armas.
Qualquer aventureiro, ao ouvir tais alarmas,
fugiria; este, em vez de as costas lhes voltar,
quer vender caro a vida e como herói tombar.
Fica atônito ao ver que a multidão pedia
que fosse seu monarca; o rei morrido havia.
Recusa; mas, depois de ser muito implorado,
aceita, embora, diz, seja o fardo pesado.
Sixto Quinto disse isto ao ser Papa (e acharei
que é mesmo uma desgraça
ser escolhido Papa, ou Rei?).
Deles logo se vê ser insincera a fala.

Cega fortuna segue a mais cega ousadia.
O prudente faz bem se, às vezes, a agir passa
antes de conceder tempo à sabedoria
para estudar o fato, antes de consultá-la.

Os dois aventureiros e o talismã

XV

OS COELHOS

Discurso ao Senhor Duque De La Rochefoucauld

Muitas vezes me digo, ao ver ações e feitos
dos homens serem tais,
em mil ocasiões, como os dos animais:
o rei destes não tem menos defeitos
que seus vassalos; quis a natureza pôr
em cada criatura um grão de certa massa
que os espíritos nutre; inclino-me a supor
que são corpos, de molde material.
Vou provar o que digo. À hora de ir à caça,
quando a luz põe seus traços, de mansinho,
no úmido matagal,
ou quando o sol retoma seu caminho
e, não sendo mais noite, ainda não é dia,
à beira de algum bosque eu numa árvore grimpo
e, qual Júpiter, do alto desse Olimpo,
fulmino à minha discrição
um coelho que de nada desconfia.

Vejo logo fugir toda a nação
dos coelhos, de olhar vivo e orelha vigilante,
que estavam a brincar no silvestre tapete
onde o tomilho dá fragrância a seu banquete.

Faz o estampido a turba, num instante,
procurar segurança momentânea
numa cidade subterrânea;
mas a ameaça se olvida e esse pavor ingente
logo se esvai. Os coelhos novamente,
mais alegres que nunca, ao meu alcance estão.

Não age assim também o humano povo?
Quando os dispersa um temporal,
mal alcançam de um porto a proteção,
o risco os homens vão correr, de novo,
do mesmo vento, de naufrágio igual.

Como os coelhos, permitem que outra vez
possa a sorte fazer o que antes já lhes fez.

Juntemos a este exemplo uma coisa comum.

Se cães estranhos passam por algum
lugar que em seu distrito não se inclua,
que festa em toda a rua!
Os cães locais, que apenas são movidos
por ambições de estômago, a latidos
e dentadas perseguem os passantes
até os confins da região.

Interesses de bens, de glória, de ascensão,
a fazer coisa igual incitam governantes
de Estado, cortesãos, toda classe de gente.

Todos nós somos vistos comumente
a atacar o que chega, a querer esfolá-lo.
Desse caráter são a vaidosa e o escritor:
abaixo o novo autor!
Haja ao redor do bolo o mínimo de sócios;
esta é a regra do jogo e dos negócios.

Cem exemplos teria a apoiar o que falo,
mas, se a obra é mais breve,
sempre é melhor. Por guia tenho nisto
todos os mestres da arte, e insisto
em que o mais belo assunto deixar deve
algo para pensar.

Este discurso, assim, deve cessar.

Vós, de quem ele extrai o que tem de valia,
vós, em quem a modéstia à grandeza se alia,
que jamais conseguis ocultar o pudor
ouvindo o mais legítimo louvor,
o mais justificado e merecido,
vós, enfim, para quem só pouco tenho obtido,
que vosso nome aqui receba um preito
do tempo e dos censores, nome eleito
por povos e anos como verdadeira
glória da França, mais fecunda em grandes vultos
que qualquer outro clima do universo,
ao menos permiti que eu diga à terra inteira
terdes-me dado o assunto que hoje verso.

Os coelhos

XVI

O MERCADOR, O FIDALGO, O PASTOR E O FILHO DO REI

Quatro homens que buscavam novas plagas
escapam, quase nus, à violência das vagas:
um negociante, um nobre, um príncipe e um pastor.
Em seu estado desesperador
mendigam, implorando de quem passa
o que os socorra na desgraça.
Contar como o destino os reunira, embora
viesse cada qual de diverso horizonte,
requer longa demora.
Sentaram-se, por fim, à beira de uma fonte,
para deliberar em assembleia.
Dos poderosos chora o príncipe a ruína.
O pastor, com melhor sentido, opina
que se afaste a passada aventura da ideia
e cuide cada qual de achar algum
meio de remediar a penúria comum.
— "Queixas não curam males; trabalhemos
e chegar mesmo a Roma poderemos".
Fala assim um pastor? Fala assim? Crê-se, então,
que o céu só tenha dado a quem use coroa
espírito e razão,
e que todo o saber de um pegureiro
não possa ultrapassar o de um carneiro?
Do nosso, a sugestão foi proclamada boa
pelo grupo forçado a suplicar esmola.

O mercador sabia as quatro operações.
— "A tanto por mês" diz — "eu posso dar lições".
— "De política entendo; ensina-la-ei também" —
diz o filho de rei. O fidalgo intervém:
— "Eu conheço os brasões e posso abrir escola"
Como se alguém, nas Índias, atenção
prestasse a tão vaidoso e frívolo jargão!
— "Amigos, falais bem" — diz o pastor. — No
[entanto,
um mês tem trinta dias: jejuar tanto
poderemos, até seu trigésimo dia?
Vós me trazeis uma esperança bela,
mas afastada; e agora a fome é feia.
O almoço de amanhã quem nos forneceria?
Ou melhor: com que base e segurança
acreditais que hoje teremos ceia?
Antes de tudo, é desta que se trata.
Para isso, ainda é curta a vossa ciência;
deixai que minha mão acuda a esta emergência".
Dizendo isto, o pastor entra na mata
e faz feixes de lenha, cuja venda
impede que o jejum por mais dias se estenda
e os leve seu talento a exercitar
no reino de Plutão. Desta aventura
se conclui: para a vida conservar
não é preciso ter arte e ciência demais;
a mão, graças aos dotes naturais,
traz a ajuda mais pronta e mais segura.

LIVRO
DÉCIMO PRIMEIRO

I

O LEÃO

Um sultão, o leopardo, outrora possuía,
pelo que dos vassalos recebia,
prados cheios de bois, bosques cheios de veados
e campos de carneiros atulhados.
Na floresta vizinha um leão nasceu.
Após serem trocados cumprimentos,
como é praxe entre os reis em tais momentos,
manda o sultão chamar a raposa, que é seu
vizir, muito sagaz, em política astuta.
— "Temes" — diz-lhe — "o leão nascido agora?
                              [Escuta:
seu pai morreu. Que pode ele fazer?
O pobre órfão merece compaixão.
Muito ao destino há de dever
se guardar o que tem, sem conquistas querer".
A raposa responde, a menear a cabeça:
— "Tais órfãos, meu Senhor, não me causam piedade.
Deste, será mister conquistar a amizade
ou procurar destruí-lo antes que cresça
e nos venha, com garra e dente, causar mal.
Agi agora, ou pode o risco ser fatal.
Seu horóscopo fiz: crescerá para a guerra.
Para os amigos, diz o vaticínio,
será o melhor leão existente na terra;
tratai de ser um deles; ou então

tratai de enfraquecê-lo". A arenga foi em vão.
O leopardo dormiu e, em seu domínio,
dormiram todos, gentes e animais,
até que enfim o leão cresceu demais.
Logo o rebate soa, o medo a difundir
por toda parte. Ouvido a tal ensejo
replica, a suspirar, o experiente vizir:
— "Por que o irritareis? Remédio já não vejo.
É inútil a mil forças recorrer:
quanto mais forem, mais nos custarão
e irão nossos rebanhos dizimar.
Aquietemos o leão, pois, só, tem mais poder
que os aliados que formos sustentar;
e os três que ele possui não lhe dão gastos:
sua coragem, força e precaução.
Lançai-lhe desde já sob a garra uma ovelha;
senão se contentar, lançai-lhe um bando.
Acrescentai um boi, selecionando
o mais gordo que houver em nossos pastos.
  O resto salvareis assim". Ao que aconselha,
recusa-se o sultão. Muitos Estados,
seus vizinhos, por isso padeceram.
Ninguém ganhou; todos perderam.
Por muito que fizessem, os aliados
tiveram de ao mais forte se render.
Quem quer deixar o leão crescer,
sem risco de perigo,
procure transformá-lo em seu amigo.

O Leão

II

OS DEUSES QUEREM INSTRUIR
UM FILHO DE JÚPITER
Para o Senhor Duque do Maine

Júpiter teve um filho, que possuía,
pois do Senhor do Olimpo descendia,
alma toda divina.
Nada ama a infância: a desse infante deus se inclina,
por formação essencial, a ter
o cuidado feliz de amar e comprazer.
Adiantaram-se nele o amor e a reflexão
ao tempo, cujas asas, bem ligeiras,
ai! depressa demais levam cada estação.
Flora, de olhar risonho e encantadas maneiras,
veio-lhe desde o início o coração tocar.
Tudo quanto a paixão é capaz de inspirar
em sentimentos delicados, bons,
suspiros, prantos, afeições, ternura;
tudo nele, afinal, se aprimora e se apura.
Desde o nascer devia esse filho de Zeus
ter outro espírito, outros raros dons
que não teriam filhos de outro deus.
Só por memória parecia agir:
no papel de amoroso era perfeito
como se antes, outrora, o houvesse feito.

490

Júpiter, entretanto, o quis instruir.
Chama os deuses e diz: — "Tenho até aqui sabido,
sem companhia e só, conduzir o universo;
porém a cada deus, agora, quero dar
um trabalho diverso.
Encaro com desvelo este filho querido.
É de meu sangue e em toda parte há um seu altar.
Para entre os imortais se consagrar,
tudo deve saber". Mal terminou
o Senhor do Trovão, forte aplauso ressoou.
Para tudo aprender, à criança nada falta.
— "Eu mesmo quero" — diz o Deus da Guerra —
"ensinar-lhe minha arte,
que inúmeros heróis imortaliza e exalta,
elevando-os da terra
para virem do Olimpo fazer parte"
— "A lira tocará com perfeição" —
afirma o louro e douto Apolo. Do leão
tendo a pele por traje, Hércules vem falar:
— "Mostrar-lhe-ei como os vícios suplantar
e os ímpetos vencer, venenosos dragões,
hidras a renascer sempre nos corações.
De lânguidas delícias inimigo,
palmilhará comigo
a estrada pouco frequentada e rude
em que às honras se chega a passos de virtude".
Cupido então promete na criança
todo o saber possível infundir.

Tinha razão o Amor: tudo se alcança
quando se une o talento ao dom de seduzir.

III

O GRANJEIRO, O CÃO E A RAPOSA

Lobo e raposa são vizinhos de má casta;
perto de sua casa a minha eu não faria.
Este último animal a toda hora vigia
de um granjeiro as galinhas; não lhe basta,
contudo, a astúcia para as aves apanhar.
Se há apetite de um lado, o perigo, do oposto,
é um embaraço que não lhe dá gosto.
— "Como?" — diz a comadre. — "Esta ralé vulgar
zomba de mim impunemente?
Enquanto venho e vou e, a cansar-me, imagino
cem rodeios, o alarve, em sua casa e em paz,
tudo em moeda converte e bom dinheiro faz
com frangos e capões; tem até para o dente.
E eu, mestra em mil ardis, se pego um velho galo,
devo com alegria extrema festejá-lo!
Para que Jove, então, me fixou por destino
o mister raposal? Pelas forças do espaço
e dos abismos, juro: hão de ver o que faço!"
Devotando à vingança atroz o coração,
escolheu uma noite em sonos liberal.
Dorme profundamente cada qual;
repousam todos: o amo, os servos, até o cão,
capões, galinhas, pintos. O granjeiro,
ao esquecer aberto o galinheiro,
de tremenda tolice foi culpado.

Rodeando, entra o ladrão no lugar espionado;
despovoa-o; de sangue e mortos a cidade
abarrota. Os sinais de sua crueldade
aparecem com a aurora: é horrenda a exposição
de cadáveres, de carnificina.

Surgindo, o sol quase a fugir se inclina,
apavorado, ao ver a líquida mansão.

Espetáculo igual Apolo deu
quando, irritado contra o fero aqueu,
de mortos ao juncar-lhe o campo, quase inteiros
seus esquadrões destruiu; e obra foi de uma noite.

Da mesma forma, em torno de sua tenda,
Ájax, de alma impaciente, faz tremenda
devastação de bodes e carneiros,
crendo que seu rival, Ulisses, lá se acoite
com os autores da iníqua decisão
que lhe tomara o galardão.

Outro Ájax, a raposa, às galinhas funesta,
leva o que pode e deixa abatido o que resta.
Fica apenas ao dono um recurso: clamar
contra os servos e o cão; é o uso do costume.
— "Ah, maldito animal! Só serves para estrume!
Por que não deste aviso, antes de começar
tal mortandade, como bom vigia?"
— "Por que não a evitaste? Tempo havia.
Se tu, dono e granjeiro, a quem o fato importa,
dormiste, sem pensar em fechar bem a porta,
queres que eu, cão, sem ter o mínimo interesse,
sem ter nada com isso, o repouso perdesse?"
Muito adequadamente fala o cão.
Poderia tal lógica ser bela,
excelente, na boca de um patrão.
Era, porém, de um mísero mastim;
achou-se que valor não tinha e, assim,
foi degolada a pobre sentinela.

Ouve, ó pai de família (e tal honra invejada
por mim nunca te foi): é um erro, e dos enormes,
confiar nos olhos de outrem, quando dormes.
Sê o último a deitar-te e a porta vê trancada.
Se algum negócio de importância for,
não o realizes por procurador.

IV

O SONHO DE UM HABITANTE DA MONGÓLIA

Um mongol viu outrora em sonhos um vizir,
nas elísias regiões, um prazer usufruir
puríssimo e infinito em preço e duração;
o mesmo sonhador, depois, um ermitão
viu em outro lugar, de tais chamas cercado,
que causaria dó ao ser mais desgraçado.

Tal coisa pareceu-lhe estranha e muito rara:
com os dois mortos, talvez, Minos se equivocara.
Tomado de surpresa, ao despertar,
suspeitando tal sonho um mistério encerrar,
achar-lhe explicação depressa quis.

— "Não te espantes" — o intérprete lhe diz. —
"Em teu sonho há sentido e, se nesta questão
tenho alguma experiência, embora resumida,
é um aviso dos deuses. Quando em vida,
às vezes o vizir buscava a solidão;
os vizires ia esse ermitão cortejar"

Se eu à interpretação algo ousasse ajuntar,
inspiraria aqui o amor pelo retiro;
aos que o amam, dá bens libertos de embaraços,
bens puros, dons do Céu, que brotam sob os passos.

Solidão de doçura escondida, a que aspiro,
locais que sempre amei, não mais terei o gozo
de sombra e de frescor, fugindo ao mundo e ao ruído?

Oh, quem me há de manter em vosso asilo umbroso?
Quando às Musas irei, das cortes esquecido,
dedicar-me de todo, aprendendo os variados
movimentos dos céus, pelo olhar ignorados,
e os nomes e o poder de cada errante luz
que a destinos e ações diversos nos conduz?

Se nascido não fui para tão alto voar,
num riacho um doce tema, ao menos, possa achar!
Em meus versos retrate uma várzea florida!
Não irá com fios de ouro a Parca urdir-me a vida;
não dormirei sob um dossel faustoso.
Mas não será por isso o sono tão precioso?
Será menos profundo e menos, delicioso?
Nos ermos, novo culto eu lhe devotarei.

E quando o instante vier de os mortos encontrar
terei vivido sem pesar
e sem remorsos morrerei.

V

O LEÃO, O SÍMIO E OS DOIS BURROS

O leão ser bom monarca pretendia;
quis aprender Moral
e, assim, mandou chamar, um belo dia,
o símio, bacharel entre a gente animal.
Do professor foi esta a primeira lição:
— "Grande Rei, para ser soberano sapiente,
precisa o príncipe antepor
o zelo pelo Estado a certa inclinação
chamada comumente
amor-próprio; este é o pai, o próprio autor
de mil defeitos e de vícios mais
que podemos notar nos animais.
De todo eliminar tal sentimento
não é coisa tão fácil, que se vá
conseguir num momento:
já muito bom será moderar esse amor.
Com isto, Vossa Majestade Augusta
nunca em si qualquer coisa admitirá
ridícula ou injusta".
— "Dá-me" — responde o rei — "exemplos claros
e ambas, para que bem eu compreendê-las possa"

— "Qualquer espécie (a começar da nossa)" —
diz o doutor — no íntimo se preza,
as outras qualifica de ignorantes
e como impertinentes as despreza;
nada custa dizer tolices semelhantes.
O amor-próprio, ao revés, faz com que a extremos
                                     [raros

eleve cada qual seu par:
é bom meio de a si mesmo elevar.
Deduzo do que acima ficou dito:
muito talento, aqui, não passa de disfarce;
é certa arte de a si mesmo valorizar-se
em que, mais do que o sábio, o ignorante é perito.
Outro dia encontrei dois burros numa estrada,
que mutuamente estavam a incensar-se.
Dizia um deles a seu camarada:
— "Senhor, não achas muito tolo e injusto
0 homem, esse animal perfeito? Nosso augusto
nome profana, ao acoimar de burros
os ignaros, os broncos e imbecis.
De uma palavra abusa ainda e diz
que nossos risos e expressões são zurros.
Muito engraçado é ver
a pretensão humana de exceler
sobre nós! Não! A ti cabe falar;
devem seus oradores silenciar,
pois zurram, eles, sim; mas deixemos tal casta.

Tu me compreendes, eu te compreendo e isto basta.
E quanto às maravilhas de teu canto
divino, que as orelhas fere tanto,
Filomela, em tal arte, é aprendiz, nada mais;
és cantor sem rival!" O outro, logo depois:

— "Senhor, admiro em ti qualidades iguais!"
Não contentes de assim se esfregarem, os dois
burricos vão para a cidade
um ao outro exaltar; cada qual crê fazer
coisa excelsa ao louvar o seu confrade,
para que em seu favor venha a honra a reverter,

Conheço neste mundo muita gente,
não entre asnos, mas entre poderosos,
que o céu quis colocar em degraus mais honrosos
e que, em vez de Excelências, mutuamente
não se dão Majestades só por medo.

Falei talvez demais e, creio, mister faz-se
que guarde Vossa Alteza este segredo,
pois só pediu que um caso eu lhe narrasse
para mostrar-lhe mais exatamente
como o amor-próprio leva ao ridículo a gente.

A injustiça será meu tema de outro dia;
para ela, de mais tempo eu necessitaria".

O símio assim falou; não me foi relatado
se tratou do outro ponto; é muito delicado;
mas nosso bacharel tolo nunca havia sido
e via nesse leão um rei a ser temido.

VI

O LOBO E A RAPOSA

Por que à raposa deu Esopo a primazia
de em truques e artimanhas exceler?
Procuro a explicação sem a encontrar.

Com efeito, forçado a defender
sua vida, ou a de outrem atacar,
tão astuto quanto ela o lobo não seria?
Creio que mais, até e, com certa razão,
talvez ousasse ao mestre opor uma objeção.

Eis um caso, no entanto, em que toda honra dou
à habitante da toca. Um dia ela avistou
num fundo poço a lua: a orbicular miragem
pareceu-lhe de um grande queijo a imagem.
Dois baldes, de alternado movimento,
extraíam o líquido elemento.
A raposa, que fome angustiosa incitava,
entra no balde que suspenso estava
porque no alto pelo outro era mantido.
Eis o animal descido,
desenganado, mas em aflição,
por ver próxima a sua perdição.
Como subir, se algum outro esfaimado
não fosse pela mesma imagem encantado
e viesse libertá-la de agonias,
retirando-a dali por igual expediente?

Sem ninguém ir ao poço, escoaram-se dois dias.
Por duas noites o tempo, em marcha permanente,
como costuma, andara a retalhar
do astro de argêntea fronte o rosto circular.
Dona Raposa estava quase louca.
Compadre Lobo, tendo seca a boca,
passa por lá. Diz-lhe ela: "Amigo meu,
desejo regalar-te. Este objeto aqui vês?
É um queijo delicioso. O próprio Fauno o fez;
o leite, a vaca, Io o forneceu.
A Júpiter, se doente
se encontrasse, o apetite voltaria
só de provar tal iguaria.
Um pedacinho apenas saboreei;
o resto te será refeição suficiente.
Vem pelo balde que eu aí em cima coloquei"
Embora a história mal alinhavada fosse,
bem tolo em nela crer o lobo revelou-se.
Desce e seu peso eleva o outro balde, afinal,
dando à raposa de salvar-se o ensejo.

É fácil que acredite cada qual
no que é de seu receio ou seu desejo.

VII

O CAMPONÊS DO DANÚBIO

Pela aparência não deveis julgar ninguém.
Tal conselho, que é bom, novidade não tem.
Serviu-me o erro do ratinho, outrora,
para provar quanto isto é exato.
Reafirmando-o, por base tenho agora
o bom Sócrates, tenho Esopo e um camponês
das margens do Danúbio, de quem fez
Marco Aurélio um magnífico retrato.
Conhecem-se tais nomes; eis a imagem
resumida deste outro personagem:
seu queixo alimentava barba espessa;
peludo em profusão, dos pés até a cabeça,
um urso parecia, um urso bem disforme;
hirsuta sobrancelha os olhos lhe encobria;
estrábico, nariz torcido, boca enorme,
uma pele de cabra ajeitava em saião
e com juncos trançados se cingia.
Homem de aspecto assim foi mandado em missão
pelas cidades que o Danúbio banha.
Então, nenhum lugar abrigava da sanha
da romana avareza e cupidez.
Foi, pois, o embaixador e este discurso fez:
— "Romanos que me ouvis, e Senadores,
primeiro, rogo ajuda aos deuses protetores.
Queiram os imortais conduzir minha voz

para que eu nada diga a ser negado após.
Sem seu auxílio, só domina a mente humana
o que é injusto e malsão;
desprezando-o, suas leis violadas são.
Por prova, eis-nos, a quem pune a ambição romana!
Por falha nossa, mais que por avara e dura,
Roma é nosso instrumento de tortura.
Ó romanos, temei que um dia o céu transporte
para entre vós o pranto, a angústia e a morte e,
armando nossas mãos, por bem justo revide,
com severa vingança o poder vos liquide
e, em sua ira, de vós faça,
por vossa vez, nossos escravos!
E por que somos nós os vossos? Dá-vos
o céu direito a ter domínio universal?
Em que vós valeis mais que qualquer outra raça?
Por que vir a uma vida ingênua causar mal?
Cuidávamos em paz dos campos e colheitas
com mãos tanto ao labor quanto às artes afeitas.
Que aprenderam de vós os germanos? Também
capazes eles são, coragem têm;
se, como vós, tivessem a avidez
e a violência, talvez
tivessem o poder, em vez de vós,
exercendo-o sem desumanidade.
O que vossos pretores sobre nós
têm exercido, as mentes estarrece.
Dos altares a própria majestade
seus ultrajes padece.
Sabei que os imortais
nos contemplam. Por vossos maus exemplos,
seu olhar só recai em motivos de horror,
de desprezo por eles e seus templos,
de avareza que vai até ao furor.
Nada é bastante para os que nos enviais.
Terra e trabalho humano inutilmente vão
tentar saciar-lhes a ambição.
Retirai-os; ninguém quer mais, para esses amos,
os campos cultivar. Abandonamos
as cidades, buscando os montes por guarida.
Deixamos tudo: esposas, filhos, lar,

para entre ursos horrendos habitar;
não queremos trazer desgraçados à vida
nem povoar para Roma um país que ela oprime.
A nossos filhos já nascidos
só desejamos dias diminuídos.
À desgraça o pretor nos faz juntar o crime.
Os vossos retirai; só nos ensinarão
os vícios e a preguiça,
Os germanos, como eles, tornar-se-ão
um povo de rapina e de cobiça.
Desde que em Roma estou, foi só o que pude ver:
"Não tens presentes a fazer?
Nem púrpuras a dar?" Esperamos em vão
um refúgio nas leis; tem sua aplicação
mil pesos e medidas. É algo forte
este discurso e já vos exaspera.
Assim, termino. Castigai com a morte
uma queixa talvez demasiado sincera".
Dito isto, ajoelhou-se. Admirou a assistência,
atônita, o bom senso, a bravura, a eloquência
do selvagem ante ela prosternado.
Fizeram-no patrício; e foi essa a vingança
que se creu merecer tal discurso. Mudança
foi feita dos pretores. O Senado
suas palavras por escrito toma
para modelo ser de então por diante.
Longo tempo, porém, não soube Roma
conservar eloquência semelhante.

O camponês do Danúbio

VIII

O VELHO E OS TRÊS RAPAZES

Vendo um octogenário que plantava,
diziam-lhe uns vizinhos, três rapazes:
— "Construir, vá; mas plantar, nessa idade! Que
[fazes?
Dize, em nome dos céus: que fruto promissor
pretendes recolher de tal labor?
Mais que os patriarcas tu viver precisarias.
Para que preocupar tua vida com cuidados
de um futuro a que nunca irão chegar teus dias?
Pensa agora somente em teus erros passados;
deixa a longa esperança e os planos dilatados:
é só a nós que coisas tais convêm".
Responde o velho: — "A vós não vos convém também.
Tudo o que se constrói demora e pouco dura.
A mão das Parcas lívidas com os vossos
dias e os meus brinca igualmente. Nossos
prazos são sempre breves, semelhantes.
Quem de nós gozará por último a ventura
de contemplar no céu os astros cintilantes?
Existe algum momento, neste mundo,
que vos dê segurança ao menos de um segundo?
Dever-me-á esta sombra algum meu descendente.
Quereis proibir, acaso, ao previdente
que se preocupe com o prazer alheio?

Já isto é um fruto que hoje saboreio;
posso dele gozar mais uns dias, talvez;
e poderei, até, contar futuras
auroras sobre vossas sepulturas".
Tinha o velho razão; daqueles três,
para a América um parte e se afoga no porto;
outro, a fim de subir a maior distinção,
vai servir nos marciais empregos à nação
e por golpe imprevisto é de súbito morto;
o terceiro de uma árvore tombou
quando a estava a podar.
Chorando-os, fez o velho em sua tumba gravar
o que narrado aqui ficou.

O velho e os três rapazes

IX

OS RATOS E A CORUJA

Nunca a ninguém deveis dizer:
"Ouvi uma maravilha, escutai um portento!"
Sabeis se dos ouvintes irá ser
igual ao vosso o julgamento?
Há um caso que se pode excetuar, porém:
considero-o um prodígio e de fábula tem
os traços e feições, embora verdadeiro.
Abatem, por já ser muito antigo, um pinheiro;
de uma coruja, mansão velha e escura;
triste retiro da ave dos arcanos
que, para intérprete, Átropos procura.
Seu tronco, carcomido pelos anos,
entre outros habitantes dava abrigo
a alguns ratos sem pés, redondos de gordura.
Criava-os a coruja entre pilhas de trigo
depois de mutilar com o bico a sua grei.
Raciocinava essa ave, admitirei.
Caçava outrora ratos; escapados
de sua casa os primeiros que apanhou,
pata evitá-lo, astuta, estropiou
os que pegou depois; e seus pés, decepados,
deixavam-na a seu gosto devorá-los
um a um, com os devidos intervalos,
Comê-los de uma vez, impossível seria,

além das precauções que a saúde exigia.
Tão longe quanto nós ia na previdência
a coruja, chegando a lhes trazer
grãos e víveres para a subsistência.
E teime agora algum cartesiano em dizer
que essa coruja é máquina e instrumento!
Que mola poderia o conselho lhe dar
de amputar todo o povo engaiolado?
Se isto não é raciocinar,
no que seja razão já não atento.
Vede a argumentação em que a acompanho:
"Todo esse povo foge, quando o apanho;
devo comê-lo, pois, logo apanhado.
Todo? Impossível! Para evitar privações,
não devo armazenar? Cumpre cuidar, assim,
de alimentá-lo sem perigo de evasões
Como, porém? Seus pés retiremos", Senhores,
mostrai-me algo que os homens a seu fim
de melhor modo hajam levado.
Aristóteles com seus seguidores,
que outra arte de pensar nos têm sempre ensinado?

Isto não é uma fábula, e a coisa, embora maravilhosa e quase incrível, aconteceu verdadeiramente. Talvez eu tenha levado longe demais a previdência dessa coruja, pois não pretendo instalar nos animais um progresso de raciocínio tal como este; mas tais exageros são permitidos à poesia, sobretudo na maneira de escrever de que me sirvo.

Os ratos e a coruja

EPÍLOGO

Minha musa, assim, junto à fonte cristalina,
procurou verter para uma língua divina
tudo o que sob os céus vêm dizer, bem ou mal,
seres a que emprestei uma voz natural.

Intérprete de povos bem diversos,
em minha obra lhes dei de atores o papel;
pois tudo aqui falar parece,
nada deixa de ter idioma em que se expresse.

Mais eloquentes mesmo em si do que em meus versos,
se os que apresento não me acharem muito fiel,
se minha obra não for bastante bom modelo,
ao menos pude abrir um caminho; provê-lo
dos primores finais outros bem poderão.
Favoritos das Musas, tal missão
é vossa; podeis vós a empresa terminar.
Dai as lições, por mim certamente omitidas,
que nestas invenções devem ser envolvidas.
Demais tendes, porém, para vos ocupar:
enquanto à musa dou este emprego inocente,
Luís a Europa doma e, com braço potente,
a seu termo conduz os mais nobres projetos
jamais formados por qualquer monarca.
Este, sim, para vós, das Musas prediletos,
é tema vencedor das eras e da Parca.

512

LIVRO
DÉCIMO-SEGUNDO

AO SENHOR
DUQUE DE BORGONHA

Senhor,

Não posso utilizar para minhas fábulas proteção que me seja mais gloriosa que a vossa. O gosto requintado e o julgamento tão sólido que fazeis aparecer em todas as coisas acima de uma idade em que os outros príncipes apenas são atingidos pelo que os rodeia com maior esplendor, tudo isto, além do dever de vos obedecer e da paixão de vos agradar, obrigou-me a apresentar-vos uma obra cujo original tem sido a admiração de todos os séculos, assim como de todos os sábios. Vós me ordenastes mesmo que continuasse; e, se me permitis dizê-lo, há assuntos de que vos sou devedor e aos quais lançastes graças que foram por todos admiradas. Não necessita-mos mais de consultar Apolo, ou as Musas, ou qualquer das divindades do Parnaso. Todas elas se encontram nos dons que vos trouxe a natureza e nessa ciência de bem julgar as obras do espírito, a que já juntais a de conhecer todas as regras que a isso convém. As fábulas de Esopo são ampla matéria para esses talentos. Abrangem todas as espécies de acontecimentos e de caracteres. Tais mentiras são, apropriadamente, uma maneira de história em que ninguém é lisonjeado. Não são coisas de pouca importância esses

514

temas. Os animais, em minha obra são preceptores dos homens. Não me alongarei mais a tal respeito: vedes melhor do que eu o proveito que daí se pode tirar. Se agora sois bom conhecedor de oradores e poetas, melhor conhecedor sereis ainda um dia de boas políticas e bons generais de exército; e tão pouco vos enganareis na escolha das pessoas quanto sobre o mérito das ações. Não estou em idade de esperar testemunhá-lo. É preciso que me contente a trabalhar sob vossas ordens. O desejo de agradar-vos substituirá uma imaginação que os anos enfraqueceram. Quando desejardes alguma fábula, encontrá-la-ei nesse repositório. Muito gostaria de que aí pudésseis encontrar louvores dignos do monarca que agora molda o destino de tantos povos e nações e que deixa todas as partes do mundo atentas a suas conquistas, a suas vitórias e à paz que parece aproximar-se e da qual ele impõe as condições com toda a moderação que podem desejar nossos inimigos. Vejo nele um conquistador que quer fixar limites à sua glória e a seu poderio e de quem se poderia dizer, a melhor título do que se disse de Alexandre, que ele vai reunir os Estados do universo,
obrigando os ministros de tantos príncipes a se juntarem para terminar uma guerra que só pode ser ruinosa para seus senhores. Estes são assuntos acima de nossas palavras: deixo-os a penas melhores do que a minha, e sou, com profundo respeito,

Senhor,

Vosso humílimo, obedientíssimo e fidelíssimo servidor,

DE LA FONTAINE.

(O Duque de Borgonha, filho mais velho do Delfim, contava então onze anos de idade; La Fontaine, setenta e dois. O jovem príncipe era aluno de Fénelon, que costumava dar-lhe fábulas de La Fontaine como matéria para composições em latim.)

515

QUINTA PARTE

I

OS COMPANHEIROS DE ULISSES

Ao Senhor Duque de Borgonha

Príncipe, de quem são os imortais os numes,
vossas aras deixai-me incensar de perfumes.
Se vos trago algo tarde os presentes da musa,
os anos servir-me-ão, com os trabalhos, de escusa:
meu espírito míngua e faz-se escasso,
enquanto o vosso aumenta a cada passo,
Não anda; corre e até parece alado ser.
O herói de quem lhe vêm tais dotes, tão brilhantes,
nos misteres de Marte arde por exceler;
dele depende que, submetendo a vitória,
marche a passos gigantes
pela estrada da glória.
Algum deus o detém: é nosso rei, talvez,
pois o Reno venceu e conquistou num mês.
Então, tal rapidez foi necessária;
seria agora, acaso, temerária.
Calo-me, pois também os Risos e os Amores
não gostam dos extensos oradores.
Vossa corte se faz de deuses tais.

Não vos deixam. Dizer não quero que imortais
outros não tenham nela a mais alta atuação:
tudo regem ali senso e razão.

Ouvi-os sobre um fato em que os gregos, com pouca
circunspecção, com imprudência louca,
a encantamentos se entregaram
que em animais os homens transformaram.

Por dez anos de angústia, a gente companheira
de Ulisses ao sabor do vento foi levada
sem saber do destino. Ei-la chegada
à região que por Circe, a feiticeira
filha do deus do dia, era regida.

Deu-lhes ela a tomar uma bebida
na qual, funesto, oculta o delicioso gosto
um veneno que logo os priva da razão.

Mudam, pouco depois, de corpo e rosto;
cada qual em diverso animal se transforma:
urso, elefante, lobo, leão;
uns sob massas gigantes,
outros sob outra forma;
até, *exemplum ut talpa*[1], os insignificantes.

Os companheiros de Ulisses

Somente Ulisses escapou,
pois do licor traiçoeiro suspeitou.
Como à sabedoria ele juntasse
o aspecto de um herói e o trato ameno,
tão bem agiu que a encantadora faz-se
vítima de outro quase idêntico veneno.
Uma deusa diz tudo o que em sua alma sente:
esta, sua paixão torna patente.
Ulisses, muito astuto, aproveitar procura
a feliz conjuntura.
Obtém que aos gregos volte a humana condição.
— "Mas aceitá-lo" — diz a ninfa — "quererão?
Vai a todos propor que o encanto se desfaça".
Ulisses corre e diz: — "A venenosa taça
ainda tem remédio e ao vosso alcance está.
Homens quereis voltar a ser, amigos? Já
o poder de falar vos posso restituir".
Diz o leão, que ainda imagina rugir:
— "Não sou tão insensato.
Eu, renunciar aos dons que acabo de adquirir?
Com dente e garra a quem me ataca abato.
Sou rei: de Ítaca irei ser simples cidadão?
Tu farás com que eu volte a ser mero soldado;
não quero mais mudar de estado"
Ulisses do leão vai ao urso: — "Ouve, irmão!
Como estás, eu que já te vi tão lindo!"
— "Esta é boa!" — diz o urso, a seu modo
                              [sorrindo. —
"Como estou? Como um urso deve ser!
Quem te diz que uma forma é feia e outra é bonita?
Da minha podes tu julgamento fazer?
Eu sou digno de amor para a ursa que me fita.
Desagrado-te? Vai-te e deixa-me à vontade.
Vivo livre, contente e sem qualquer cuidado.
Digo-te, com total sinceridade:
não quero mais mudar de estado".

520

Ao lobo o grego vai propor a reversão
e diz-lhe, já temendo igual recusa:

— "Tenho a cabeça, amigo, bem confusa.
Bela e jovem pastora anda a falar
aos ecos do cruel apetite glutão
que te fez seus carneiros devorar.

A salvar-lhe o rebanho outrora foste visto;
levavas vida honesta, Amigo, insisto:
deixa essas matas; vem
de novo a ser, em vez de lobo, homem de bem!"
— "Existe algum? " — responde o lobo. — "Onde
[estaria?
Vens dizer que sou fera assassina; se assim
queres falar, que és tu? Não terias, sem mim,
comido os animais que chora a aldeia inteira?
Fosse eu homem, teria,
dize, menos amor pela sangueira?
Basta, às vezes, um gesto, e vos estrangulais.
Também sois lobos que uns aos outros se consomem.
Sustento, em suma, sem precisar dizer mais:
de celerado a celerado,
antes ser lobo que ser homem;
não quero mais mudar de estado"
Ulisses diz o mesmo a iodos: a proposta
de cada qual recebe igual resposta.
Para pequeno ou grande,
a selva, a liberdade, o que o desejo mande
representam o máximo prazer.
Abdicam de louvor pelas belas ações,
livres julgam ficar ao ceder às paixões
e escravos de si mesmos vêm a ser.
Príncipe, eu quereria um tema ter em mente
em que o útil pudesse aliar ao que é doce.
Era um belo projeto, certamente,
se difícil a escolha não me fosse.
De Ulisses vim a achar por fim os companheiros.
Muitos são neste mundo os seus parceiros,
gente a que venho, por castigo, impor
vossa condenação, vosso rancor.

[1] Por exemplo, a toupeira.

521

II

O GATO E OS DOIS PARDAIS

Ao Senhor Duque de Borgonha

Junto a um pardal bem novo habitava um gatinho.
Era o pássaro desde o berço seu vizinho:
tinham cesto e gaiola idênticos penates.
Ao gato a ave afligia, a simular combates,
esgrimindo com o bico; o outro se defendia
com as patas, porém seu amigo poupava;
só a meio o corrigia;
com grande escrúpulo evitava
pôr na férula pontas aguçadas.
O passarinho, trêfego e sem tato,
dava-lhe inúmeras bicadas.
Pessoa de prudente e bom pensar,
tais brinquedos perdoava Mestre Gato:
entre amigos, ninguém se deve abandonar
aos impulsos de uma ira mais acesa.
Conhecendo-se desde tenra idade,
conservava-os em paz a familiaridade;
nunca o brinquedo se mudava em luta.
Quando um pardal da redondeza
os veio visitar e se fez companheiro
do Saltão petulante e do sábio Ratoeiro,
entre os pássaros surge uma disputa.

Ratoeiro logo toma seu partido.
— "Isto é demais!" — diz ele. — "Esse desconhecido
insulta nosso amigo e dele troça?
Quer a ave do vizinho abocanhar a nossa?
Não, por todos os gatos!" Entra então
no combate e devora o estranho. — "Realmente" —
diz o gato — "os pardais têm sabor excelente!"
Ei-lo o outro a devorar, após tal reflexão.
Que moral este fato afinal me revela?
Imperfeito é qualquer apólogo sem ela.
Uns traços creio ver, mas sua sombra é confusa.
Príncipe, vós ireis achá-la num minuto.
É fácil para vós, não para a minha musa;
esta e as irmãs não têm vosso espírito arguto.

III

O ENTESOURADOR E O MACACO

Ouro um homem juntava. É um erro, bem sabemos,
que pode até chegar a furores extremos.
Este sonhava só com dobrões e ducados.
Quando ociosos tais bens, acho-os desperdiçados.
O avaro, para ter seu ouro bem guardado,
morava num lugar onde o acesso vedava
Anfitrite aos ladrões por qualquer lado.
Nessa ilha, com volúpia a meu ver bem vazia,
mas imensa para ele, entesourava,
Atravessava noite e dia
a contar, calcular, avaliar, com fervor,
contando, calculando, avaliando, insistente,
pois sempre em seu total um erro era presente:
um macaco, mais sábio, acho eu, que seu senhor,
lançava sempre algum guinéu pela janela,
tirando à soma uma parcela.
A sala, bem fechada a cadeado,
permitia deixar sobre a mesa os dobrões.
Sentiu-se Dom Beltrão certo dia inspirado
a fazer holocausto às líquidas mansões.
Por mim, quando comparo
os prazeres do símio aos desse avaro,
não sei ao certo a qual dos dois o prêmio dar,
Dom Beltrão, para alguns, deveria ganhar:
seria muito extenso as razões deduzir.

Um dia, pois, o símio, em danos só pensando,
do áureo montão foi retirando
uma pistola, algum dobrão, algum ducado,
algum guinéu logo a seguir,
e a destreza exercita em lançar fora
esses pedaços de metal dourado
que a gente humana mais que tudo adora.
Se não ouvisse o contador enfim
a chave pôr na fechadura,
rumo igual tomaria o monte inteiro
enviado à marítima aventura.
Voariam os dobrões, até o derradeiro,
para o abismo já rico em naufrágios sem fim,
Queira Deus preservar muito e muito avarento
que para usar os seus não mostra melhor tento.

IV

AS DUAS CABRAS

As cabras, mal começam a pastar,
de liberdade têm certa tendência
que as faz buscar fortuna; vão viajar
para as pastagens de menor frequência
humana. Onde existir lugar na terra
sem rotas nem caminhos, uma serra,
um rochedo em abismos a pender,
lá tais damas vão seu capricho espairecer.
Nada há que o escalador intento lhes abata.
Duas cabras, assim, tendo-se emancipado,
ambas de bem branquinha pata,
saem da planície e são, cada qual por seu lado,
levadas pelo acaso a entestar-se defronte
de um riacho que tem uma tábua por ponte.
Duas fuinhas, tão só, cruzariam de frente
por essa estreita prancha.
O regato profundo e a correnteza, aliás,
eram de causar medo à cabra mais valente.
Apesar do perigo, uma delas, bem ancha,
põe sobre a tábua um pé, e a outra o mesmo faz.
Parece-me até ver
a se adiantar com imponência,
na Ilha da Conferência,

526

Filipe Quarto para o grande Luís.
Assim marchavam as aventurosas,
passo a passo, nariz contra nariz.
Não quiseram, sendo ambas orgulhosas,
já no meio da ponte, uma à outra ceder.
Tinham a glória
de em sua raça contar, pelo que diz a história,
uma, a cabra de méritos sem par
que Polifemo deu a Galateia;
outra, a cabra Amalteia
que o próprio Zeus esteve a alimentar.
Não recuando, tombaram juntamente
na correnteza, para a morte.

Novidade não é tal acidente
nos caminhos da sorte.

Ao Senhor Duque de Borgonha

(que pedira ao Sr. de La Fontaine uma fábula com
o título "*O Gato e o Ratinho*").

Para o príncipe a quem quer um templo o Renome
ver nos escritos meus erguido com carinho,
como irei eu compor fábula cujo nome
seja *O Gato e o Ratinho?*

Uma bela irei pôr nos versos, feiticeira
que, a crueldade a esconder sob aspecto de anjinho,
maltrate os corações, na cruel brincadeira
do gato com o ratinho?

Tomarei por assunto as mutações da sorte?
Nada lhe agrada mais; para ela, é comezinho
que ante quem sua amiga a julga se comporte
qual gato ante um ratinho.

Irei trazer um rei que se erga em seu caminho
e que a faça, entre os mais, respeitá-lo sozinho,
rei que um mundo inimigo é incapaz de deter
e os poderosos faz rolar, a seu prazer,
    como o gato ao ratinho?

Mas pouco a pouco chego ao termo desta via;
reencontro meu desígnio; alongar-me teria
sobre meus fins, tão só, um efeito daninho.
Zombar da musa, então, meu príncipe viria
    tal como o gato do ratinho.

As duas cabras

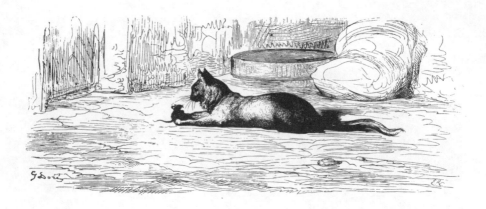

V

O GATO VELHO E O RATINHO

Um ratinho, de pouca experiência,
quis dobrar velho gato, implorando clemência,
e com Raminagróbis argumenta:
— "Deixa que eu viva! Um pequenino rato
de meu porte e meu trato
terá na tua casa alguma serventia?
Achas que a fome eu saciaria
de dono, dona, filhos, todos vós?
Um grão de trigo me alimenta;
faz-me ficar redondo uma só noz.
Estou bem magro; espera, e deixarás então
a teus filhos mais rica refeição".
Assim falava ao gato o ratinho apanhado.
O outro respondeu: — "Estás muito enganado.
É a mim que vens fazer discursos tais?
Falando a surdos lucrarias mais.
Gato e velho, perdoar? Nunca houve quem o visse.
Morre e vai, às carreiras,
ver se te escutam as irmãs fiandeiras.
A meus filhos não vão faltar os pratos
de muitos outros ratos".

Eis a moral que aqui pode convir:
a juventude vã tudo crê conseguir,
mas é implacável a velhice.

530

VI

O VEADO DOENTE

Um veado, em região de veados, cai doente.
Muitos amigos seus imediatamente
vão vê-lo, socorrê-lo no seu leito,
dar-lhe ao menos consolo: incômoda coorte.
— "Ah, senhores! Deixai que em paz me venha a
[morte.
Permiti que do costumeiro jeito
a Parca me despache, e cessai vosso pranto",
Nenhum consolador o ouve, entretanto;
todos cumpriram seu dever triste e infeliz e
só partiram quando Deus bem quis.

Não o fazem sem tomar um trago antes,
isto é, sem receber direitos de repasto;
todos põem-se a pastar nos bosques circundantes.
A pitança do veado se consome:
nada mais lhe deixaram para o gasto.
Passou de mal a pior, assim,
e viu-se reduzido, enfim,
a jejuar e a perecer de fome.

Custais bem caro a quem vos quer chamar,
médicos que alma e corpo usais tratar.
Ó tempos, ó costumes! Clamo em vão:
de paga receber, todos fazem questão.

531

O veado doente

VII

O MORCEGO, A SARÇA E O PATO

O morcego, a sarça e o pato,
vendo que em sua cidade
pouca de enriquecer era a oportunidade,
vão longe traficar, com bolsa em sociedade.
Dispunham de filiais, corretores, agentes
tão cuidadosos quanto inteligentes;
de receita e despesa o registro era exato.
Tudo ia bem, até que o sortimento,
ao passar por lugar de forte vento,
cheio de escolhos, apertado
e de trajeto atribulado,
foi, todo em fardos, para o profundo armazém
que o Tártaro por seu vizinho tem.
Nosso trio suspirou muito inútil pesar;
ou antes, não chegou nenhum a suspirar.
O menor mercador neste ponto é prudente:
o crédito se salva as perdas ocultando.
A que tinham sofrido esses três, naufragando,
foi sem remédio; fez-se a desgraça patente.
Sem dinheiro, sem crédito, sem nada,
ei-los prestes a ter falência proclamada.
Ninguém lhes abre a bolsa; e os capitais,

533

os altos juros, as cobranças
de processos, meirinhos, tribunais,
e os credores à porta a descompor,
antes até do alvorecer,
só ocupavam o trio em, volteios e andanças
para a tal multidão satisfazer.
A sarça, a cada instante,
aos transeuntes se prendia:
— "Senhores, digam, por favor,
para onde foi toda a mercadoria
que nos tomou o sorvedouro hiante!"
O pato a procurar a carga mergulhava.
O morcego não mais se aproximava
de dia de qualquer habitação;
dos alguazis sob a perseguição,
ia em covis buscar guarida.

De muito devedor sei eu, que não é pato,
sarça ou morcego e nem sofreu tal desbarato,
mas, simples grão-senhor, escapa
diariamente, à socapa,
por escada escondida.

VIII

A QUERELA DOS CÃES E DOS GATOS E A DOS GATOS E DOS RATOS

A Discórdia reinou sempre em todo o universo;
disso o mundo nos dá muito exemplo diverso.
Tal deusa entre nós tem bem mais de um tributário,
a começar dos elementos:
atônitos vereis que, a todos os momentos,
cada qual no outro encontra um adversário,
Fora esses quatro potentados,
quantos seres de todos os estados
não vivem a travar guerras perenes?
Certa casa, de cães e gatos apinhada,
viu finalmente, após cem arestos solenes,
sua longa pendência terminada.
Fixara-lhes o dono os pratos e as funções
e ameaçara punir com chicote os brigões.
Vivem todos então quais primos, de maneira
quase fraterna, e edificava
essa doce união a vizinhança inteira,
Por fim, cessou. Um prato de guisado,
ou um osso dado a alguns, que aos outros se negava,
provocam dos demais acalorado
protesto contra ultrajes tais.
Cronistas, para o caso, alegam especiais
direitos de cadela em gestação.
Seja lá como for, a altercação

incendiou sala e cozinha:
por seu gato, ou seu cão, cada qual se abespinha.
Fez-se um regulamento: os gatos se queixaram
e o bairro inteiro atordoaram.
Para os arestos, como opinam advogados,
dever-se-ia apelar. Em vão são procurados
no canto em que os guardara seu agente;
os ratos os haviam consumido.
Outro novo processo. O povo roedor
por isso padeceu: muito gato experiente,
fino, sutil, sabido
e tendo, aliás, rancor
a todos de tal raça,
a persegui-los e a apanhá-los passa.
Para o dono da casa a situação piora.
Repito, pois: não há, por este mundo afora,
nem animal, nem ser, nem criatura
sem adversário; esta é da natureza a lei.
Pesquisar-lhe a razão é supérflua procura,
Deus fez bem o que fez, e mais não sei.
Sei apenas que insultos tonitruantes
a quase todos os instantes
são, por um nada, proferidos.
Deveríeis, humanos,
embora aos sessenta anos,
ao mestre-escola ser de volta remetidos.

IX

O LOBO E A RAPOSA

Por que não há na vida ninguém
satisfeito com seu próprio estado?
Quereria este aqui ser soldado
e eis que inveja o soldado lhe tem.

Diz-se que uma raposa queria
ser um lobo. E será verdadeiro
dizer que nunca um lobo teria
o desejo de ser um carneiro?

Mas deveras atônito fico
quando um príncipe, aos oito anos,
isto em fábula põe, primorosa,
enquanto eu, já de cãs, só fabrico,
após horas de esforços insanos,
versos menos sutis que sua prosa.

Tem sua fábula aspectos traçados
que não se acham, na obra do poeta,
nem de todo, nem tão bem fixados:
mais a louvo, por ser mais completa.

Tais louvores na avena cantar

hoje é ofício feliz para mim;
mas o herói sei que me há de levar
dentro em pouco a empunhar o clarim.

Não sou grande profeta, porém
nos céus leio que, em breve, brilhantes
feitos seus, gloriosos, triunfantes,
mais Homeros irão reclamando,
e nossa era já quase os não tem.
Tais mistérios de parte deixando,
a fábula contar com êxito aqui tento:

Diz a raposa ao lobo: — "Eu me alimento, amigo,
tão só de um galo idoso ou um frango macilento;
tal míngua já me faz sentir as forças gastas.
Obténs mesa melhor com bem menor perigo.
Das casas me aproximo; tu te afastas.
Vem ensinar-me o teu ofício, de maneira
que eu possa ser, de minha ascendência, a primeira
a ter gordos carneiros em seus pratos;
não me colocarei na legião dos ingratos"
— "Fá-lo-ei" — o lobo diz. — "Morreu um meu irmão.
Vamos tirar-lhe a pele. Irás vesti-la". E vão.
Tiram-na e o lobo fala: — "Faz-se assim
para não deixar junto ao rebanho um mastim".
A raposa na alheia pele enfiada,
as lições de seu mestre repetia.
Começa mal, porém
depois melhora, fica bem;
por fim, não falta nada.
Tão logo instruída quanto ser podia,
chega um rebanho. O novo lobo avança,
espalhando o terror por toda a vizinhança,
qual, com as armas de Aquiles, por exemplo,
Pátroclo a amedrontar cidade e acampamento.
Velhos, pequenos, mães asilam-se no templo.
Crê o povo balidor ver de lobos um cento.
Vão para a aldeia cães, rebanho e pegureiro,

deixando apenas uma ovelha por penhor.
A ladra a apanha, quando, em vizinho terreiro,
bem próximo dali, ouve de um galo o canto.
Ao galo a aluna vai diretamente,
pondo fora a imponência de seu manto,
esquecendo lições, ovelhas, professor
e correndo com passo diligente.
Por que em outrem tentar-se transformar?
Querer mudar assim é uma ilusão,
O aspecto primitivo há de voltar
na primeira ocasião.

Vosso espírito, Príncipe, que igual
não tem, à minha musa esta história em conjunto
ofertou: vós me destes todo o assunto,
o diálogo e a moral.

X

O CAMARÃO E SEU FILHO

Os sábios, muita vez, tal como o camarão,
caminham para trás, ao porto as costas dão.
É uma arte de marujo; é ainda estratagema
dos que, para encobrir um esforço pujante,
fazem mira a um lugar justamente contrário
e levam a correr para lá o adversário.
Com tão grande acessório, é pequeno o meu tema.
Posso aplicá-lo a quem, conquistador triunfante,
sozinho, desbarata uma liga de cem.
O que ele não empreende, e o que empreende também,
são segredo a princípio e vitórias após;
o que ele quer oculto, em vão se busca olhar;
ninguém pode da sorte as sentenças obstar.
Nada, afinal, resiste à torrente veloz.
Contra um Júpiter só, cem deuses são frustrados.
Parecem-me LUÍS e o Fado, conjugados,
o universo arrastar. Passo à fábula, enfim.

Pai Camarão, um dia, ao filho diz assim:
— "Como tu andas, meu Deus! Não podes ir direito?"
— "E como andas, também'". — diz o filho. — "Se a
[minha
família esse andar tem, andarei de outro jeito?
Quer que em reta eu caminhe o que torto caminha?"

Falou bem; é virtude universal
a do exemplo doméstico, e se aplica
a tudo, ao bem e ao mal;
faz sábios e imbecis (destes, a messe é rica).
Quanto a ter para o seu alvo as costas voltadas,
repito: é bom sistema, que Belona
principalmente em seu ofício abona,
Mas fazê-lo convém nas horas adequadas.

XI

A ÁGUIA E A PEGA

A águia, rainha do ar, e a pega Parolina,
diferente em humor, espírito e linguagem,
além de na plumagem,
iam a atravessar certa campina.
O acaso as reuniu num recanto afastado.
A pega teve medo; a águia, havendo jantado
muito bem, tranquiliza-a e diz: — "Em companhia
andemos. Se o senhor dos deuses se enfastia
muitas vezes, a mim, que o sirvo, isto ocorrer
bem pode. Vem-me, pois, a teu gosto entreter".
Bico-parola solta a língua, a discorrer
sobre isto, aquilo e tudo. O homem que Horácio disse
pelos campos andar a falar más e boas,
na ave podia ter mestra em bisbilhotice.
Propõe ela contar tudo o que acontecer,
saltitando, a observar lugares e pessoas,
boa espiã, sabe-o Deus. A oferta desagrada
e a águia retruca, irada:
— "Não deixes tua moradia,
bico-parola; adeus! Lugar não há
em minha corte para tagarelas:
a índole dessa gente é muito má".
Parolina outra coisa não pedia.
Os deuses frequentar não é coisa daquelas
fáceis, como se crê. Traz mortais aflições,
muitas vezes, tal honra. Intrigantes, espiões,
gente de aspecto ameno e perversos pendores
no coração, ali vão-se odiosos tornar,
embora, como a pega, em tal lugar
convenha usar librés de dois senhores.

542

A águia e a pega

XII

O MILHAFRE, O REI E O CAÇADOR

A Sua Alteza Sereníssima o Senhor Príncipe de Conti.

Os deuses, sendo bons, querem que os reis o sejam
também e na indulgência vejam
seu direito de mais beleza ungido;
não as doçuras da vingança atroz.
Príncipe, assim pensais. Sabemos que o furor
em vosso coração se extingue, mal nascido.
Aquiles, que do seu não soube ser senhor,
não pôde ser, jamais, herói igual a vós.
Tal título somente alcança e justifica
quem, como na Era de Ouro, aqui cem bens pratica.
Poucos grandes são tais, nesta época atual;
grato o mundo lhes é quando não fazem mal.
A vós, que não seguis semelhantes exemplos,
prometem mil ações magnânimas mil templos.
Apolo, cidadão dos augustos lugares,
quer cantar-vos na lira o nome em tais altares.
Nos paços celestiais sei que sois aguardado;
um século de estada aqui bastar-vos deve.
Todo um século Amor quer ter-vos a seu lado.
Possam os seus prazeres mais divinos
fabricar-vos destinos

por este tempo só limitados de leve!
Menos não mereceis, vós e a Princesa;
por testemunhas tomo-lhe a beleza
e seus encantos sem iguais;
por testemunhas tomo os esplêndidos dons
que o Céu vos deu com prodigalidade,
qualidades que só mesmo em vós têm rivais
e com que quis ornar a vossa mocidade;
são graças que sazona o gênio dos Bourbons.
Em vós o Céu buscou juntar
o que se faz apreciar
e o que desperta amor.
Não cabe a mim, porém, vossa alegria expor.
Calo-me, pois, e vou rimar a história
do feito de certa ave predatória.

Tendo apanhado vivo um milhafre, senhor
antigo de seu ninho, um caçador
ao príncipe resolve ofertá-lo; o presente
valor teria pela raridade.
A ave, apresentada humildemente
(se apócrifo não for o caso). logo quis
imprimir suas garras no nariz
de Sua Majestade.
— "Oh! No nariz do Rei?" — "Dele mesmo, em
                                        [pessoa!"
— "Não tinha, então, nem cetro, nem coroa?"
—"Se os tivesse, no mesmo iria dar.
Foi tomado o nariz real como um vulgar".
Dizer dos cortesãos os clamores e o susto
seria consumir-me em esforço impotente.
O Rei não explodiu; para um augusto
soberano, gritar não é decente.
Mantém-se a ave em seu posto e dali não
se dispõe a afastar-se um só momento.
O dono a chama e grita; em seu tormento,

mostra-lhe a treina e o punho: tudo em vão.
Crê-se que nesse dia, e até nos subsequentes,
o maldito animal, de garras insolentes,
ali fique, apesar do barulho, alojado,
passando as noites no nariz sagrado.
Puxá-lo irritaria apenas seu capricho.
Desprende-se ele enfim do nicho
e diz o Rei: "Deixai que partam livremente
o milhafre e quem quis fazer-me tal presente.
Ambos souberam bem seu ofício cumprir:
o de milhafre e o de homem da floresta
Eu, que sei como os reis devem agir,
isento-os de qualquer condenação"
Louvam-no os cortesãos. A corte, em festa,
embora mal a imite, exalta a nobre ação.
Bem poucos, mesmo reis, seguem modelos tais.
E escapa o caçador; como o animal,
culpado fora só de não saber
que há perigo em chegar perto do amo demais.
Só tinham aprendido os dois a conhecer
a gente da floresta; é tão grande esse mal?

No Ganges diz Pilpay que ocorreu a aventura;
lá, nenhum ser humano um animal procura
perseguir ou ferir, seu sangue derramando.
"Sabeis" — dizem — se esta ave de rapina
em Troia não esteve, a forma apresentando
de um príncipe, um herói talvez,
de nobreza e de fama peregrina?
O que outrora ela foi, pode sê-lo outra vez.
Cremos, como Pitágoras ensina,
que nós com os animais trocamos forma e pele,
hoje cruel falcão, amanhã pombo imbele;
ora humanos, depois aladas criaturas
que têm suas famílias nas alturas"

Duas maneiras tem de ser contada
esta história. A segunda vamos ver.

546

Certo falcoeiro, havendo apanhado em caçada,
diz-se, um milhafre (o que é raríssimo ocorrer),
quis a ave de presente ao rei levar
como uma coisa singular:
em cem anos, talvez, igual não se veria;
é o non plus ultra da falcoaria.
Rompe dos cortesãos a turba, velozmente,
com zelo e calor como a pôr a salvo a vida.
Por esse paradigma de presente
julga ter a fortuna garantida.
Mas o animal, de guizos adornado,
ainda bruto, selvagem, irritado,
com garras de aço o ataca e prende-se ao nariz
do ofertante infeliz.
Grita ele e cada qual em risadas explode,
monarca e cortesãos. Quem de rir deixar pode?
Minha parte por um império eu não daria.
De boa fé, que um papa ria
não ouso assegurar; mas julgo infortunado
qualquer rei que de rir se sentisse privado.
Dos deuses é o prazer. De negro cenho embora,
Júpiter com seu povo imortal riu outrora;
deu gargalhadas, diz a história, quando
Vulcano lhe foi dar de beber, manquejando.
Fossem os imortais ajuizados ou não,
mudei o tema com razão,
pois, se buscarmos a moral agora,
que novo ensinamento nos ministra
o caçador com sua aventura sinistra?
O de que em qualquer era encontrareis
tolos falcoeiros, mais do que indulgentes reis.

XIII

A RAPOSA, AS MOSCAS E O OURIÇO

Velha raposa que na mata habita,
astuciosa, sutil, fina, atilada,
cai no lodo, depois de ferida em caçada.
Os rastros de seu sangue atraem o parasita
alado a que de mosca o nome demos.
Invectiva ela os céus, achando singular
que a sorte a atormentasse a tais extremos
c a oferecesse às moscas em jantar:
— "Caírem sobre mim, que sou a mais manhosa
de todos os que vivem na floresta?
Desde quando raposa é ceia saborosa?
Para espantá-las já minha cauda não presta?
Vai-te! O céu te confunda, importuno animal!
Ceva-te na ralé, que é tua igual!"
Um ouriço, habitante da região
(e que é em meus versos personagem novo),
quis libertá-la da importunação
daquele ávido povo.
— Com meus dardos as vou traspassar às centenas,
raposa amiga" — diz — aliviando-te as penas."
— "Não faças isso, irmão" — a outra diz. — "Mais
 [convém
deixar que a refeição termine bem.
Quase fartas já estão; e outro grupo, em tropel,
cairia sobre mim, mais rude e mais cruel".

Inúmeros glutões são no mundo encontrados:
estes são cortesãos; aqueles, magistrados.
Aristóteles, neste apólogo, alusão
via aos humanos; seus exemplos são
comuns; neste país, principalmente.
Quanto mais farta se sentir tal gente,
menos se mostrará impertinente.

XIV

O AMOR E A LOUCURA

No amor tudo é mistério: seu carcaz,
suas setas, o archote, a meninice.
Não sei de alguém que num só dia conseguisse
esta ciência esgotar. Não me acho, assim, capaz
de explicar tudo aqui, Quero apenas dizer
ao modo meu, em versos meus,
como esse cego (é um deus)
deixou de ver a luz, e o que veio a ocorrer
após feito esse mal, que talvez seja um bem.
Julgue-o quem ama; a mim, opinar não convém.
A Loucura e o Amor brincavam certo dia.
Dos olhos ele ainda se servia.
Surge uma rusga e quer o Amor que, convocada,
a corte celestial decida essa pendência.
Não teve a companheira paciência
e deu-lhe tão furiosa e violenta pancada
que ele perdeu dos céus a visão luminosa.
Vênus pede vingança; mulher sendo
e mãe, imaginar bem poderemos
o seu clamor tremendo.
O Olimpo inteiro põe em polvorosa.
Nem Júpiter, nem Nêmese e os supremos
juízes do inferno sossegados deixa.
De ser hediondo o caso ela se queixa:
seu filho, sem bastão, não pode um passo dar.

Não há pena que possa a tal crime bastar.
Também devia ser o dano reparado.
Depois de bem haver considerado
o interesse geral e o da parte lesada,
por fim o tribunal dos deuses sentencia
que a Loucura ao Amor se junte, condenada
a servir-lhe de guia.

O amor e a loucura

XV

O CORVO, A GAZELA, A TARTARUGA E O RATO

A Madame de La Sablière

Em meus versos um templo eu vos previa,
que até o fim do universo duraria.
Alicercava-se essa duração
na bela arte que foi dos deuses invenção
e no nome da deusa a quem milhares
iriam adorar em seus altares.
No pórtico escrever eu teria mandado:
PALÁCIO À DEUSA ÍRIS CONSAGRADO.
Não àquela que Juno a seu serviço tem,
pois mesmo Juno e o rei dos deuses bem
quereriam a glória de primeiros
a serem de nossa Íris mensageiros.
Na abóbada a apoteose se veria:
para lá todo o Olimpo, em pompa, Íris conduz
a fim de a colocar sob um dossel de luz,
Cada parede os fatos narraria
de sua vida preciosa, embora isentos
dos retumbantes acontecimentos
que transformam a sorte dos Estados.

E, no fundo do templo, sua imagem,
com seus traços, seus risos encantados,
sua graça espontânea de agradar,
seus dotes, a que todos homenagem
tributam. A seus pés iria eu colocar
mortais, heróis, e cada semideus,
e cada deus até, pois o que adora o mundo
vem às vezes suas aras perfumar.
De sua alma faria em seus olhos brilhar
os tesouros, se bem que de maneira obscura,
pois esse coração que para os seus
amigos sempre tem infinita ternura,
esse espírito que, do firmamento oriundo,
tem beleza viril e graças de mulher,
ninguém pode espelhar tal como o quer.
Vós, Íris, que sabeis encantar em extremo,
que sabeis deleitar em grau supremo,
a quem como a si próprios todos amam
(sem suspeita de amor isto proclamam,
pois deixemos tal termo, que é banido
de vossa corte em seu comum sentido),
permiti que algum dia a minha musa possa
terminar o que aqui confusamente esboça.
Quis esta ideia e meus projetos antepor,
para graça maior, a um tema em que o valor
da amizade é tão bem evidenciado
que em sua simples narração
vosso espírito pode encontrar diversão.
Não que o caso entre reis se haja passado:
o que vemos gozar de vossa estima
 não é monarca que de amar se exima,
mas é um mortal que mesmo a vida arriscaria
por um amigo. E poucos tão bons vejo.
De aos homens dar igual lição tenham o ensejo
quatro animais vivendo em companhia.

O corvo, a tartaruga e o rato, com a gazela
viviam juntamente, em sociedade bela.
Por ser sua mansão de humanos ignorada,
tinham felicidade assegurada.

Todo abrigo, porém, é por fim descoberto
pelo homem; quer no meio de um deserto,
quer no fundo do mar, ou no alto dos espaços,
nunca lhe evitareis os escondidos laços.
A gazela a folgar ia inocentemente,
quando um cão, instrumento amaldiçoado
do bárbaro prazer dos homens, lhe pressente
a pista, que fareja no relvado.
Foge ela, e o rato diz, da refeição na hora,
aos amigos restantes: — "Por que agora
somos somente três à mesa?
Já a gazela de nós se esqueceu, com certeza".
Ouvindo-o, a tartaruga logo brada:
— "Ah, se eu fosse dotada
de asas como as de um corvo, buscaria
saber imediatamente
ao menos que região ou acidente
nossa amiga de pés velozes presa tem,
pois nosso coração só deveria
julgá-la bem".
Parte o corvo, rapidamente a voar,
e a gazela imprudente, ao longe, por fim vê
presa num laço, a espernear.
Volta ele num instante os outros a advertir,
pois da amiga indagar quando, como e por que
em tal desgraça foi cair,
seria em falas vãs perder precioso instante,
como o faria algum mestre-escola pedante.
Eis uma ave bastante ajuizada.
Assim, revoando, bate em retirada.
Os três amigos, com a informação,
se aconselham. Dois são de parecer
que ambos depressa vão
ao ponto em que a gazela está a se debater.
— "A outra" — diz o corvo — em casa ficará
de sentinela, pois, com seu lento andar, quando lá chegará?
Depois da morte da gazela".
Isto dito, vão logo, de carreira,
socorrer a fiel e cara companheira,
pobre cabrinha da montanha.

A tartaruga quis também sair correndo
como eles e à distância os acompanha,
com justiça os pés curtos maldizendo
e a precisão de a casa carregar.
Rói-Malha (é justo ao rato este nome aplicar)
corta do laço os nós; tudo agora é alegria.
O caçador, chegando, exclama: — "Que se passa?
Arrebataram minha caça!"
Ouve-o Rói-Malha e num covil se refugia,
e numa árvore o corvo, e num bosque a gazela.
O caçador, que se arrepela,
pois da presa não pode ter notícia,
avista a tartaruga e a cólera contém.
— "Por que" — diz ele — "me atormento? Eis quem
fará de minha ceia uma delícia! "
Coloca-a no bornal. Iria ela pagar
por todos, não tivesse ido o corvo avisar
à gazela, que deixa o abrigo sem demora
e, fingindo estar manca, se apresenta.
O homem pegá-la tenta;
corre atrás dela e joga fora
tudo o que lhe pesava. Então Rói-Malha
na sacola tão bem age e trabalha
que enfim salva e liberta
a irmã que o caçador tinha por ceia certa.
O fato, diz Pilpay, deu-se desta maneira.
Por pouco que invocar Apolo eu queira,
para vos agradar faria uma epopeia
tão longa quanto a Ilíada e a Odisseia.
Em Rói-Malha teria o herói principal,
embora necessário aí seja cada qual.
Pois Leva-Casa tudo inicia, ao dizer
tais frases, que Dom Corvo o papel faz, primeiro
de espião e, depois, de mensageiro.
Tem a gazela, aliás, a astúcia de entreter
o caçador, a fim de dar tempo a Rói-Malha.
Cada um, assim, segundo a própria condição,
é posto em cena, age e trabalha.
A quem o prêmio dar? Creio que ao coração.

XVI

A FLORESTA E O LENHADOR

Um lenhador perdera, ou tivera quebrado
o cabo que pusera em seu machado.
Tal perda não pôde ele reparar
sem por certo período a floresta poupar.
Pediu-lhe enfim, humildemente,
que lhe deixasse muito simplesmente
um só galho extrair
para de novo cabo se munir.
Ganharia seu pão noutros lugares.
Carvalhos e pinheiros seculares,
de beleza por todos respeitada,
deixar incólumes protesta.
Outras armas lhe deu a inocente floresta.
Lastimou-o. Com a lâmina encabada,
o miserável contra a benfeitora
a utiliza, de forma destruidora,
despindo-a dos ornatos naturais.

Solta ela a todo instante fundos ais:
seu próprio dom fez seu suplício.
Age assim nosso mundo e cada qual procura
ver contra o benfeitor voltar-se o benefício.
 Canso-me de dizê-lo; e quem, na azul altura,
das doces sombras lástima não sente,
vendo-as sujeitas a esse abuso infame?
Ai! por mais que eu reclame
e até me torne impertinente,
a falsidade e a ingratidão
sempre em moda estarão.

A floresta e o lenhador

XVII

A RAPOSA, O LOBO E O CAVALO

Jovem raposa, já muito astuta e matreira,
viu um cavalo pela vez primeira
e disse a certo lobo, exemplo de novato:
— "Vem ver um animal que pasta em nossos prados,
belo e grande! Ainda estou com os olhos encantados!"
— "É mais forte que nós?" — diz o lobo, a
                              [zombar. —
"Traça-me, peço, seu retrato!"
— "Se eu fosse algum pintor, ou algum estudioso"
— torna a raposa "Iria antecipar o gozo
que contemplá-lo te daria.
Mas vem. Quem sabe? Pode ali uma presa estar
que a Sorte nos envia".
Vão. E o cavalo que tinham posto a pastar,
nada curioso quanto a amigos tais,
em retirada quase quis bater.
— "Senhor!" — diz-lhe a raposa, — "Humildes
                                    [servidores
vossos, apreciaríamos saber
que nome tendes, como vos chamais".
De miolos desprovido o cavalo não é
e diz: — "Ora, podeis ler meu nome, senhores!
Meu sapateiro o pôs na sola de meu pé".
Excusa-se a raposa, alegando ignorância.
— "Meus pais" — diz ela — "não me instruíram
                                      [na infância.
São pobres. Nada mais têm que uma toca escura.
Fidalgos, os do lobo o fizeram letrado".

Ouvindo tal discurso, o lobo, lisonjeado,
aproxima-se a fim de fazer a leitura.
Quatro dentes lhe custa, entretanto, a vaidade:
desfere-lhe o cavalo, com vontade,
um coice de arrasar. Eis ao chão arrojado
nosso lobo, a sangrar, arrebentado.
Diz-lhe a raposa: — "Irmão, razão de sobra havia
no que já me falou muita gente ajuizada
e no que este animal te escreveu na queixada:
do que é desconhecido, o sábio desconfia".

XVIII

A RAPOSA E OS PERUS

De uma raposa contra o assalto, a cidadela
de uma árvore a perus dava defesa.
A pérfida, ao rodear a fortaleza
e ao notar cada qual de sentinela,
exclama: — "Como? Quer zombar de mim tal gente?
Há de escapar à lei comum ela somente?
Não! Pelos deuses, não!" Cumpriu o que dizia.
Contra a comadre, a lua, a brilhar, parecia
querer favorecer o povo grugrulhante.
Ela, nada novata em manhas de sitiante,
recorre a seu bornal de tretas celeradas.
Finge querer subir, com as patas levantadas,
faz-se de morta, ressuscita enfim.
Mais diversos papéis, nem Arlequim
representar conseguiria.
Ergue a cauda, fazendo-a rebrilhar,
e mais tudo quanto é bufonaria,
sem que nenhum peru se atreva a cochilar.
Sempre no mesmo objeto a vista lhes fixando,
a astuciosa inimiga os deixava cansados.
Os pobres, afinal, foram-se estonteando,
começando a cair; são depressa apanhados.
Mais de metade, assim, do bando se liquida.
Com eles nossa amiga enche o guarda-comida.
Os que dão ao perigo excessiva atenção,
nele frequentemente cair vão.

A raposa e os perus

XIX

O MACACO

Existia um macaco em Paris
que matrimônio havia contraído,
A macaquear muito marido,
espancava a mulher; essa dama infeliz,
de tanto suspirar, o mundo deixa um dia.
Com escândalo o filho a chora, em gritaria
exagerada.
Ri-se o pai; morta a esposa, ele já tem
outros amores, que também
só podem esperar muita pancada.
A taverna frequenta e a embriagar-se passa.
Nada espereis de bom do povo imitador:
seja um macaco, ou um livro faça,
a pior espécie é o plagiador.

XX

O FILÓSOFO CITA

Um filósofo austero e na Cítia nascido,
querendo mais amena existência gozar,
pela Grécia viajou. Foi um sábio encontrar,
com o velho de Virgílio parecido:
quase a igualar-se aos reis, dos deuses quase ao lado
e, como estes, contente e sossegado.
Era um belo pomar sua maior ventura.
De podadeira em punho o cita pôde vê-lo
o inútil a cortar das árvores, podando
estes galhos, aqueles desbastando,
a corrigir da natureza o zelo
excessivo em pagar cuidados com usura.
Por que, pergunta o cita, essa devastação?
Seria de homem sábio e de razão
os pobres troncos mutilar assim?
— "Larga o podão, esse instrumento ruim;
deixa a foice do tempo trabalhar,
ou em breve estarão o negro rio a orlar".
— "Tiro o supérfluo" — diz o velho. — "Retirada
a demasia, o que restar melhora."

565

O cita, de retorno à sua triste morada,
toma um podão e corta e poda a qualquer hora;
aos vizinhos sugere, aos amigos receita
hecatombe total. Abaixo deita
os ramos mais viçosos do pomar;
devasta-o sem motivo ou reflexão,
época ou estação,
sem lua nova ou velha.
Tudo definha e morre. O cita bem espelha
um presumido estoico, as almas a privar
de desejo ou paixão, podando o bem, o mal,
mesmo as aspirações mais inocentes.
Reclamo sem cessar contra tais gentes:
extraem do coração a mola principal;
fazem com que se deixe de viver
muito antes de morrer.

XXI

O ELEFANTE E O MACACO DE JÚPITER

Sobre o rinoceronte o elefante exigia
os direitos de império e primazia.
Resolvem decidir na arena essa questão.
Marcado o dia, alguém diz que no ar percebeu
o macaco de Júpiter; na mão,
como arauto, trazia um caduceu.
Tinha o nome de Gil o símio, diz a história.
O elefante passou logo a supor
que ele, na condição de embaixador,
Sua Grandeza visitar viera.
Orgulha-se por ser alvo de tanta glória
e aguarda Mestre Gil, embora achando a espera
prolongada demais
para a apresentação das credenciais.
Mestre Gil, finalmente, de passagem,
foi saudar Sua Excelência.
Antecipava-lhe o outro a missão de homenagem,
mas nem palavra ouviu; a atenção que à pendência
pensara os deuses terem dado
não se aplicara ainda a esse acontecimento.
Que importância tem para o firmamento
ser alguém mosca ou elefante?

A ter a iniciativa ei-lo, pois, obrigado.
— "Meu primo Jove" — diz —"em breve irá
                                  [assistir,
de seu trono supremo, a um combate empolgante.
Belo torneio irá sua corte aplaudir".
Severo, indaga o símio: — "Um combate tereis?"
— "Ora" — torna o elefante — "não sabeis
que a Elefântida com Rinócera está em guerra?
São lugares que têm certa fama na terra"
— "Por saber-lhes o nome estou muito encantado" —
retruca Mestre Gil — "Nos salões da amplidão
tal assunto jamais chegou a ser tratado"
Diz o elefante, com vergonha e decepção:
— "E que viestes então aqui fazer?"
— "Umas folhas de grama a formigas trazer.
Temos zelo por tudo. Entretanto, essa luta
não chega ainda a ser questão que se discuta
no conselho dos deuses imortais:
grande e pequeno são, a seus olhos, iguais".

XXII

UM LOUCO E UM SÁBIO

A apedrejar um sábio, um louco o perseguia.
Volta-se o sábio e diz-lhe: — "Amigo, muito bem
agiste; o teu esforço a este escudo tem
direito; e até maior salário merecia.
Todo trabalho faz justiça a pagamento.
Olha quem se aproxima: é um homem opulento.
Dirige-lhe teus dons; terás teu galardão"
pelo ganho incitado, o louco investe então
com a mesma ofensa contra o outro burguês.
Não lhe pagam em moeda desta vez,
Chega muito rufião; nosso homem é espancado,
arrebentado, liquidado.
Há loucos semelhantes junto aos reis:
querem à vossa custa os amos comprazer.
Para lhes reprimir a insensatez ireis
maltratá-los? Talvez para tanto o poder
vos falte. Fazei, pois, que passem a atacar
quem se possa vingar.

XXIII

A RAPOSA INGLESA
A Madame Harvey

Junto ao bom coração, em vós, anda o bom senso,
com cem dotes que expor aqui seria extenso,
nobreza de alma, inteligência afeita
a tudo conduzir de maneira perfeita,
humor franco e jovial, e o dom de ser amiga,
mesmo enfrentando Zeus e os tempos procelosos,
Tudo isso merecia elogios mais pomposos:
vossa índole, porém, só os menores abriga;
não vos apraz a pompa e o louvor detestais.
Faço-o, pois, curto e simples. Quero mais
uma palavra ou duas ajuntar
sobre a pátria que tanto amais: na reflexão
os ingleses profundos sempre são;
de seu temperamento o espírito anda a par.
Mergulham nas questões e, com forte experiência,
estendem sem cessar o império da Ciência.
Não vo-lo digo por lisonja. É fato
que na penetração nos superam os vossos,
e mesmo os cães de vossa terra o olfato
têm melhor do que os nossos.

570

Vossas raposas são mais astutas. A prova
vem dá-la uma que, para encontrar salvação,
buscou recurso em manha nova
que revelou grande imaginação.
Reduzida a perigo extremo, a celerada,
quase por esses cães de bom faro apanhada,
perto de um cadafalso passa.
Ali, animais de belos predicados,
texugos, mochos e raposas, raça
inclinada a fazer sempre o mal, enforcados,
pelo exemplo instruíam os humanos.
A irmã, desesperada, entre os mortos se enfia.
Aníbal creio ver, quando, pelos romanos
assediado, os engana e seus chefes desvia,
como velha raposa às mãos lhes escapando.
Os guias da matilha atingem o lugar
em que, qual morta, estava a astuta baloiçando,
e enchem de gritos o ar; dispersa-os o amo, embora
fossem os uivos seus as nuvens perfurar.
Da astúcia divertida ele nada suspeita.
— "Nalguma toca" — diz — "a manhosa se ajeita,
pois só a buscam meus cães em meio a estas
colunas em que estão pessoas tão honestas.
Há de voltar, porém". Para seu dano, volta.
De novo em alarido eis dos mastins a escolta,
e ao cadafalso logo a raposa se guinda,
a enforcar-se, pois crê que se daria ainda
o que houvera ao mostrar comédia semelhante.
Desta vez entretanto, sai-se mal
a mísera farsante,
pois convém que um ardil não seja repetido.
Não teria, porém, o caçador urdido,
para se pôr a salvo, estratagema igual.
Não por falta de espírito: há quem negue
que disso todo inglês tenha alta provisão?
Contudo, o pouco amor pela vida os consegue
prejudicar em muita ocasião.

571

A vós retorno, não para externar
mais coisas que vos devam exaltar.
É para a minha lira demasiado
qualquer plano de algum elogio prolongado.
Pouco é, de nosso canto e nosso verso,
o que, por incensar, delicia o universo
e chega a ser ouvido em nações estrangeiras.
Vosso príncipe disse, certo dia,
que um só gesto de amor preferiria
a quatro páginas louvaminheiras.
Aceitai, pois, somente, o dom que vim trazer
dos esforços finais de minha musa:
é pouco, todavia, ela se acha confusa
por seu trabalho ser de tal modo imperfeito.

Não poderíeis vós, entretanto, fazer
com que possa também agradar este preito
àquela pela qual vosso clima prospera
em cidadãos da ilha de Citera?
De Mazarino estou, sem dúvida, a falar,
 pois dos amores ela é deusa tutelar.

A raposa inglesa

XXIV

O JUIZ CONCILIADOR, O HOSPITALÁRIO
E O SOLITÁRIO

Três santos, por igual ciosos de salvação,
buscam, com o mesmo intento, a mesma aspiração.
Partem todos os três por vias diferentes:
qualquer caminho leva a Roma; e os concorrentes
julgam poder chegar por diversas estradas.
Um, comovido pelas demoradas
instâncias, os obstáculos e excessos
de aflição inerentes aos processos,
a ser juiz se propõe, sem qualquer recompensa,
pois fortuna fazer neste mundo não pensa.
Os homens, desde quando há leis, por seus pecados,
condenam-se a gastar em pleitos complicados
a metade da vida. A metade? Três quartos,
e às vezes não os deixa a vida inteira fartos!
Acha o conciliador que ele conseguiria
curá-los dessa louca e perversa mania.
Nosso segundo santo escolhe os hospitais.
Louvo-o: a intenção de os males aliviar
é a caridade que eu mais prefiro exaltar.
Os enfermos de então, sendo aos de agora iguais,
ao pobre do hospital dão trabalhos ingentes;
queixam-se sem cessar, azedos, impacientes:

574

"Por este e aquele tem especiais carinhos;
aos amigos dá tudo, e deixa-nos sozinhos".
Nada eram queixas tais ante as reclamações
que teve de enfrentar o árbitro das questões.
Ninguém se contentava; a sentença arbitral
às partes em litígio não convinha:
segundo elas, jamais o juiz tinha,
nos pratos da balança, peso igual.
Essas opiniões ferem o julgador;
corre ele aos hospitais, vai ver seu diretor.
Só recolhendo, os dois, ais e murmurações,
constrangidos se veem a e deixar tais funções.
Seu pesar levam para os bosques silenciosos.
Lá, junto a fonte pura, entre alcantis rochosos,
lugar que o vento evita e é do sol ignorado,
pedem ao outro santo um conselho adequado.
— "A vós mesmos" — diz ele — "é mister que o
                                        [peçais.
Quem saberá melhor o que necessitais?
Conhecer-se a si mesmo é o primeiro dever
que o Supremo Senhor impõe a cada humano.
No tumulto já pôde alguém se conhecer?
Só em tranquilos locais houve quem o alcançasse.
Tentá-lo em outra parte é um erro insano.
Turvai a água: podeis nela ver vossa face?
Agitai esta aqui". — "Como ver-nos, se o lodo
espesso o seu cristal vem anuviar de todo?"
— "Irmãos" — o santo diz —, "deixai-a repousar:
vossa imagem, então, contemplareis por certo.
Quereis ver-vos melhor? Vinde para o deserto".
O solitário assim falou. Seu salutar
conselho foi ouvido e à risca executado.

Não digo que se fuja a qualquer profissão.
Já que se enferma, e que se morre, e se pleiteia,
é necessário haver o médico, o advogado;
deles, graças a Deus, a terra é sempre cheia:
honras, lucros e o mais dão-me esta convicção.
Nesse labor, porém, de nós nos esquecemos.

Vós, a quem pede o povo ardor e zelo extremos,
príncipes, magistrados e ministros
a quem perturbam mil acidentes sinistros,
vós, que a desgraça abate e a ventura corrompe,
vós não vos podeis ver e não vedes ninguém;
se num momento bom tais ideias vos vêm,
logo um lisonjeador vos interrompe.
Para o fim de minha obra escolho esta lição:
útil possa ela ser às eras que virão!
Quero-a aos sábios propor e aos reis apresentar:
que término melhor lhe poderia eu dar?

XXV

O SOL E AS RÃS

As filhas do paul do astro-rei recebiam
toda assistência e proteção.
Nem guerras, nem pobreza ou desastre afligiam
sequer de longe essa nação.
Seu império ia a cem lugares se estender.
As rainhas do lodo (as rãs, quero dizer;
pois que custa chamar
as coisas por seu nome honrado?)
contra seu benfeitor ousaram cabalar
do modo mais desaforado.
A imprudência, a soberba e o esquecimento
dos benefícios, filhos da fortuna,
levam logo a gritar essa turba importuna.
Dormir não poderia, em sossego e a contento,
quem quer que a seu murmúrio desse ouvidos,
porque, com seu clamor, seriam com certeza
grandes e pequeninos subvertidos
contra aquele que é luz e olhar da natureza
O sol, diziam, tudo iria devastar;
preciso era, depressa, as armas empunhar,
convocando-se exércitos possantes.

A cada passo que por ele fosse dado,
embaixadas coaxantes
iam de Estado a Estado.
Se as escutassem, deste nosso mundo
a máquina redonda nada mais
faria que girar segundo
o interesse de quatro pantanais.
Essas queixas, tão vãs,
ainda continuam; entretanto,
devem calar-se as rãs,
não murmurando tanto,
pois, se o sol se irritar,
nossa aquática gente
ver-se-á forçada, arrependidamente,
a se penitenciar.

XXVI

A LIGA DOS RATOS

Temia certa camundonga um gato
que a espreitava em assédio permanente.
Que devia fazer? Sábia e prudente
consulta seu vizinho, um mestre rato
cuja ratosa senhoria
se aboletara em boa hospedaria.
Jactava-se ele, como se dizia,
de nunca recear dentada ou pata
de gato ou gata.
— "Senhora Camundonga" — afirma o fanfarrão —,
"juro que apenas eu, por mais que faça,
não poderei caçar o gato que a ameaça;
se reunirmos, porém, os ratos da região,
poderemos pregar-lhe peça ruim".
A camundonga faz-lhe humilde reverência
e o rato corre em diligência
ao solar (que despensa é por alguns chamado)
onde o povo dos ratos, congregado,
à custa do hospedeiro achava-se em festim.
Entra ele, em grande agitação,
com pulmões ofegantes, no salão.
— "que tens? Fala!" — diz-lhe um dos ratos, —
              ["Estás doente?"]

— "Eis, em duas palavras, o motivo
de minha vinda: é imperativo
darmos à camundonga auxílio urgente,
porque Raminagróbis, o gatão,
em toda parte faz brutal devastação.
Esse gato, que é o mais diabólico dos gatos,
se camundongos não achar, comerá ratos!
" Dizem todos: "É certo! Eia, sus! Ao combate!
Às armas!" Choram uns, que a perspectiva abate,
mas quem pode furtar-se a tão nobre desejo?
E logo cada qual se equipa e apresta,
cada qual na sacola põe seu queijo,
cada qual jura enfim arriscar a mochila.
Seguem ovantes, como para festa,
de coração alegre e alma tranquila.
Mais esperto do que eles, todavia,
já o gato a camundonga abocanhado havia.
Marcha o exército, a passos pressurosos,
a fim de socorrer a boa amiga.
Mas o bichano, sem soltar a presa,
rosna e parte a enfrentar a legião inimiga.
A tal rumor, os ratos judiciosos,
temendo algum fatal destino,
sem mais longe levar a audaciosa empreitada,
batem em venturosa retirada.
Cada rato retorna à sua fortaleza
e, se algum dela sai, cuidado com o felino!

A liga dos ratos

XXVII

A RAPOSA E O ESQUILO

Dos miseráveis não se deve escarnecer:
quem pode assegurar que só feliz vai ser?
Nas fábulas do sábio Esopo, mais
de um exemplo nos vem de casos tais.
Certa história, em vez deles, me parece
que lição mais autêntica oferece.

A raposa do esquilo escarnecia,
vendo-o assaltado por feroz tormenta.
— "Eis-te no esquife quase a repousar" — dizia. —
"Em vão tentas cobrir com a cauda o rosto.
Quanto mais sobes, mais a borrasca violenta
a seus golpes fatais te encontra exposto.
Ter por vizinho o raio e estar sempre na altura
quiseste, e foi teu mal. Eu, numa toca obscura,
posso rir-me e esperar que sejas feito pó."

Nossa raposa, enquanto assim se vangloriava,
muitos pobres franguinhos devorava
de uma dentada só.
Por fim, do irado céu tem o esquilo perdão:
o relâmpago cessa, emudece o trovão,
dissipa-se a tormenta e retorna a bonança.
E um caçador, havendo descoberto
os rastros da raposa, diz: "Por certo,
meus frangos vais pagar!"
Numerosos sabujos logo lança,
que a vão do seu covil desalojar,
Vê-a o esquilo fugir, veloz, à frente
da matilha que a acossa ferozmente.
Sentir prazer gratuito poderia,
ao se abrirem para ela as portas da agonia;
mas, vendo-o, não se ri: na mente
traz restos do susto recente...

FIM

Este livro foi composto com a tipografia Times New Roman
e impresso pela Associação Religiosa Imprensa da Fé.